OS ÚLTIMOS DIAS DE LAMPIÃO E MARIA BONITA

Lampião e os seus cangaceiros

VICTORIA SHORR

OS ÚLTIMOS DIAS DE LAMPIÃO E MARIA BONITA

TRADUÇÃO DE MARISA MOTTA

1ª edição

Rio de Janeiro

Copyright © 2015 by Victoria Shorr

Título original
Backlands

Tradução
Marisa Motta

Copydesk e Revisão
Gilson B. Soares

Editoração Eletrônica
Flex Estúdio

Design de capa
Studio Ormus – www.studioormus.com.br

Os direitos autorais das fotografias são reservados e garantidos.
Adequado ao novo acordo ortográfico da língua portuguesa

CIP-BRASIL. CATALOGAÇÃO NA PUBLICAÇÃO
SINDICATO NACIONAL DOS EDITORES DE LIVROS, RJ

S562u

Shorr, Victoria
    Os últimos dias de Lampião e Maria Bonita / Victoria Shorr ; tradução Marisa Motta. - 1. ed. - Rio de Janeiro : Gryphus, 2019.
    258 p. : il. ; 21 cm.

Tradução de: Backlands
ISBN 978-85-8311-099-6

    1. Romance americano. I. Motta, Marisa. II. Título.

17-42496

CDD: 813
CDU: 821.111(73)-3

Direitos para a língua portuguesa reservados,
com exclusividade no Brasil para a
Gryphus Editora
Rua Major Rubens Vaz, 456 – Gávea – 22470-070
Rio de Janeiro – RJ – Tel: (0XX21)2533-2508
www.gryphus.com.br – e-mail: gryphus@gryphus.com.br

Para Anna Mariani, que me levou lá

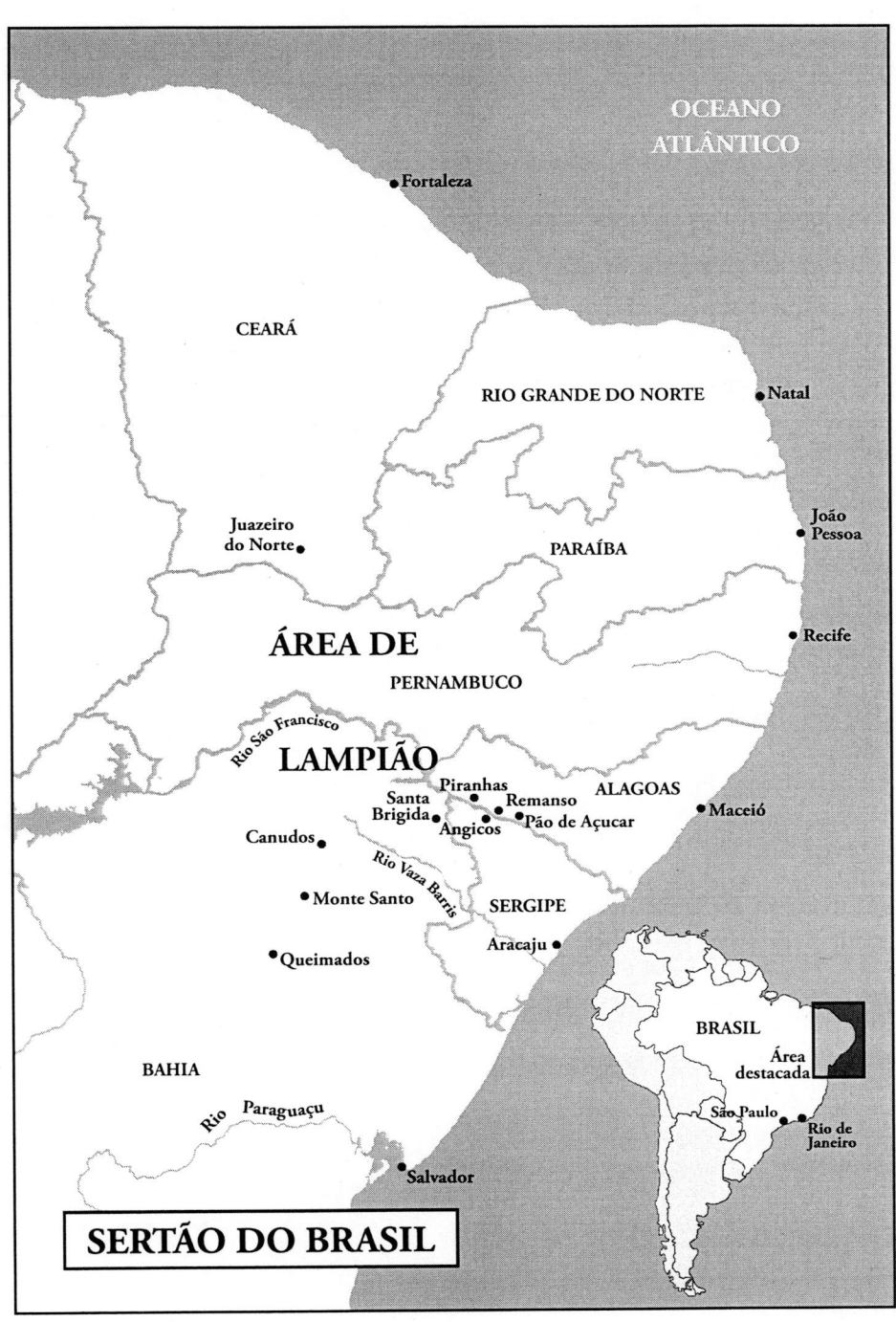

Nota da autora

Embora este livro seja uma obra de ficção, sua narrativa baseia-se em fatos. Todos os personagens são reais e a maioria das histórias me foi relatada nas viagens que fiz pelo sertão do Brasil no final da década de 1980 e início dos anos 1990, quando ainda havia pessoas nos pequenos povoados pelos quais passei que ainda se lembravam dos cangaceiros e das "volantes", as forças da polícia, e foram tão gentis ao contar suas histórias.

As lembranças da avó de Lampião da seca que devastou a região em 1886 foram extraídas do livro *Os sertões* de Euclides da Cunha. Para os relatos do dia a dia em Angicos baseei-me em *Assim morreu Lampião*, de Antonio Amaury Corrêa de Araújo. Gostaria também de agradecer a contribuição dos livros *Quem foi Lampião*, de Frederico Pernambucano de Mello, *No tempo de Lampião*, de Leonardo Mota, e *The Bandit King*, de Billy Jayne Chandler, para minhas pesquisas.

Victoria Shorr

Introdução

Em janeiro, na cidade de Salvador, a antiga capital costeira do Brasil, as pessoas vestem-se de branco e vão para as praias, com os braços carregados de flores a fim de fazer uma oferenda à deusa Iemanjá. Ela atravessou o Atlântico vinda da África com os escravos e gosta das flores brancas e das velas que seus admiradores lhe enviam em pequenos barcos de madeira, junto com seus desejos. Desejos simples: "Amor e dinheiro." Quanto ao resto, estão felizes.

Em seguida, as pessoas compram o camarão frito que os meninos vendem na rua, misturam a cachaça com leite de coco e dançam uma espécie de samba que só elas sabem dançar. A música, os tambores e os risos ecoam pela cidade a noite inteira. É possível que chova um pouco ou faça sol no dia seguinte. Logo, haverá outra festa. Um sorvete de fruta nas ruas. Roupas claras, rosa brilhante, amarelo e verde em contraste com a pele escura. Isso é o Brasil, é claro.

Mas caso decida visitar o interior do estado de carro em uma estrada péssima, que vai piorando cada vez mais, o cenário é outro. Os cactos brotam da terra ressequida e talvez você pense que as palmeiras do litoral foram apenas um sonho.

Ou essa paisagem é o sonho? Essa enorme extensão de rochas selvagens e arbustos emaranhados e espinhentos que a rodeiam. Um homem passa montado em um jumento. Você lhe pergunta a que distância está do próximo vilarejo. Três léguas, responde. Sua pele é mais clara do que a das pessoas no litoral, uma mistura de índio, português e negro. Olhos azuis brilhantes herdados dos holandeses, que vieram conquistar o país e morreram em suas redes.

— Longe — diz ele. — É preciso andar bastante. Eles não dizem dirigir. Dizem "andar de carro" —, porque tem muito pra andar.

Você lhe diz adeus e pensa: o que é uma légua? No mapa parecia que o povoado estava a uns 20 quilômetros de distância, mas o mapa já era uma brincadeira, ou uma miragem. A estrada empoeirada e em péssimo estado tinha uma boa aparência no mapa. Uma linha vermelha grossa, como se fosse uma sólida autoestrada. Três léguas até o vilarejo. Longe.

É preciso continuar a viagem. Haviam lhe aconselhado a não ficar na estrada distante de um povoado ao escurecer. Os bandidos ainda estavam à espreita de alguém para atacar. Havia também onças, alguém dissera. No entanto, fascinado pela beleza do lugar, pela luz que inundava aquela amplidão, uma luz com uma cor que jamais vira, você parou o carro e saltou. Subiu em uma pequena pedra e olhou ao redor, mas não viu nada. Não havia outra estrada além daquela em que estava, ou será que se perdera e entrara em uma trilha de cabras? Era impossível saber, não havia ninguém para perguntar, nem um carro à vista.

Não havia também cercas, só uma extensão de terra selvagem e interminável, a caatinga, como eles chamam, com arbustos cheios de espinhos e todos os tipos de cactos. Havia também árvores grossas, bonitas, com uma bela forma e espaços entre elas, como se tivessem sido plantadas em um parque inglês.

"Um grande jardim sem dono", havia escrito Euclides da Cunha há 100 anos e nada mudara desde então. De repente, ouve sinos de cabras a distância, em seguida o silêncio de novo. Você poderia desenhar um círculo, como Jesus desenhou, e sentar dentro dele em meio a essa mesma paisagem selvagem, dois mil anos depois, e exorcizar seus demônios. Havia percorrido uma grande distância em um dia.

O SERTÃO. Quase outro país na região Nordeste do Brasil, separado das outras regiões pela diferença de clima, cultura e costumes. Seus limites percorrem sete estados diferentes. Um clima semiárido diria um geógrafo, o que significava que era possível criar algumas cabeças de gado em boa parte do ano, cabras quase o ano inteiro, plantar mandioca e sisal se vivesse perto de um rio, até que a seca obrigaria a população a procurar outro lugar para viver.

As pessoas que vivem no sertão conhecem tudo isto. Todas procuram sinais de nuvens, primeiro com atenção, depois com desespero, no céu límpido. Elas ajoelham-se, rezam, arrancam a pele das costas, cortam belas tranças longas em sacrifício para a "Nossa Senhora". Para nada. Não chove.

Por fim, quando as cabras morrem, os sertanejos desistem e vão para o litoral, decididos a não voltar, em busca de lugares onde a luz do sol é mais suave e a vida mais fácil. Mas voltam para o sertão assim que as chuvas começam. Colocam seus trajes de couro e andam pela mais agradável das terras, com seus cactos, com frutas brotando dos arbustos, passeiam por seu "grande jardim", sorrindo e sentindo-se felizes.

É difícil, mas eles dizem que estão "acostumados". Nada neles é moderado. Eles colocam colheres cheias de açúcar em seu café preto. Quanto mais amam alguém, mais distantes eles ficam quando estão dançando. Penduram imagens do Sagrado Coração de Jesus nas paredes ao lado da imagem do touro sagrado, e o herói deles é o bandido violento e ao mesmo tempo cortês, o Lampião.

"Desculpe", dizia quando roubava alguém, "você compreende" e as pessoas entendiam. Sua história era a história delas: uma inimizade entre famílias, um assassinato, o usual, a total ausência de justiça. Mas em vez de dar a outra face, pegavam uma arma e juntavam-se a um grupo de bandidos local, com a intenção de matar o homem que assassinara seu pai, depois voltavam para casa, onde as cabras estavam à espera.

Porém Lampião era eficiente demais no que fazia e não pensou em voltar para casa. Ele era um líder nato e sua criação como tropeiro lhe deu uma visão especial do sertão, que se converteu em um sentido estratégico infalível. Quando os policiais lutavam contra ele, Lampião vencia. As histórias a seu respeito espalharam-se pela região sertaneja. Homens jovens, corajosos e obstinados, que carregavam suas tochas de protesto contra um sistema que matara seus irmãos e pais durante gerações, reuniram-se a ele. Em 1925, Lampião era o líder do maior grupo de cangaceiros do Brasil.

Lampião e seu bando andavam em liberdade pelo sertão. Eles podiam viver em lugares distantes os mais inóspitos possíveis, "assim como os espinhos em gotas de água", disse Lampião a um jornalista. "Certa vez, uma onça se aproximou para me atacar, mas pensou que eu era um cacto e deu meia-volta."

Que qualificações um homem precisaria ter para se juntar ao seu bando de cangaceiros?, perguntou um jornalista. "Nada de muito especial", respondeu Lampião. "Só precisa ser ágil como um gato, esperto como uma raposa, ser capaz de rastejar como uma cobra e desaparecer como o vento."

"Desaparecer como o vento", é claro, pois de que outra forma poderiam fugir quando se viam cercados? Mais de uma vez a polícia os encurralou, em situações aparentemente sem saída. Eles vangloriavam-se de suas vitórias e diziam à imprensa: "Lampião morreu!" Até mesmo o *New York Times* publicou a notícia de sua morte duas vezes.

Lampião guardava os recortes de jornais. "Estou habituado a morrer", dizia. As pessoas acreditavam que Lampião tinha o corpo fechado, impenetrável às balas, por ter sido abençoado pelo padre Cícero, um padre que fazia milagres no sertão.

Lampião recebia os homens em seu bando com uma cerimônia solene, lhes dava nomes de guerra como Cobra Verde, Mergulhão, Caixa de Fósforos, Volta Seca, fazia uma prece, tocava no ombro deles e lhes dava um rifle novo. O juramento de lealdade às leis e aos princípios de Lampião incluía: não matar sem motivo, não prejudicar os pobres, não cometer estupros, nem tortura. "Se tiver de matar alguém, mate-o rápido." Coragem nas batalhas, ânimo. "Quem morre no tiroteio, sei que morre satisfeito." Os cangaceiros tinham um código de conduta digno. Roubar, sim, mas só os ricos em grande escala e com o reconhecimento público. Quando surpreendia um dos seus homens roubando escondido, ele o matava com um tiro no local como um ladrão qualquer.

Seu bando aumentou aos poucos, trinta homens, cinquenta, cem, tantos que tiveram de ser divididos em grupos menores para treinar novos líderes. Em 1929, um padre na Glória lhe deu de presente um mapa bonito de couro de seu "reino", terras no total de 440 mil km2 no sertão. Uma área quase do tamanho da Espanha.

Quando precisava de algo ia à cidade. Seus mensageiros anunciavam sua chegada: "Meu povo, aqui vem Lampião, amando, em paz com a vida, querendo bem. Bem recebido, ele é um arroz-doce. Se traído, ele vira uma cascavel."

Mas raramente o traíam. As pessoas davam o que ele precisava, armas, dinheiro, sal, munição. Seguiam Lampião pelas ruas enquanto falava com os prefeitos, oferecia esmola aos pobres, rezava nas igrejas e cortava o cabelo. Ele conversava muito tempo com os habitantes das cidades, contava-lhes sua vida, sua filosofia, suas histórias. As pessoas achavam que era "esperto e inteligente", sabia ouvir e falar e, sobretudo, era "educado". Porém seus inimigos contavam versões diferentes.

Se alguém ajudasse a polícia como informante, guia ou fazendo investigações a seu respeito, ele e sua família corriam risco de vida. A polícia oferecia proteção, mas não podiam confiar na polícia; a vingança de Lampião era infalível. Assim dizia um ditado: "A volta de Lampião é cruel." Diante de um inimigo ele não hesitava em queimar a casa dele e matar sem piedade o pai à sua frente. Cave sua sepultura antes que ele o mate, diziam. As histórias eram intermináveis. Todos no sertão conheciam pelo menos um relato de seus feitos. A educação não excluía a morte. Assassinato e cortesia, as pessoas entendiam as contradições de seu comportamento e os mais velhos ainda se lembravam de suas passagens mais curiosas.

"A vida é difícil", dizia, "as pessoas precisam se divertir." E em dias de Lua cheia e sem a polícia por perto, Lampião convidava os moradores de uma pequena cidade para um "baile". Contratava um violeiro, um sanfoneiro, um violinista se houvesse, e com o dinheiro que roubava dos ricos, comprava comidas e bebidas. A seu pedido uns meninos percorriam a região com o convite — venham para o baile de Lampião à noite — com a promessa de que todas as jovens seriam "respeitadas".

Lampião e seus cangaceiros enfeitavam-se com o ouro e as joias que roubavam, e se perfumavam. Usavam lenços vermelhos ao redor do pescoço, um tecido bordado com fios dourados cobria os cabelos longos e pretos, e as facas com pedras preciosas eram enfiadas no cinturão. As jovens desses povoados isolados saíam de suas casas silenciosas e dançavam a noite inteira com os bandidos, valsa e xaxado, com as mãos atrás das costas, com movimentos para trás e para frente. As jovens se aproximavam dos homens, os corpos quase se tocavam e depois, com um rodopio, elas se afastavam.

Depois, os poetas de rua faziam serenatas para essas jovens, que sentadas ao lado das janelas esperavam o retorno de Lampião. Mas ele não podia voltar, a perseguição ao seu bando de cangaceiros por uma mistura caótica de soldados, policiais, inimigos ferrenhos e milícias brutais era cada vez mais implacável. Durante quase vinte anos, de 1921 ao final de julho de 1938, Lampião venceu os combates com esses grupos, foi mais inteligente do que eles e fez com que vissem fantasmas à noite.

As pessoas diziam que jamais o pegariam. E, de certa forma, assim se deu.

I

Maria Bonita

Maria Bonita subiu em uma pedra no final do acampamento, de onde podia ouvir melhor o barulho do rio. Agora, conhecia cada quilômetro das margens do rio em razão de ter sido, nos últimos oito anos, perseguida, ter se escondido, lutado e fugido para salvar sua vida, desde a cachoeira de Paulo Afonso, na Bahia, ao estado de Pernambuco, em seguida Alagoas e agora ao pequeno estado de Sergipe, onde estavam um pouco mais seguros.

Mas nunca seguros. No mês passado a polícia os perseguira na Bahia. Há duas semanas, os atacaram perto de Buíque. Além de Mangueira, um cangaceiro de Vila Nova também morrera no confronto. Eles tinham tanta pressa em fugir que não conseguiram enterrá-los. Só carregaram os corpos e os esconderam atrás de uns arbustos para evitar que a polícia os decapitasse.

A pedra situava-se na extremidade do esconderijo, mais perto do rio e longe do acampamento. Lampião não gostava que ela fumasse. Mas Pedro Cândido havia trazido alguns maços de cigarros Jockey Club à tarde, a melhor marca no Brasil, e Maria Bonita, enquanto fumava, pensou como terminaria essa noite.

Era uma noite linda, perto do rio com suas águas prateadas, mas ela não poderia tomar banho nele. Eles estavam cercados por um grande número de policiais. Se alguém a visse, um pescador ou um menino pastoreando suas cabras, poderia contar que a vira, e todos seriam mortos. De uma maneira brutal, com requintes de crueldade se os capturassem vivos.

Na primeira vez que tinham acampado nesse lugar, Maria Bonita pensou em ir até o rio depois de escurecer, seguindo o leito do riacho seco que atravessava o esconderijo, para molhar os pés no rio, jogar água no rosto e no cabelo. Mas o barqueiro que os trouxera até aqui havia dito que as onças rondavam o lugar e ela as ouvira, rugindo à noite.

Não que fosse a pior maneira de morrer. Um caçador lhe havia dito que primeiro elas sacudiam a vítima de tal forma que, em seguida, só havia uma sensação de paz. As pessoas morriam com um sorriso nos lábios. Não era a pior das mortes. Maria Bonita havia visto cenas piores de homens mortos a golpes de facas. Homens que cavaram suas sepulturas e ficaram olhando o sol à espera da morte.

Por que você não corre para tentar salvar sua vida?, ela quase gritou para a última pessoa executada, um menino que contou à polícia onde estavam. Por que teria ido à cidade para denunciá-los? A troco de nada, além de sua morte. Lampião contornara a vigilância da polícia e trouxera o traidor para o acampamento. Por sorte dele, o bando estava usando armas.

Por que pelo menos não morre em uma tentativa de fuga? Essa frase ficou presa em sua garganta, enquanto via o menino imóvel, com uma lágrima que escorria por seu rosto.

Corra!, pensava, mas essas pessoas não tinham reação. Talvez, depois de muito pensar, concluiu que neste último minuto de vida tinham preferido acreditar em um milagre, em vez de correr e serem assassinados com um tiro nas costas.

Mas nunca houve milagres, só um tiro bastava. Vivos em um minuto e, em seguida, mortos como os primeiros portugueses que atravessaram o oceano, ou as índias que eles raptaram para ser suas concubinas.

Acender o fósforo, inalar a fumaça do cigarro e expirar. Os cigarros Jockey Club são melhores, mais fortes do que qualquer fumo de rolo. O tabaco penetra nos pulmões com tanta força, que a lembrança dos policiais nas margens do rio desaparece da mente. É possível até esquecer o medo da polícia.

Maria Bonita apertou o casaco contra o corpo e tremeu de frio. O tempo estava nublado desde que chegaram e a lua minguante anunciava um mês de julho com um clima "ruim". O pior mês, seu "mês fatal", havia dito Lampião. Ele sempre dizia que morreria no mês de julho.

Mas como ele poderia saber? Ninguém sabe o dia de sua morte! Maria Bonita queria ir embora desse lugar o mais rápido possível, todos estavam se sentindo inseguros em Angicos. Já haviam acampado antes nesse esconderijo no sertão de Sergipe, sem problemas, mas não agora. Da última vez, há poucos meses, os jornais noticiaram uma "conquista triunfal" do bando de Lampião na região. Eles lutaram contra a polícia em Jirau, no estado de Alagoas, e a expulsaram da cidade, depois lutaram contra os policiais na caatinga e mais uma vez foram vitoriosos.

"Uma derrota", disseram os jornais e, logo após, Lucena, comandante das volantes de Alagoas, marchou com seus policiais até a divisa e traçou uma linha divisória no estado. "Esta linha Lampião não atravessa!", jurou Lucena. Ele cercara as divisas e havia enviado um telegrama ao ministro do Interior no Rio de Janeiro. Lampião não conseguiria sair do estado.

No entanto, alguns dias depois, Lucena recebeu um presente, um saco de esterco do estado vizinho de Pernambuco. "Para fazer um travesseiro", escreveu Lampião, que sempre achou que dormir em cima de esterco pernambucano era muito agradável. Por isso, havia atravessado o cerco policial de Lucena para conseguir um pouco, mesmo com risco de Lucena detê-lo, ou tentar detê-lo.

E Lucena tentou. Ele procurou os cangaceiros por quase todo o estado, mas precisou "voltar", como escreveu em um novo telegrama ao ministro do Interior. Havia começado a chover, seus homens tinham pouca comida, os cigarros tinham acabado e ninguém em Pernambuco lhe daria crédito. Lucena culpou o governador, culpou a economia, culpou a chuva e voltou para Alagoas.

"Estamos derrotados", disse um tenente da polícia a um jornal de Recife. "Cansados. Perseguimos Lampião há vinte anos para quê? Para nada. Não chegamos a lugar algum."

A polícia não estava em lugar nenhum, com "nada" nas mãos. Mas isso fora em abril, há três meses. O bando de Lampião voltou ao mesmo lugar, porém tudo estava diferente. Até as estrelas no céu.

A lua cheia, prateada, brilhava no céu e então eles esperaram escurecer na margem do rio para atravessar sem serem vistos. A temperatura estava agradável e eles conversaram em voz baixa sobre nada de especial, não havia motivo de preocupação, e olharam o brilho da lua refletido no grande rio São Francisco. Um dos barqueiros havia dito que o antigo nome do lugar, na língua indígena, era Jaci Oba, Espelho da Lua.

E nessa noite eles viram o brilho prateado da lua refletido nas águas do rio. Encontraram uma cabana na margem oposta que também brilhava ao luar. Uma capela, disse o barqueiro, para dois apaixonados infelizes, um de Sergipe, o outro de Alagoas, que por alguma razão não conseguiram casar. Por fim, eles fizeram a última promessa de se encontrarem à meia-noite no meio do rio. Com sinais de um lampião, disse o barqueiro, eles pularam no rio no mesmo instante. Quando os corpos foram levados pela correnteza para a margem do rio, os dois estavam abraçados.

— Sorrindo — disse.

— Ou não — retrucou alguém. E começaram a discutir, mas a lua baixara e havia chegado o momento de partir, de atravessar o rio, sob o brilho das estrelas em direção ao Cruzeiro do Sul. A água do rio era escura, mas calma, não havia nada que pudesse assustá-los. Porém, inesperadamente, surgiu um barco em uma curva descendo o rio.

Todos deitaram no fundo do barco, quase o inclinaram com o peso dos corpos e, apavorados, empunharam as armas. Nunca haviam lutado na água, nem imaginaram que poderiam encontrar a polícia à noite, no meio do rio. Mas não eram policiais, ao contrário, gritaram os homens no barco, com as mãos levantadas, pedindo que não atirassem.

— Quem são vocês? — perguntou Lampião quando se aproximaram.

No início, estavam com tanto medo que não conseguiram gaguejar seus nomes, mas por fim disseram que eram músicos de uma banda de jazz da pequena cidade de Pão de Açúcar, que iam tocar em um baile em Piranhas.

Lampião riu.

— Toquem algo — disse —, gostamos de música.

Mas as mãos deles tremiam demais. Finalmente, um dos músicos pegou uma trompa e o som do instrumento ecoou pelo rio.

Foi um som bonito, abafado e melancólico, e a música era linda, *Tango da vida*, disseram. E naquela noite ela acreditou que a vida era um tango, belo e perigoso, porque estavam no rio São Francisco, com Lucena e Bezerra, inimigos ferrenhos, perseguindo-os e, mesmo assim, Lampião conseguia que a música ecoasse pelas águas do rio.

Os músicos tocaram por muito tempo o repertório inteiro que conheciam, desde sambas, xotes e jazz de Nova York, disseram, e também as músicas de Lampião. Maria Bonita ficou emocionada ao ver que eles conheciam essas músicas que os cangaceiros cantavam enquanto caminhavam em meio aos arbustos de espinhos e aos cactos. Emocionou-se também ao ouvir as músicas no rio e o prazer que os bandidos, músicos e barqueiros sentiram. Até que viram a constelação de Escorpião e Lampião disse que havia chegado o momento de cruzar o rio. Ele agradeceu os músicos, lhes deu algumas peças de ouro, avisou que os mataria se fossem à polícia para denunciá-los, mas eles juraram que não iriam, como não foram. Ao partirem, disseram que jamais esqueceriam aquela noite.

Em seguida, chegaram ao mesmo esconderijo e tudo parecia calmo, perfeito. Bem escondido, cercado por urzes, mas com uma clareira no meio, com espaço para as barracas e os sacos de dormir. O tempo estava agradável e eles tomaram banho nas "piscinas" em cima das pedras maiores, depressões que haviam acumulado água, e o terreno próximo ao rio tinha uma série de níveis onde se podia dormir. Maria Bonita e Lampião armaram sua tenda na mesma gruta embaixo da colina, onde podiam ouvir o barulho do rio. O bando ficou nesse lugar alguns dias e conseguiu os suprimentos de que precisava, como sabão, agulhas, perfume e balas que Pedro Cândido comprara do tenente Bezerra. Novas balas, ou pelo menos, as melhores que tinham sido fabricadas em 1933. Os oficiais da polícia venderam as melhores balas para Lampião e seus homens ficaram com as balas que, segundo eles, "não matariam nem mesmo um cachorro".

E prolongaram a estada por mais um dia ou dois, assaram carne, beberam uma boa cachaça, dançaram um pouco, olharam as estrelas, depois desmontaram as barracas, guardaram seus pertences e partiram. Tudo tranquilo.

A última vez. Ao contrário dessa vez, como se uma estrela da má sorte tivesse começado a brilhar no céu, os momentos tranquilos desapareceram. E mesmo que a polícia não estivesse em lugar "nenhum", com "nada" nas mãos, de repente o sertão havia sido invadido por policiais.

E nesse lugar, desta vez não encontraram uma banda de jazz, nem o Espelho da Lua. Tampouco havia lua e o rio estava coberto por uma névoa fria mais escura do que a noite. Do outro lado do rio a escuridão era ainda mais profunda. Ninguém quis atravessar o rio essa noite, só Lampião.

Eles embarcaram em silêncio. Era um grupo grande de 38 pessoas, segundo os cálculos do barqueiro, seguindo em direção à névoa. Por quê?, pensou Maria Bonita. Para saber quantos homens morreriam?

Quando chegaram no meio do rio, clareou um pouco e eles viram algumas estrelas. "Que bom", e "assim está melhor", disseram, quando de repente uma das estrelas, a mais brilhante que ela jamais vira, cruzou o céu.

Uma das moças começou a cantar para dar sorte.

Maria Bonita virou-se para Lampião.

— Lindo.

— Não — murmurou. — É o fim.

— Como? — perguntou em voz baixa, com o medo apertando o coração. Será que os outros haviam escutado? Ela segurou seu braço. — O que quer dizer?

Mas Lampião só fez um leve gesto com os ombros e virou-se.

— Ninguém escapa de seu destino.

"Ninguém escapa de seu destino", com exceção deles e o tempo inteiro, era exatamente isso que faziam. Eles viviam escapando do destino, quantas vezes acharam que estavam perdidos, mortos, com os urubus sobrevoando suas cabeças? Agora a pergunta era menos uma questão do destino, e sim o que estava acontecendo com Lampião. Maria Bonita se aproximara dele na véspera enquanto rezava, com os olhos fechados, de joelhos, curvado, e assustou-se ao ver como parecia tão cansado, tão envelhecido.

Ela também envelhecera. Em seu pequeno espelho, Maria Bonita via as mudanças em seu rosto. Ninguém vive oito anos no sertão sem deixar traços. Às vezes via sinais na cor de seus olhos. Uma marca aqui, outra ali, algumas mais profundas do que as outras. Uma mancha preta quando tinha dado o bebê ao casal de fazendeiros. Outra fina e escura onde levara um tiro nas costas.

Como um mapa de sua vida com Lampião, todas as viagens, combates e esconderijos, tudo estava marcado na cor dos seus olhos. Olhos azuis, ou eram azuis. Agora eram apenas uma espécie de luz, difícil de definir. Os espelhos eram sempre pequenos e quebrados. Da próxima vez roubaria um melhor.

Na véspera, Corisco chegou com seus homens ao acampamento, porém não quis ficar nem uma noite. Ele olhou os caminhos íngremes e chamou o lugar de uma "ratoeira", porque a única saída era o riacho que seguia para o rio, e se a polícia viesse por esse caminho eles estariam encurralados, nunca conseguiriam subir nos penhascos, sobretudo se estivessem em meio a um tiroteio.

— Que tiroteio? — perguntou Lampião. — A polícia não vai nos encontrar aqui.

Era uma boa observação, porque não havia caminhos no lugar, só as trilhas das cabras que seguiam em direção aos arbustos com espinhos e aos cactos que rodeavam o local. Lampião conhecia bem todos os caminhos e trilhas da região, mas ainda assim precisava de Pedro Cândido ou do irmão para guiá-lo.

Porém Corisco disse, com impaciência:

— Alguém pode contar à polícia que o bando de Lampião está escondido em Angicos! Se os macacos subirem o rio, a gente vai morrer que nem ratos!

Lampião cuspiu com desprezo.

— A polícia.

— Temos sentinelas lá em cima — disse um dos cangaceiros.

— As sentinelas dormem! As sentinelas mijam! — Corisco segurou o braço de Lampião. — Olhe ao redor! Esse lugar é uma ratoeira! Você é que me ensinou! "Esconderijo com uma única saída é a cova do morto!" Suas palavras.

Ouviu-se um murmúrio de concordância, menos de Lampião. Ele nunca demorara muito tempo em um lugar, ao contrário. Eles seguiam em frente mesmo em circunstâncias difíceis, enfrentavam tempestades, partiam à meia-noite, quantas vezes isso tinha acontecido? Centenas de vezes e com menos razão. Uma sensação, um pressentimento, um sinal. O crocitar de uma coruja de manhã. Um lagarto que atravessava o caminho.

Lampião murmurou algo a respeito do sobrinho, que se reunira há pouco ao grupo. O garoto precisava de um uniforme. Eles tinham o tecido e a mãe de Pedro Cândido emprestara a máquina de costura. Mas o uniforme só ficaria pronto no dia seguinte. Embora fosse verdade, esse fato nunca teria impedido Lampião de partir.

— Faz o uniforme depois e vem com a gente hoje! — disse Corisco.

Maria Bonita estava pronta para partir, todos estavam, bastava guardar tudo às pressas e seguir para oeste com Corisco em direção ao Raso da Catarina, longe da polícia por algum tempo. Eles estariam mais seguros lá, pelo menos até o final de julho.

— Vamos! — Corisco insistiu, mas Maria Bonita percebeu que Lampião não o escutava. Ela olhou para os olhos espertos de Dadá, agora com uma expressão preocupada. Dadá tinha 13 anos quando Corisco a raptou, aos gritos e esperneando. Brincavam que no início Corisco tinha de roubar bonecas para ela parar de chorar. Mas quando o pai veio pegá-la, era tarde demais. Ela não voltaria para casa.

Dadá se apaixonara por Corisco e pela vida que levavam. Gostava de dormir sob as estrelas, disse ao pai, e com a vida de bandidos deles só tinha medo da morte. Será que seu pai pensava que ela voltaria para bordar na companhia das mulheres? Dadá mostrou sua faca com três pontas feita pelo melhor ferreiro de Pernambuco e anéis de ouro nos dedos. Além disso, tinha um revólver calibre .22 e atirava tão bem como os melhores atiradores do bando.

O que era difícil, porque todos eram bons atiradores. Lampião, mesmo cego de um olho, era um exímio atirador. Tão rápido que nem se percebia o movimento. Maria Bonita também era conhecida por sua mira precisa. Há pouco tempo, haviam encontrado um grupo de agricultores a caminho do mercado, homens, mulheres e crianças, com algumas cabras e um jumento. Ela pediu para beber algo, um deles pegou uma caneca de lata e encheu com a água que estava no cantil de couro. Suas mãos tremiam, todos estavam com medo. Depois de beber a água, Maria jogou a caneca para cima e atirou nela, com uma mira precisa, a fim de divertir as crianças.

Elas gostaram da proeza, mas ficaram ainda mais contentes quando ela lhes deu dinheiro para comprar outra, dinheiro que poderia comprar dez, vinte canecas. E um pequeno ferro de passar roupa para engomar os colarinhos. O que ela iria fazer com um ferro de passar roupa? Levar para uma fazendola que algum dia iriam comprar, onde criariam os filhos, fabricariam queijo branco e engomariam colarinhos? Com todos os policiais da região disputando o prêmio de decapitá-los e carregar suas cabeças presas em varas pelas ruas da cidade?

Corisco não partiu pelo caminho do rio. A polícia estava rondando o lugar, disse. Os cangaceiros observaram em silêncio a partida de seu bando em meio a uns arbustos, uma procissão solene, que foi diminuindo aos poucos, emitindo uma luz fraca até se transformar em poeira.

De repente, Maria Bonita pensou em partir com o bando de Corisco. Sem dizer até logo, nem adeus, só um passo à frente e mais outro, sem olhar para trás e também desapareceria envolta na poeira. Simples e tudo estaria terminado.

Porque se fosse embora com Corisco a polícia deixaria de persegui-la? Ele seria sempre Lampião, mas quem seria ela se o deixasse? Não mais Maria Bonita, apenas uma Maria qualquer. Livre para viver em uma casa e morrer em sua cama?

Mas se seguisse Corisco e Dadá, o que aconteceria depois? É possível que na primeira semana ficasse sentada ao lado do fogo na companhia dos cangaceiros, mas quando a comida ficasse escassa, se adoecesse de novo, ou trouxesse má sorte para o bando de Corisco? Isso já havia acontecido com Mocinha. Seu primeiro namorado morrera com um tiro e o segundo também. E quando o terceiro teve o mesmo destino, o bando disse que Mocinha era pé frio, uma caipora. Os cangaceiros a deixaram do lado de fora de um vilarejo e a polícia a prendeu.

No entanto, já deveria ter sido solta, provavelmente ainda estava viva, morando em uma pequena casa em algum lugar do sertão. Ela acordaria de manhã e dormiria na sua cama à noite. Bebendo café e comendo farinha... Maria Bonita apagou o cigarro.

Desde que levara o tiro nas costas ela tossia sangue, mas havia piorado e na semana passada consultara um médico em Propriá disfarçada, embora ele a tivesse reconhecido. O médico lhe deu um chá de laranja para acalmá-la e recomendou que ficasse de cama por algum tempo.

— Onde? — Quase pulou da mesa para agarrá-lo. — Onde?

À noite perguntou em soluços a Lampião:

— Não podemos mudar de vida? Quem sabe a gente podia ir para um lugar bem longe, onde ninguém nos conheça?

Ele não respondeu, porque não havia resposta. Não existia um lugar na terra longe o suficiente para eles. Não havia um lugar onde alguém, um homem, um menino, filho ou irmão de alguém, ou a viúva não surgisse atrás de uma porta e os matasse a tiros, como cachorros.

Maria Bonita levantou-se da pedra onde se sentara. Fazia frio e uma névoa envolvia o lugar. Estava na hora de deitar e se agasalhar com as peles dos animais e os cobertores de lã. Dormir um pouco. Tentar não sonhar.

Na verdade, jamais iria embora. A névoa demorara a aparecer, era possível que fizesse um dia bonito amanhã. Ela conversaria com Lampião assim que acordasse e poderiam partir de manhã. Desmontariam as barracas o mais rápido possível, carregariam os jumentos, guardariam os pertences nos bornais e seguiriam para o oeste, longe do rio. Nem precisariam atravessá-lo de novo. Alcançariam Corisco em Sergipe ou no Raso de Catarina, e o mês de julho teria terminado.

II

Joca, o Corno

O mês de julho de 1938 se aproximava do fim e o frio era intenso à beira do rio. Joca Bernardes pensou se a lua apareceria. Sabia que a lua minguante surgiria mais tarde. Não que se importasse com a lua. Já estava com sua decisão tomada.

Joca Bernardes era um barqueiro no rio São Francisco e durante anos transportara os bandidos, em silêncio e com discrição, sempre que andavam pela região. Era arriscado, mas compensava por ser um bom negócio, o melhor que tinha. Os bandidos pagavam o dobro do que o pagamento habitual de outras pessoas, às vezes mais do dobro, e era com esse dinheiro que vivia, ou pelo menos comprava cigarro e café, e criava algumas cabras na casa do irmão.

Poderia até mesmo dizer que graças a esses bandidos ricos e poderosos, que perambulavam pela região e precisavam de transporte nesse trecho do rio, onde as águas ficavam verdes, Joca Bernardes, que em circunstâncias normais seria um homem pobre como muitos outros das margens do rio São Francisco, tinha uma vida relativamente confortável.

No entanto, não diria que estava contente de vê-los esses dias, porque significava que sua mulher, sob os pretextos os mais diversos, saía todas as noites.

Essas saídas já aconteciam há algum tempo. "Vou respirar ar fresco", disse no início, ou "visitar minha mãe", e ele quase acreditou em suas palavras. Tentou acreditar nela, e mesmo quando soube com quem se encontrava, com Pancada, um dos homens do bando de Corisco, achou que poderia ser um caso passageiro. E pensou também que ninguém saberia.

Mas, em seguida, viu nos rostos de seus amigos e dos bandidos, um sorriso malicioso. "Joca, o Corno". Todos sabiam. Seus cornos eram bem visíveis, não havia mais o que esconder.

Tomou outro gole de cachaça que Corisco lhe tinha dado de presente no dia anterior. Sentia o peso da injustiça da situação em que vivia. Joca quase morrera por causa dos bandidos no ano passado. Alguém delatara seu nome à polícia, o tenente Bezerra o levou para a delegacia em Piranhas e o espancou, colocou o revólver em sua cabeça e disse que o mataria se não contasse tudo que sabia.

Ele teria falado, até Lampião tinha dito para contarem tudo se a polícia os pegasse. "Contem tudo que sabem", disse, "antes que machuquem vocês. E, mesmo assim, eles não vão nos achar." Mas Joca não tinha nada a dizer. Os bandidos não estavam próximos ao rio, ou, se o haviam atravessado, Joca não sabia o esconderijo deles.

Bezerra quase o matou de qualquer maneira, ficou louco de raiva, o dedo no gatilho do revólver, queria fazer alguma coisa. Mas o cabo Aniceto, que fora criado como Joca às margens do rio, pôs a mão no braço de Bezerra, acendeu um cigarro para ele, e lhe disse que Joca não tinha nenhum valor para eles morto, não valia nem mesmo uma bala.

Por fim, Bezerra se acalmou e pediu a um dos policiais que tirasse Joca da delegacia. O subordinado o jogou na rua empoeirada, onde caiu sem forças até conseguir se levantar.

E quando chegou mancando à sua casa essa noite o que ele encontrou foi a cama vazia. Sua mulher tinha ido "visitar a mãe", como dizia e ele fingia acreditar. Joca não teria forças para mais uma briga essa noite e também não se importava tanto com a ausência da mulher. É verdade que notara os presentes que trazia para casa, certa vez um cordão de ouro, em outra ocasião uma pulseira de ouro, e algumas moedas de ouro roubadas de alguém rico que vivia mais acima no rio. Um dia Joca viu um anel e o empenhou. Com o dinheiro do penhor jantou no vilarejo de Pão de Açúcar e passou a noite com algumas moças. Achou que merecia. Quando a mulher viu que o anel tinha desaparecido seu rosto ficou rubro, mas não disse nada.

Ele teria deixado a vida seguir como estava. Não havia muito afeto entre os dois. Haviam se casado em um dos períodos de seca, porque o pai dela não tinha condições de alimentá-la. Joca nem sabia seu nome quando se casara, achava que era Cida, mas era Graça, porém a mulher não se deu ao trabalho de corrigi-lo. Continuou a chamá-la de Cida, até que uma das tias riu e perguntou.

— Quem é Cida?

Deveria ter perguntado seu nome, mas isso não tinha a menor importância. "Cida" ou "Graça" era sua mulher, ele a alimentava, lhe dera uma casa para morar, ela limpava a casa e cozinhava e o "recebia", como diziam, quando tinha vontade. Não era suficiente?

No entanto, a mulher retribuiu tudo que ele lhe dera com a traição. Mas o que ele podia fazer? Não era um homem que batia em mulher, nem iria brigar com um dos bandidos por sua causa.

Então, não teria feito nada até que começou a ver no rosto das pessoas que conhecia as palavras "Joca, o Corno". Havia bebido a tarde inteira e quando viu a mulher vestindo suas melhores roupas a segurou pelo braço.

Ela estava bem arrumada essa noite. Quando havia vestido a saia listrada pela última vez para lhe agradar, ou penteado o cabelo?

Ele nem sabia que era tão longo, quase batia na cintura. A mulher o cobria com um lenço em casa, mesmo quando dormia. Ninguém diria que era bonita, com seus olhos pequenos e o rosto sem queixo, mas o cabelo era lindo e ela dançava como um anjo. Há muito tempo que não dançavam, quando fora a última vez?

— É Pancada, não é?

— Larga meu braço.

— Você não vai sair.

Ela tentou se afastar.

— Solta meu braço.

— Essa noite você não vai sair!

— Quem disse?

Essa era uma boa pergunta: quem disse? Joca, o Corno com uma garrafa de cachaça dos bandidos na mão? Um barqueiro franzino, com a pálpebra de um dos olhos caída e o cabelo ralo e fino? Contra um bandido com duas armas e uma faca de 25 centímetros?

— Quieta! — sussurrou. As casas eram pequenas e feitas de adobe. Eles eram vizinhos de parede de outra casa.

A voz dela aumentou de tom.

— Tenta me impedir de sair! Tenta! Se eu contar a ele que você não me deixou sair, ele virá aqui e vai lhe cortar em pedacinhos!

Era verdade.

— Cala a boca, filha da puta! — Mas soltou seu braço, ela saiu correndo e bateu a porta com força, para que os vizinhos ouvissem.

E riu. Joca, o Corno, a grande piada da cidade. Tomou outra dose de cachaça Cavalinho, a preferida de Lampião. Há muito tempo não via Lampião, é possível que não confiasse mais nele. Mas Corisco, um dos tenentes de Lampião, confiava e lhe dera a garrafa de cachaça, que talvez tivesse ganhado de Lampião. Ficou parado por alguns instantes, com a garrafa na mão, olhando a porta por onde sua mulher saíra. Quando por fim deitou-se não foi com a intenção de dormir.

Contou o número de galos cantando e levantou-se com o terceiro. Joca não havia tirado a roupa ao deitar. Ainda estava escuro e frio, era final de julho, o mês de inverno no rio. O nevoeiro estava espesso, portanto não havia lua, talvez fosse melhor assim. Selou o jumento e colocou a espora. Só tinha uma espora, o que dava uma aparência ainda mais ridícula ao Joca, o Corno. Porém com a espora chegaria mais rápido à cidade e, pensou, como todos acham que eu sou um idiota, não teria problemas em parecer ainda mais idiota.

O nevoeiro ainda cobria o caminho quando seguiu em direção à delegacia. A cidade de Piranhas localizava-se na margem direita do rio e a delegacia ficava em uma pequena praça, mais acima do rio. A porta estava trancada, mas havia um banco em frente. Joca amarrou o jumento e sentou-se.

Ele esperou uma hora, talvez duas. Aos poucos a cidade voltou à vida, mas a delegacia continuava silenciosa. Joca levantou-se e caminhou até o rio. Os garotos tiravam os barcos dos galpões, os pescadores arrumavam as redes e, depois de observar esse movimento, encontrou a porta da delegacia aberta.

Assim que entrou, todos o olharam e, em seguida, desviaram o olhar. Joca, o Corno. Ele perguntou por Bezerra.

— Bezerra não está — disse um deles. Joca saiu da delegacia e parou ao lado do jumento. Pensou um pouco e entrou de novo na delegacia.

— Na verdade, estou à procura de Aniceto.

Um deles levantou os ombros com indiferença, depois deu um grito em direção à sala aos fundos, o cabo Aniceto apareceu e fez um aceno com a cabeça ao ver Joca.

— Veio retribuir por eu ter lhe salvado a vida?
— É possível.
— O que tem a dizer?
— Nada de especial, mas talvez o suficiente.

Aniceto já gostou do jeito. Joca havia chegado bem cedo, devia ter saído de casa antes de amanhecer. Então, não dormira. Tinha uma expressão atormentada e ainda estava um pouco bêbado. Melhor assim.

O cabo pediu a Joca que o acompanhasse até a sala aos fundos da delegacia. Antes de fechar a porta, Joca começou a falar.

— Sonhei que eu era a causa da morte de Lampião — disse com um ar solene.

Alguns teriam rido de Joca, mas Aniceto sabia que sua mulher o estava traindo com um dos cangaceiros. Era visível que Joca também sabia. Deveria saber também que se a operação para matar Lampião fracassasse, ele era um homem morto. Diversas pessoas tentaram trair Lampião — não, tinham traído Lampião. Haviam procurado a polícia, o exército, o governo. Deram detalhes, tinham guiado os policiais e os soldados até o local do acampamento de Lampião, só que ao chegarem, ele já havia partido, sempre. Depois Lampião voltava para matar os traidores. Nunca falhava.

"A volta de Lampião é cruel." Há pouco tempo, um homem jovem em Pernambuco o traiu com a polícia, mas Lampião e seu bando o cercaram e cortaram o informante em pequenos pedaços. Joca Bernardes devia ter ouvido essa história.

Mas Aniceto percebeu que Joca tinha um sentimento mais forte do que o medo em seu coração essa manhã.

— Sonhei duas vezes que por minha causa Lampião havia morrido — disse Joca.

Aniceto pôs o braço em seus ombros e o levou até uma cadeira.

— Ele está perto daqui, não é?

— Ontem levei Corisco em meu barco para encontrá-lo.

— Você o viu?

— Não, mas Corisco sim.

— Onde é o esconderijo?

— Do outro lado do rio, em Angicos.
— Você pode nos levar lá?
— Não, mas sei quem pode.
— Quem?

Uma pausa. Aniceto viu que o efeito da cachaça desaparecera do rosto de Joca e fora substituído por uma dor de cabeça. Agora, ele começou a lembrar como os bandidos sempre o tinham tratado bem.

— Eu mesmo te mato desta vez, Joca, se não continuar. Tá sabendo disso?

Joca sabia.

— A sorte está lançada — disse Aniceto.

— Aperte Pedro Cândido. Lampião e seu bando estão nas terras da mãe dele.

Aniceto sabia, assim como muitos da comunidade local, que o comerciante Pedro Cândido era um dos fornecedores de Lampião, mas não poderia imaginar que teria um papel tão importante na manutenção e segurança do grupo. Sua mãe tinha uma fazendola onde criava cabras do outro lado do rio, em meio à vegetação selvagem da caatinga, um bom lugar para Lampião se esconder. E Aniceto sabia que se estivesse lá, havia uma chance de prendê-lo, ou pelo menos seria uma tentativa. A última vez na região, acampara nas terras que pertenciam ao pai do governador, onde ninguém poderia entrar.

Mas a pequena fazenda da mãe de Pedro Cândido era outra história.

— Onde está Pedro Cândido agora?

— Em casa.

— Ótimo. — Era em Entremontes, logo abaixo do rio. — Você tem certeza?

— Eu vi Pedro Cândido ontem à noite.

Boas notícias. Aniceto pediu que servissem café e deu um cigarro a Joca. Acendeu o cigarro dele, disse que o esperasse por alguns minutos, e pediu aos policiais que não o deixassem sair da delegacia, "não importa com que métodos". Repetiu duas vezes que os colocaria contra a parede e os fuzilaria ao voltar, se Joca tivesse fugido.

Depois caminhou em ritmo normal até um pequeno bar. Não queria que olhos curiosos nessa cidade ou em qualquer outro lugar pensassem por que um policial estaria correndo. Bebeu um café e, em seguida, foi ao serviço de telégrafo e conversou com o funcionário a respeito do clima.

— Frio.
— É normal nessa época do ano.
— O mês de julho.

Depois disse que queria enviar um telegrama curto para seu chefe, tenente Bezerra, que estava na cidade de Pedra, a jusante do rio.

O funcionário do telégrafo era um antigo amigo de Aniceto, mas ele não podia confiar em ninguém quando se tratava de notícias sobre Lampião. A lealdade das pessoas era sempre complexa e mantida em segredo, uma questão de família com vínculos antigos. Por esse motivo, Aniceto e Bezerra haviam criado um código, caso tivessem a oportunidade de prender o homem mais procurado do Brasil.

O telegrama foi enviado em 27 de julho de 1938. "Gado no pasto", dizia o texto sucinto. "Venha urgente." Eles já haviam combinado o lugar onde se encontrariam, no último campo de milho ao sul de Piranhas.

Aniceto entregou a mensagem ao funcionário do telégrafo e comentou que o nevoeiro era mais espesso que o habitual, mas que talvez o sol aparecesse mais tarde. Depois saiu com um ar tranquilo de alguém que volta para seu local de trabalho e não de um homem que poderia morrer ou ter a glória de matar Lampião.

Ao longo de sua vida Aniceto perseguira Lampião e seu bando, assim como todos os policiais no sertão. Muitos haviam morrido, um número ainda maior havia fracassado, alguns quase foram bem-sucedidos, mas os cangaceiros sempre escapavam. Era quase uma lei da natureza na região. "Ainda não nasceu o homem que irá capturar Lampião." Essa era a frase repetida há vinte anos.

Mas vinte anos é um longo período de tempo, pensou Aniceto enquanto voltava para a delegacia.

III

Maria Bonita acordou ao amanhecer, olhou ao redor, viu as primeiras luzes que se acendiam e pensou, já? Tinha a sensação de não ter dormido, embora tivesse adormecido, porque Lampião dormira ao seu lado. Agora, provavelmente estava no pico da colina observando o local e rezando. Todas essas preces — ela poderia ter se casado com um beato, um peregrino ou até mesmo com um padre, por causa dessas orações.

Há dias que não a olhava, era difícil acreditar que era o mesmo homem com quem dormia, olhos nos olhos, as mãos entrelaçadas em seu cabelo e as deles no cabelo dela. Em que momento havia parado de olhar para ela? Quando tinha cortado o cabelo?

Não devia ter cortado o cabelo, ele detestava cabelo curto. Foi depois de uma de suas brigas, quando quis desafiá-lo. Mas agora estava crescendo, será que não havia visto? Será que a olhava?

Algumas pessoas já estavam fazendo café. Podia ouvi-las. Seria ótimo tomar café, ainda mais depois de fumar um cigarro. O melhor, o primeiro da manhã. Pegou a bacia de água, mas decidiu que lavaria o rosto depois. Antes tomaria um banho na água que se acumulava no meio das pedras. Era preciso se purificar. E fumar um cigarro.

Acendeu o fósforo, encheu os pulmões de nicotina e exalou a fumaça do primeiro cigarro da manhã. Em alguns lugares, o tabaco era uma oferenda para o touro sagrado. Há pouco tempo, quando Gato foi ferido e ficou caído no chão empoeirado, ele não invocou Deus nem pediu água, só pediu um cigarro. "Faz cigarro pra mim, Nenê, bem fininho", ele arquejou, e, em seguida, morreu.

Simples, a morte com um tiro certeiro. Nada melhor. Maria Bonita costumava pensar que "Morre no tiroteio, morre satisfeito", porque era uma morte corajosa. Agora, achava que era melhor morrer com um tiro do que apunhalado.

O sol, pela primeira vez em dias, aparecia aos poucos no céu e alguns urubus sobrevoavam o lugar. Alguém deve ter deixado um bezerro morto por uma onça abandonado no campo. Ela detestava os urubus, mas agora sabia que aves que se alimentam de carne em putrefação limpam o lugar onde vivem.

Olhou os urubus fazendo círculos cada vez mais baixos pelo acampamento, aves que se haviam distanciado não mais de dez metros das árvores que rodeavam a casa de seus pais. Há pouco tempo, ela imaginara seguir o sol em direção ao oeste, que a levaria a lindas extensões de terras acinzentadas e verdes, com arbustos cheios de espinhos e cactos, sem cercas, nem clareiras, exatamente como tinham sido criadas, que se dirigiam à colina azul que via a distância, e que a levaria à estrada que conhecia melhor do qualquer pessoa da região, o caminho empoeirado da antiga casa de adobe coberta de telhas de sua família.

E ouviria sua avó dizer "Entre", como antes, "Maria, vem pra casa!" Bem antes de se transformar em um dos membros mais perseguidos dos grupos de cangaceiros que percorriam o sertão do Brasil. Quando era uma menina como qualquer outra no interior da Bahia.

Essa vida agora parecia quase um milagre, com um cotidiano

sempre igual, sem nenhum acontecimento extraordinário, nada que a obrigasse a fugir ou a se esconder. Há pouco tempo lhe ocorreu que a mãe e a avó, até mesmo o pai, provavelmente nunca sentiram medo na vida, pelo menos medo de levar um tiro. Sentiam medo como outros, de Deus e do diabo, da seca, da fome e da doença.

Embora a vacinação de varíola no interior houvesse eliminado o medo que essa doença terrível provocava. Lembrou que a avó protestara: "Deixe nas mãos de Deus", disse à sua mãe. Eles eram 11 filhos, crianças demais para alimentar.

"Deixe com Deus", aconselhou a avó, deixe que Ele as leve de volta ao lugar de onde Ele as enviou, para que só restem nessa terra árida e pobre as poucas que se pode sustentar.

Mas a mãe não poderia permitir que sofressem tal morte se pudesse evitar. Primeiro as pústulas na pele, em seguida, apesar das preces fervorosas, vinha a febre. Uma bênção, quase, quando o choro por fim parava.

Assim, levou as crianças à cidade para tomarem a vacina no braço e lá estavam, vivas e com saúde, crescendo, se alimentando, com roupas e sapatos, todos os 11 filhos. Muitos, sem dúvida, embora o pai conseguisse alimentá-los desde que chovesse um pouco, que as relações com os vizinhos continuassem amigáveis, sem brigas, ou roubo de cabras e gado. "A menos que vocês meninos queiram se juntar aos bandidos", disse o pai.

No entanto, havia feito esse comentário em tom de brincadeira. O pai de Maria Bonita era um homem pacífico, que obedecia à lei e que compartilhava os mesmos valores das autoridades locais. Nessa época não havia brigas, nem grandes períodos de seca, só a vida seguindo seu rumo.

Ou seja, com um pequeno rebanho de cabras, algumas vacas, que davam leite com o qual fabricavam queijo, e uma pequena plantação de algodão o pai sustentava a família. O avô havia ganhado dinheiro com as colheitas de algodão, quando os compradores vinham do litoral com grandes carroças e compravam toda a produção. Porém isso fora antes de Maria Bonita nascer, e há anos o pai não conseguia um bom preço pelo algodão, mesmo quando, por bênção divina, podia cultivá-lo quando chovia o suficiente e no momento certo.

— Nosso algodão está muito grosso, marrom, escuro demais — lamentou o coronel João Sá com seu pai. Os portugueses não iriam mais comprar o algodão daqui, disse, porque podem comprar o branco e macio cultivado nos Estados Unidos.

E seu pai fizera um gesto de desânimo, o que poderia dizer? De qualquer modo, gostava de conversar com o coronel Sá, o maior proprietário de terras dessa região da Bahia, o mais rico e, portanto, o mandachuva, o rei, a lei. "João Sá domina a chuva", as pessoas diziam, e quando conversava com alguém, comentava a respeito de sua colheita de algodão, lhe oferecia uma dose de cachaça no boteco, e queria saber notícias de sua mulher e de sua mãe, isso significava que a vida dessa pessoa seguiria tranquila, exceto se vendesse o algodão com um preço alto ou baixo demais. Tudo continuaria como sempre.

Uma vida rural simples, semelhante à da Bíblia. Acordar ao amanhecer, cuidar dos animais, cozinhar, varrer a casa, se lavar um pouco, e logo escurecia. Havia lampiões a querosene, mas o querosene era caro, um luxo reservado a uma festa ou a um desastre, e na maioria dos dias as pessoas dormiam assim que anoitecia, como seu pai fazia ao trancar a porta.

Às vezes tinha uma festa ou uma feira de cabras e, então, eles iam ao povoado, à igreja, ou à praça, onde dançavam à luz do luar, comiam pequenos bolos recheados de doce de goiaba e corriam com as outras crianças. Em algumas ocasiões recebiam visitas, como no dia em que o primo trouxera um jornal e viram pela primeira vez o retrato de Lampião.

Talvez isso tenha sido em torno de 1922, quando tinha 13 ou 14 anos.

— Veja esta notícia! — disse seu pai. — Os cangaceiros capturaram o coronel Gurgel e sua esposa.

O casal pertencia à classe social mais alta da região.

Maria Bonita e a irmã, ocupadas em varrer a casa, levantaram a cabeça.

— Notícia de quem?

— De Lampião, o bandido mais perigoso do Brasil.

— Eu não tenho medo dele — gritou um dos meninos. Por que teria? Era uma pessoa como eles, criado em um sítio modesto, cuja família se envolvera em uma briga. Vizinhos complicados. O estado de Pernambuco era famoso pelos conflitos entre as famílias, sua avó havia dito. Famoso pelas brigas violentas por causa das cercas que dividiam as propriedades.

No caso de Lampião, os vizinhos eram o poderoso clã dos Nogueira que, durante a grande seca de 1918, começaram a roubar as cabras do pai de Lampião e usar sua água.

As pessoas da família Nogueira tinham má índole. Mas a polícia as acobertava e, por fim, mataram o pai de Lampião. Por isso, Lampião e os irmãos viviam como bandidos, com razão, disseram os pais de Maria.

Eles se reuniram para olhar a fotografia no jornal, um grupo de homens jovens vestidos com roupas de couro, alguns ajoelhados à frente, outros de pé atrás com os rifles nas mãos, e cartucheiras atravessadas no peito. O coronel e a esposa de pé entre eles estavam vestidos de uma maneira formal e ridícula, o coronel de terno branco e a esposa de chapéu.

Mas o bando de cangaceiros não iria matá-los, disse o pai. Lampião não era "mau" diziam. Ele só matava se fosse necessário, quando um homem o traía, ou era membro da polícia, um inimigo jurado, como se referiam à polícia.

Houve um murmúrio de aprovação. Nessa região da Bahia a população tinha uma visão ambígua dos bandidos. Até mesmo o coronel João Sá, diziam, era aliado deles.

— Quem é Lampião? — perguntou Maria, aproximando-se mais da foto. Nunca tinha visto uma foto como a desses rapazes, alguns com a pele escura, outros mais claros, alguns bonitos fazendo pose para a câmera, outros com uma expressão assustada como se tivessem acabado de fugir da perseguição das cabras do pai.

— Este aqui — disse o pai com o dedo apontado para um homem alto e magro parado à frente do grupo. Ele estava ajoelhado, com um ar pouco à vontade, e Maria notou que ele era cego de um olho.

A reportagem do jornal dizia que o confronto com a polícia tinha sido violento e que Lampião ao ser atingido no pé por uma bala, havia morrido.

"Lampião morreu!", anunciou a polícia, um fato em que ninguém acreditou, mas desta vez a história tinha sido divulgada em um jornal. O bandido havia deixado um rastro de sangue. Então, não o haviam matado em ação, ele fugira. Mas a polícia matara seu cavalo e seus homens tinham lutado para que ele pudesse escapar, mas fugiram em seguida. Portanto, Lampião estava sozinho e se arrastava pelo local com o pé ferido, como mais tarde contou a Maria Bonita. A polícia só precisava seguir o rastro de sangue.

"Ele está morto", concluiu o major e enviou um telegrama ao governador. "Estamos procurando seu corpo dia e noite", embora fosse uma mentira. Eles não conseguiram seguir a trilha de Lampião quando anoiteceu e se abrigaram no vilarejo mais próximo. Reunidos ao redor da fogueira beberam cachaça, com medo do fantasma do Lampião semimorto. Lampião, por sua vez, se escondera em um pequeno buraco embaixo de uma árvore que havia caído, onde ficou durante 12 dias.

"Lampião morreu", disse o governador à imprensa, desta vez uma história plausível, mas só por 12 dias. Ele tinha um farnel com um pouco de carne-seca e um cantil com água, porém as provisões acabaram, o tornozelo inchou e a pele ao redor começou escurecer, sinais que morreria em breve ou ficaria aleijado por causa de uma gangrena na perna. Mas Lampião não viveria como um aleijado, eles não deixariam.

Depois de 12 dias a polícia desistiu de procurá-lo. "Ele está morto", diziam os jornais. Os artigos publicados davam detalhes de sua morte: "Major Teófanes Torres matou Lampião, o governador viu o cadáver." Mas os cangaceiros continuaram a procurá-lo, "seguindo os urubus", disse o irmão mais tarde. A vida de Lampião se esvaía deitado naquele buraco, parecia mais um lagarto do que um homem, respirando com dificuldade, com calor durante o dia e frio à noite, sem conseguir mais pensar, até que uma mulher passou perto do esconderijo cantarolando baixinho.

No início pensou que era santa Luzia, a santa padroeira de sua avó. Então a chamou gentilmente, sem esperança que olhasse em sua direção. Mas quando ela o viu ficou assustada e Lampião percebeu que era uma mulher de carne e osso. A mulher franziu os olhos e olhou em meio aos arbustos com espinhos e as urzes a figura de um homem também assustado ou talvez de um fantasma.

Mas o povo do sertão, seu povo, em algum momento havia rezado para encontrar ajuda e uma mão ou um braço estendido o havia ajudado e, por isso, conhecia a piedade. A mulher olhou seus lábios escuros e seu tornozelo, e lhe deu comida e água aos poucos. Depois foi buscar o marido, um homem muito magro, com a roupa em farrapos, que carregou o terror dos sete estados nas costas até sua casa modesta de adobe.

Ao chegar nessa casa, Lampião mandou uma mensagem aos irmãos, que chegaram com sessenta homens e o levaram para uma fazenda, nas colinas da Paraíba, de um grande proprietário de terras da região, onde a polícia não entrava. Há pouco tempo, Lampião tinha tirado o filho do dono da fazenda da cadeia local e agora ele lhe devolvia o favor. Chamou o primo, um médico da cidade, que conseguiu salvar o pé de Lampião já quase gangrenado.

O incidente não lhe causou nenhum problema físico, nem mesmo passou a mancar como previsto, disse aos jornalistas. Assim que se sentiu melhor, viajou para o povoado de Sousa para se vingar da polícia que o "matara". Armou uma emboscada onde trocaram tiros e, em seguida, entrou em uma das poucas casas da elite local e capturou o coronel Gurgel e sua esposa como reféns. Depois posou com seu bando para a fotografia, com um pequeno sorriso que Maria e a irmã viram naquele dia.

Esse "morto" sorria. O sorriso que ela poderia quase ouvir de seus lábios: "Onde viram meu cadáver?" Uma voz sedutora e zombeteira que fazia seus joelhos tremerem e o coração bater de uma maneira como nunca havia sentido antes.

No final da tarde, Maria e a irmã sentaram-se com o jornal nas mãos embaixo das árvores mirradas perto da cerca.

— Você se casaria com ele? — perguntou a irmã. Ela não disse o nome *Lampião*, mas ambas sabiam a quem se referia. Na verdade, era uma pergunta absurda. Equivalia a perguntar se casaria com o imperador do Brasil, caso ressuscitasse e a pedisse em casamento.

— Você se casaria com algum desses homens?

Essa era a pergunta certa. Uma jovem que vivia no sertão se aventuraria a ter um romance com algum deles? Abrir mão de uma vida tranquila para se expor a uma aventura ou ao perigo? Ou a uma vida de paixão que significava um ingresso para o túmulo?

Maria observou os rostos do grupo, porém era difícil distingui-los agora que olhava com mais atenção. Mas que importância tinham seus rostos? Eram todos jovens, livres e não tinham medo de morrer. Rapazes que desafiavam a vida e a lei e estavam rindo, sem se importarem com a presença do coronel Gurgel. Ela nunca havia visto isso antes. Mesmo os tropeiros mais insolentes que conhecia tiravam o chapéu ao cumprimentarem João Sá.

— Sim — disse Maria.

— Mesmo esse homem feio? Ou o baixinho?

— Sim. — Mas sabia que isso não ia acontecer. Seus olhos eram azuis, a pele cor de mel, o cabelo longo e grosso caía pelas costas. Os garotos do vilarejo seguiam Maria pelas ruas no dia do mercado, e lhe davam as tiras de couro que fabricavam.

Ela iria se casar com um deles, um bom tropeiro. Alguém que soubesse dançar.

Ouviu a voz: "Venha pra casa, Maria!"

Largou o jornal e correu para casa, ajudou a servir o feijão e a mandioca à noite, sentou-se e comeu como de hábito, mas se sentiu irritada e inquieta e, mais tarde, não conseguiu dormir. Ficou deitada na cama, pensando. Tentou ficar o mais imóvel possível para não acordar os outros e afastou as mãos do corpo. Será que era verdade que Lampião só tinha um olho? Como seria o outro? Ele usava óculos e a foto não mostrava os detalhes. Só que alguns dos rapazes eram mais bonitos e sabiam posar melhor. Lampião não posou para a foto, apenas olhou para a câmera.

Ou para quem? Ela, talvez? Mas era impossível é apenas uma fotografia. E foi assim que ela dormiu, ainda pensando para quem ele olhava.

E acordou no dia seguinte com a seca. Ou talvez tenha sido no ano seguinte, quando fez 15 anos e as pessoas começaram a olhar para o céu. O céu sempre azul sem uma nuvem no horizonte, os péssimos sinais de um período de seca que se aproximava. As rãs e as formigas haviam desaparecido; e como diziam as pessoas, "as formigas nunca erram". Mais uma vez a seca assolaria a região.

Os poetas já declamavam na praça, "Deus, ajude nosso sertão! Uma tragédia sem nome!" e os mais velhos lembravam-se da Seca dos Dois Setes, em 1877, quando o gado e milhões de pessoas morreram de sede e fome.

E comparada a essa grande seca no Nordeste, a de 1924 foi mais amena. Não matou pessoas nem as expulsou de suas terras, mas seu pai teve de vender algumas cabras logo no início. Não poderia esperar a feira, quando conseguiria um preço melhor, porque não havia o suficiente para alimentar a família. Tudo estava mais escasso à mesa, havia ainda carne de cabra, porém não serviam mais queijo, a colheita de mandioca fora um fracasso e agora só tinham um pouco de grãos e nada mais. Eles não tinham condições de comprar alimentos, nem açúcar ou café.

Não havia nada que eles e as outras pessoas pudessem fazer, só restava olhar para o céu, ou seguir os vizinhos até a cidade para assistir à missa, onde se ajoelhavam e pediam a Deus que perdoasse seus pecados que ocasionaram a seca, o justo castigo que recebiam.

As pessoas batiam nos animais e arranhavam a pele em suas costas como punição, mas tudo era inútil. O sol brilhava com um calor abrasador em um céu azul impiedoso, que ficava branco ao entardecer. Elas começaram a ouvir histórias de grupos desesperados, que andavam pelo sertão saqueando os depósitos de grãos dos mercados das cidades. Um dia o pai de Maria voltou da cidade com a notícia que os posseiros estavam parados à frente dos quartéis oferecendo as filhas aos prantos aos soldados, com ou sem casamento, para que não morressem de fome em casa.

Pouco depois ouviu a mãe dizer chorando:

— Não! Você não pode! Ele é muito velho! E ela é bonita, sua beleza apenas começando!

Essas foram as palavras de sua mãe, "sua beleza apenas começando". Curioso, ainda podia ouvi-las, exatamente na voz de sua mãe.

— É mais uma razão pra tirar ela de casa! — Ouviu a voz do pai e lembrou o medo que tinha sentido.

Maria e a irmã desviaram o olhar do bordado. Ela tinha 16 anos na época e sabia bordar bem, embora a irmã fosse mais habilidosa.

— Pede a ele pra esperar um pouco. Converse com ele!

Mas seu pai não tinha mais o que conversar com o sapateiro. Já tinha "falado a coisa" para ele. Eles tinham "sorte" de ter encontrado um marido para a filha.

As meninas se entreolharam. Qual delas?

O pai não disse mais uma palavra, bateu a porta da casa e saiu. A poeira da terra ressecada rodopiava em volta de suas botas velhas. Em seguida, a mãe olhou para Maria com os olhos vermelhos de tanto chorar.

Não havia nada que alguém pudesse fazer no sertão a não ser esperar dias melhores. Assim havia sido educada e era dessa maneira que se comportava. Escutou o pai dizer "sábado", então começou a rezar, para que sábado não chegasse nunca. Ela só tinha 16 anos e "sua beleza apenas começando".

Esse não poderia ser o seu destino, o de encerrar uma vida que não havia ainda começado. Casar com um homem velho, o sapateiro da cidade, que poderia ter escolhido qualquer outra moça, sua prima mais velha, por exemplo, que tinha um defeito na perna e mancava. Ou qualquer outra. E pensou que o pai talvez soubesse em seu íntimo que havia cometido um erro, que tinha agido com precipitação por ter visto a infelicidade dos posseiros e das filhas à frente dos quartéis. Ele ficou em pânico e fez um péssimo acordo e agora não sabia como voltar atrás ou ter uma nova conversa.

Mas poderia encontrar uma solução. Todos sabiam, até na Bíblia havia o relato de atos ardilosos para enganar o noivo, por exemplo, uma irmã com um véu no rosto que substitui a noiva prometida. Não que quisesse esse destino triste para a irmã, porém talvez a oferta de algumas cabras pudesse desfazer o compromisso. Ou a promessa de dinheiro quando as chuvas começassem.

Essas eram as esperanças de Maria e de sua mãe, embora não tocassem no assunto. O que teriam a dizer? O casamento aconteceria ou não, era inútil piorar a situação com conversas a esse respeito. Mas ouvia as súplicas da mãe, as lágrimas, as palavras ásperas do pai, as portas que batiam com força e, por fim, seu pai jurou pelo cadáver do pai dele que manteria sua palavra. Na sexta-feira o silêncio invadiu a casa. Na manhã de sábado o pai saiu de casa sem dizer uma palavra e atrelou o último cavalo à carroça.

Sua mãe a abraçou soluçando enquanto colocava um lenço de algodão ao redor de sua cabeça por causa da poeira. Depois lhe deu um pequeno saco com um pente, algumas roupas íntimas, uma blusa e a camisola da noite de núpcias, que a mãe fizera quando Maria ainda era uma menina. Todas as mães se esmeravam em fazer as camisolas com renda branca que as filhas usariam no dia do casamento. Ao ver a camisola Maria teve um choque.

— Não! Por favor! — E chorou pela primeira vez no ombro da mãe, mas o pai apareceu na soleira da porta.

— Minha filha, você deve receber seu marido com todo o carinho — sussurrou a mãe em seu ouvido. Não eram palavras que mostrassem a dimensão de sua infelicidade, como havia sido o choque da camisola da noite de núpcias. Porém foi o bastante. *Você está presa na armadilha de seu destino, assim é a vida. Veja a renda como é linda.*

— Vamos — disse o pai e ela saiu da casa onde nunca mais passaria uma noite e subiu na carroça.

Na verdade, voltaria uma noite à sua casa, porém isso foi bem depois. Antes, foi só a tristeza do deserto de sua vida com o sapateiro, que se iniciara neste dia na igreja de Santa Brígida.

Mesmo antes, no caminho até a igreja nessa manhã, ela ainda lembrava o silêncio, a sensação de que seu pai e ela não só faziam uma viagem em meio ao calor e à poeira, mas também mergulhada em silêncio. Nenhum dos dois disse uma palavra. Ela amava o pai, da maneira discreta e distante da família, e o respeitava. Sempre achara que era esperto, que agia com correção e proporcionava segurança à família. Ele protegia a mulher e os filhos. Se alguém fosse privado de alimentos básicos de sobrevivência não seriam eles, pelo menos não os primeiros. Seriam os últimos a não ter mais o que comer.

E ela o amava por isso, mas esse amor que era também um sentimento de gratidão, um misto de alegria e segurança em sua casa, terminara. Ele a havia tirado de casa, não porque fosse uma necessidade imperiosa, como tinha dito à mãe de Maria, mas por causa de um erro de julgamento. Ele se precipitara. Maria olhou o céu no caminho para a cidade e, embora ainda não tivesse chovido, o tempo estava mais ameno e logo choveria, em uma semana, ou duas, e a seca não os teria matado. E Maria sabia que o pai pensava o mesmo e, por isso, daria meia-volta e se desculparia com o sapateiro.

Mas sua palavra, seu nome, valia mais do que a vida dela, ou pelo menos de sua felicidade, e continuaram o caminho, embora a poeira quase tenha sufocado o cavalo. Então, a melhor coisa que poderia acontecer, a única que poderia salvá-la, era o pai ter um mal súbito e morrer na estrada para Santa Brígida essa manhã.

Maria beijou seu medalhão de metal e fez um pedido pecaminoso, de corpo e alma, pecaminoso, sim, mas como uma reação ao pecado do pai. Pecado contra pecado. Maria nunca mais falou com o pai depois desse dia. Qualquer que tenha sido a relação de amor e de respeito entre eles terminou nesse dia. Nas poucas vezes em que visitou a mãe poderia ter dado até logo ou adeus ao pai. No entanto, não se lembrava desses momentos. Mas, de qualquer modo, nunca mais o viu.

Quando pararam em frente à igreja em Santa Brígida, o sangue de Maria ficou frio e pensou em se atirar no chão empoeirado aos gritos e se contorcendo. Talvez o coração cruel do pai se apiedasse dela ao ver seu sofrimento, ou o sapateiro a tomasse por louca e desistisse, mas no fim, ela não fez nada. Não adiantaria, seu pai a arrastaria pelos cabelos se fosse preciso e ninguém lhe daria a menor atenção. Isso era um fato comum na região. Quantas vezes jovens de 16 anos, "cuja beleza apenas começava", casavam aos gritos e protestos com homens velhos ou jovens, homens que não amavam, ou detestavam.

Então desceu da carroça e seguiu o pai, não por ele, mas sim por uma questão de orgulho. Antes que ele lhe dirigisse a palavra. Antes que ouvisse mais uma vez sua voz.

Estava escuro dentro da igreja e eles ficaram parados na porta até os olhos se acostumarem à escuridão. Em seguida, viu um homem jovem próximo ao altar e, por um instante, pensou que pudesse ser um milagre. Mas era o sobrinho do sapateiro, que seria testemunha do casamento. O futuro marido era o homem idoso ao seu lado.

Mais velho do que ela se lembrava, mais velho ainda do que o pai, com cabelos e costeletas grisalhas. Um homem que nem tinha feito a barba para o dia do casamento. A visão a chocou e ela depois manteve os olhos fixos em suas sandálias.

As sandálias velhas, abertas na frente e com o calcanhar fechado, igual às das demais pessoas, acomodavam-se tão bem em seus pés, que todos diziam "as sandálias de Maria". Eram diferentes das sandálias de Dondon, ou de sua mãe — curioso como os objetos pessoais refletiam a personalidade das pessoas. Ela olhou as botas pesadas e sem elegância ao seu redor. É claro, um trabalho artesanal do sapateiro, botas de um couro duro feitas para durar cem anos, mas sem nenhum gosto estético.

No entanto, nunca tinha visto sapatos como os do padre, pretos, brilhantes, de um couro macio, costurados com pontos minúsculos e amarrados com cordões finos. Talvez tivessem vindo do litoral, ou da capital, de tão bonitos que eram. Os padres sempre tinham dinheiro, seca sim ou seca não, estava pensando, quando de repente, a cerimônia terminou.

Já terminara? Ela não se lembrava de ter dito "Eu prometo". Será que os noivos teriam dito essas palavras? Ela não poderia ter dito uma palavra. Pelo menos não houve beijo após a cerimônia. Todos saíram da igreja em direção à praça onde mais uma vez a luz os cegou. Enquanto estava na praça, em meio ao torpor dos acontecimentos traumáticos, Maria pensou se alguma coisa havia acontecido de diferente. O sapateiro mudara de ideia?

Porém o pai cumprimentou o sapateiro e lhe disse, com um tom de voz estranho, "obedeça ao seu marido". Em seguida, Maria viu a carroça do pai partir envolta na poeira da terra ressecada, brilhando à luz do sol do meio-dia. Os redemoinhos de poeira pareciam movimentos de dança e ela poderia ficar olhando-os para sempre, mas por fim o sapateiro a chamou, "Vamos", e começou a andar na rua de pedras.

Maria o seguiu. Era meio-dia, fazia calor e as ruas estavam desertas e silenciosas. As pessoas haviam ficado em suas casas à espera de um entardecer mais fresco. Apertou o pequeno pacote no peito e caminhou alternando momentos em que tudo era preto e branco, sombra profunda e o brilho forte do sol refletindo-se nas árvores bonitas da rua da casa do sapateiro, que só viu mais tarde, porque não conseguia olhar ao redor. Só seguiu o sapateiro pisando nas pedras.

Enquanto continuassem a andar estava tudo bem, pensou. Desde que ele não parasse.

Com uma espécie de grunhido, uns porcos pretos, magros, quase mortos de fome, passaram por eles. Sabia que não havia comida para os animais e pensou em sua camisola. Os porcos a devorariam em um segundo, ou pelo menos a rasgariam, pisariam nela com os cascos, se conseguisse tirar a camisola do pacote e jogá-la para eles. Mas nesse instante o sapateiro parou em frente à porta de uma casa.

"Corra!", sussurrou uma voz.

Maria olhou para cima.

"Corra agora! Rápido!"

Boa ideia, isto, mas correr para onde? A voz não disse. Ela olhou a rua silenciosa ladeada por casas de pessoas que não conhecia, que não poderiam imaginar que uma noiva fugisse correndo, nem tinham comida para lhe oferecer.

O sapateiro tirou uma grande chave do bolso e colocou na fechadura da porta.

"Agora, rápido!"

No entanto, a menos que estivesse decidida a correr até as cavernas na montanha onde os desordeiros da cidade se abrigavam, se estivesse preparada para viver como uma louca, ou pária, só lhe restava entrar na casa do sapateiro.

Maria parou na soleira da porta.

— Ei — disse o sapateiro. Ele a olhou com atenção, como se quisesse ter certeza de que casara com a filha escolhida, depois fez um aceno com a cabeça e desapareceu dentro da casa. Ouviu o barulho de um pássaro batendo as asas nas laterais de uma gaiola, talvez um cardeal com o topete vermelho, que algum menino capturara na caatinga. Nas caatingas eles cantam o dia inteiro nos arbustos com espinhos.

As venezianas estavam fechadas por causa do calor. Maria sentiu o ar fresco, mas a escuridão a impediu de examinar o lugar. Não que precisasse conhecer a casa, já a conhecia sem vê-la. A sala da frente estaria quase vazia como de todas as casas, com o chão de terra batida e paredes de adobe polido. Teria uma rede pendurada em algum lugar, ou solta em seu gancho, talvez uma cadeira de couro rústica e uma pequena mesa.

É possível que a casa tivesse um pequeno altar, porém isso era mais uma preocupação feminina. Sabia que o quarto de dormir ficava na lateral e a cozinha aos fundos, com o fogão, a lenha e as vassouras. No quintal havia um banheiro e uma bacia de pedra para lavar o rosto e as mãos. As panelas estariam penduradas nas paredes como na cozinha de sua mãe, ao lado das imagens de padre Cícero e do Sagrado Coração de Jesus. A farinha de mandioca ficava guardada em um saco. É possível também que tivesse café e feijão. Um pedaço de carne de sol pendurado na despensa, caso ele gostasse. Não teria queijo, porque o sapateiro não criava cabras.

Na penumbra viu o sapateiro caminhando em sua direção. O terror apertou sua garganta, mas ele se limitou a pedir que preparasse o jantar. Maria seguiu rápido para a cozinha com o pacote ainda apertado contra o peito. Não sabia o que fazer com ele, não tinha certeza se deveria colocá-lo em algum lugar. Nunca tinha entrado na casa de uma pessoa estranha.

Olhou a cozinha à procura de um lugar para guardar o pacote. Não queria que ele o visse e perguntasse o que tinha trazido. E veria a camisola. Embora tivesse pensado que morreria asfixiada antes de vestir a camisola para o sapateiro. A renda branca de sua mãe.

Por que sua mãe havia trabalhado dia após dia na camisola se sabia, como Maria também sabia agora, que a filha não escaparia ao destino de um casamento infeliz? Todas as agulhas, os bilros, o tecido alvo e as melhores linhas comprados no lugar de café e açúcar do vendedor ambulante, que trazia as mercadorias de Feira de Santana. Além da renda delicada feita pelas mulheres para suas filhas. Tesouros complicados, pensou Maria, trabalhos entrelaçados como linhas torcidas de paixão e tristeza, camisolas vestidas por jovens em pânico ou com repugnância. Por que fazem isso? Por que não haviam lhe dito nada? Por que ninguém contava nada?

Mas o que poderia ser dito? Os conventos não estavam mais acolhendo jovens, sobretudo da região rural atingida pela seca, não havia escolas ou trabalho, nem uma família rica que precisasse de alguém para fazer trabalhos domésticos. Nada além da realidade em que vivia. Agora que pensava em sua vida, sua mãe também teria vestido a camisola da noite de núpcias tremendo diante de alguém desconhecido e assustador, o homem que era seu pai.

Qual era o sentido da vida? Por que havia nascido? Maria acalmou seus dedos trêmulos e acendeu o fogão do sapateiro.

Depois pegou o pote de barro e o encheu com a água da cisterna. O que ele gostaria de comer? Não havia dito nada. Maria olhou ao redor nervosa, encontrou a farinha de mandioca e colocou um pouco dentro do pote. Não havia mais nada, nem carne de sol ou feijão. Então, o que ele comia? Mingau como sua avó? Será que também não tinha dentes?

Será que gostava de farinha de mandioca doce ou salgada? Não tinha dito, mas não achou açúcar e então colocou sal. Rezou para que isso não o irritasse. Achou uma tigela e derramou o mingau. Tentou imaginar como o chamaria sem que ele se lembrasse de sua presença na casa.

Não queria correr o risco de irritá-lo por deixar a comida esfriar, porque a irritação poderia se transformar em algo pior, "o desejo estimulado pelo ódio". O olho do tigre no carneiro. Mas antes que avaliasse as desgraças que podiam acontecer, o sapateiro entrou na cozinha, sentou-se e começou a comer sem dizer uma palavra.

Maria encostou-se amedrontada no canto da cozinha. "Minha filha, você precisa receber seu marido com todo o carinho." O sapateiro arrotou, empurrou a cadeira para trás e ela quase deu um grito. Mas ele virou-se, foi para o quintal e Maria ouviu o barulho de água. Uma lágrima escorreu pelo rosto. "Virgem Maria, me proteja!", suplicou mesmo sabendo que era inútil. Sabia que a mãe de Deus não intervinha em casamentos legítimos.

Maria só tinha 16 anos. Examinou o chão de terra batida. Limpo. Pelo menos isso. A porta abriu e o sapateiro entrou. Ela daria uma desculpa, estava doente, menstruada, embora não ouvisse uma palavra. Virou-se para a parede em direção a um canto mais distante da cozinha, pegou uma vassoura e começou a varrer. Estava o mais distante possível da porta. Se o sapateiro tivesse planos de agarrá-la teria de atravessar a cozinha.

Porém saiu de novo. Será que pensava que ela o seguiria? Mas se a chamasse não teria outra escolha.

Mordeu o lábio e esperou. Não sairia da cozinha, mesmo se a chamasse. Teria de arrastá-la, porém talvez a idade mais avançada o impedisse de puxá-la com força. Poderia lhe bater com a vassoura, expulsá-lo da casa. Ele iria procurar seu pai, má ideia, mas nada poderia ser pior do que ter relações com o sapateiro. Não teria, não importa as consequências, e pensando no que diria para o pai, o juiz ou qualquer pessoa, ouviu um ronco no quarto.

Ela se benzeu. Será que ele dormira? Seria possível? Era um cochilo ou iria dormir a noite inteira? Ainda não estava escuro. O que isso significava? Que acordaria mais tarde, descansado, bem-disposto, e a procuraria? Ou a Virgem Maria havia escutado suas preces?

Mais tarde, pensando em retrospecto, lembrou que não havia se mexido do canto da cozinha na noite do casamento. Não bebeu água, não comeu, nem se lavou. Não queria fazer o menor barulho que pudesse acordá-lo. Passou a noite sem quase respirar, aconchegada no canto da cozinha do sapateiro, com os braços ao redor do corpo.

E na noite seguinte também, mas ao final da primeira semana sentiu-se segura o suficiente para pendurar a rede. O marido não se importaria, pensou, nem perceberia. Ele não havia tocado nela. Na verdade, não podia.

No início pensou que devia estar cansado ou era um homem respeitoso, mas por fim procurou a mãe. Maria nunca havia visto um homem nu antes.

— Uma piroca entre cocos catolé — sussurrou. — Isso é normal?

— Você tem sorte — diziam as amigas.
— Talvez.
— Não, sorte mesmo!

As amigas já tinham filhos, um novo bebê todos os anos. Os maridos chegavam bêbados em casa sábado à noite, os dois brigavam, mas depois a história era a mesma. Outro bebê. Tudo de novo.

— Sortuda — diziam.
— Talvez — respondia.

Aos poucos sua vida adquiriu uma rotina na casa do sapateiro, assim como acontecia em outros lugares. Levantava-se ao amanhecer, acendia o fogo, preparava o café e penteava o cabelo longo, ou não. Seu cabelo não precisava pentear. Em seguida, varria o chão da casa.

O marido não tinha pai e a família era pequena, "um filho de ervas", como diziam, e não havia sido educado com o hábito de conversar, nem mesmo "bom dia", nem mesmo "boa noite". Os dias passavam sem que trocassem uma palavra. Comia os mingaus que

Maria preparava, as tapiocas doces e salgadas, martelava na bancada de sapateiro o dia inteiro, depois dormia um sono só, a noite inteira, como contou Maria à mãe, "roncando que nem porco".

Ela dormia sozinha na rede. Passaram-se três anos nessa rotina.

— Maria está emagrecendo — disse a mãe.

— Mas não está morrendo de fome — respondeu o pai.

É verdade, não se morre de fome quando o marido é o sapateiro local, embora à noite o passatempo fosse observar os lagartos, contou à mãe. Eles dançam, assim como as pessoas.

A mãe a olhou com uma expressão estranha.

— Lagartos?

Será que tinha uma aparência esquisita? De repente, não se lembrou da última vez em que lavara o cabelo ou as roupas.

Mas isso não era tão importante como os lagartos.

— Bem tarde à noite eles dançam xaxado e quando você tem a impressão que eles se transformaram em pedra, dão um salto com a cauda.

A mãe a olhou pensativa.

Amor quente, Maria riu e atravessou o pátio onde estavam os rapazes. Já estava com quase 20 anos, mas não tinha o que conversar com as mulheres. Não se preocupava mais em bordar, não teria filhos.

Mais tarde essa noite, sozinha na rede, pensou como seria a transição de uma virgem para uma solteirona. Passou as mãos pelos braços e as pernas. Haviam lhe contado a história do lobisomem que aparecera na casa dos primos há uma semana. Os tios haviam ido a um enterro e só voltariam no dia seguinte para casa. As crianças ficaram sozinhas, mas tinham idade suficiente para alimentar as galinhas, cuidar das cabras, e a filha mais velha lembrou, quando já estava deitada, de colocar a trave pesada na porta. Acordou um dos irmãos para ajudá-la e os dois conseguiram pôr a trave na porta com dificuldade. Mas mesmo assim o lobisomem quase arrombou a porta.

Eles acordaram com seus uivos e com o som das garras arranhando a porta. Rastejaram para um canto bem distante, onde ficaram agarrados com o crucifixo e os medalhões da mãe, assistindo a porta ser empurrada. Ouviram a noite inteira os uivos e o som das garras do lobisomem, até que pararam por um momento, quando escutaram o barulho das galinhas correndo no quintal.

Porém ele voltaria e eles não sabiam se a porta resistiria até o amanhecer. A menina mais velha sabia que os lobisomens desapareciam assim que surgia o primeiro raio de sol. E devia ser verdade, porque ele não estava mais lá quando os pais chegaram de manhã e começaram a gritar, ao verem as galinhas mortas espalhadas pelo quintal, a casa ainda com a trave na porta e as crianças apavoradas no canto da sala, mas vivas.

Mais tarde, o padre benzeu a casa com água benta, disseram os irmãos de Maria, e todos vieram ver os arranhões na porta. Um velho rastreador disse que era uma onça que tinha tentado entrar na casa, porém as crianças insistiram. A casa tinha sido atacada por um lobisomem, eles ouviram seus uivos, embora não tivessem visto o rosto assustador.

O que aconteceria a seguir?, Maria pensou. Não às crianças, mas a ela, se o lobisomem viesse à sua casa? O que ele faria? Fariam amor antes que ele a matasse? Era um lobo, porém também era um homem. O que predominaria? O lobo ou o homem?

Ela foi até as janelas. As venezianas estavam fechadas, como todas as pessoas faziam no sertão antes do anoitecer. As noites eram perigosas, com as ameaças de lobisomens e bandidos. Mas de quem tinha medo agora, ela se perguntava? De quem tinha mais medo?

Mais um ano se passou, depois outro. "O tempo é um rio", alguém cantava em um casamento.

— Você quer dançar? — perguntou um tropeiro.

Maria nunca o tinha visto na região. Recusou com um aceno. Tinha 22 anos, mas não podia dançar. Era a mulher do sapateiro.

"O tempo é um rio", o homem continuou a cantar.

Mas não para ela. O tempo em sua vida parecia com um dos dias sem fim de um ano de seca, quando o sol surgia no céu com um brilho forte, como no calor de meio-dia, e não em uma parte mais fresca da manhã. Um desses dias que já nascia velho, opaco, sem brilho sob o céu de meio-dia.

Maria se casara há seis anos, mas nada havia mudado entre o marido e ela. Para Maria ele era o "sapateiro" e não o "marido", nem ele a chamava muito pelo nome, por que chamaria? Ela servia seu café de manhã e o mingau ao meio-dia e à noite. Ninguém estava doente, nem à morte, então que assunto os dois poderiam conversar? Às vezes comiam queijo, se alguém viesse vendê-lo, porém isso também não era assunto de conversa. Simples, tinham queijo na mesa ou não.

— Ela é como uma juriti cantando na gaiola! — disse a mãe.

— Não está morrendo de fome — respondeu o pai.

É verdade, mas ela não sentia mais fome nem cansaço. Acordava cada vez mais à noite, saía da rede, andava até a janela, abria as venezianas e olhava a escuridão. Que demônios e estripadores rondavam a casa?, sussurrava para a noite. Eu quero...

Mas o que queria? Não sabia, até o dia em que viu as cartucheiras e a bainha de uma faca com 50 centímetros de comprimento na bancada de trabalho do marido.

O sapateiro já tinha feito trabalhos para o grande bando de Lampião quando andaram por essa região da Bahia. Agora haviam voltado. Um dos bandidos trouxera uma série de coisas para consertar: cinturões, cartucheiras, alpargatas, chapéus, bandoleiras.

— Vou demorar um pouco — disse o sapateiro.
— Ele disse pra eu esperar — falou o bandido Luís Pedro.
Sentou na soleira da porta e enrolou um cigarro.
— Não tem polícia na cidade?
— Não — respondeu o sapateiro. Não havia motivo para eles se preocuparem. João Sá era o mandachuva no povoado, além de amigo de Lampião.

Luís Pedro andou um pouco pelos arredores da casa e depois voltou. O sol já começara a baixar. O sapateiro não era rápido, mas o trabalho era bom.

"Agarantido", dizia aos clientes. O bandido enrolou outro cigarro e se aproximou da bancada.

Contou ao sapateiro como haviam capturado a cidade de Capela, não muito longe do povoado, há alguns meses. Como sempre, primeiro foram fechar o serviço de telégrafo, mas o lugar já estava fechado. O telegrafista estava na prefeitura, junto com outras pessoas, assistindo a um filme de caubói americano.

Os bandidos nunca tinham visto um filme. Lampião colocou dois homens na porta de entrada e resto ficou olhando a tela em silêncio, fascinados, até que um deles foi empurrado para a frente do projetor e a sombra do chapéu em meia-lua bem conhecido no sertão, cuja forma, diziam, imitava o seio de uma virgem, apareceu na tela "tão grande como o cavalo do caubói", disse Luís Pedro rindo.

Em seguida, foi um tumulto total. O violino fez um barulho estridente, o piano parou com um som surdo e o projecionista quase queimou o filme. Todos correram para as escadas, mas os cangaceiros de Lampião impediram a passagem deles. "Não corre ninguém!", gritou Lampião. "Não sai ninguém da sala. Estou doido pra ver isso!" E todos voltaram, sentaram-se, mas as mãos do projecionista tremiam tanto que ele não conseguiu recomeçar a projeção.

— Bicho danado! — resmungou o sapateiro.

Nem tudo havia sido um desastre em Capela, continuou Luís Pedro. A polícia saíra de surdina da cidade quando soubera que Lampião se aproximava, então os bandidos roubaram dinheiro dos ricos em paz durante um dia ou dois e compraram os suprimentos que precisavam, sal, tecido de cor cáqui, perfume e todas as armas e balas disponíveis. Além disso, barbearam-se e cortaram o cabelo na barbearia local, assistiram à missa na pequena igreja onde Lampião fez sua doação habitual e, em seguida, jantaram com o prefeito no hotel da cidade, "tudo muito amigável", disse Luís Pedro, embora Lampião tivesse obrigado o prefeito a experimentar todas as comidas antes deles.

Mais tarde, organizaram um baile para as pessoas pobres da cidade. As moças chegaram tímidas em grupos de dois a três de mãos dadas, mas assim que começavam a dançar se transformaram em jovens especiais, mágicas, com "pés de ouro"! Conheciam todos os passos e algumas danças eram tão antigas que pareciam ter saído da corte do rei Sebastião de Portugal. Dançaram a noite inteira com os bandidos, com as mãos atrás das costas, com movimentos para trás e para frente, e rodopios, até o dia amanhecer e os pais as arrastarem para casa.

— E Lampião?

Luís Pedro deu meia-volta e puxou a arma. Uma mulher jovem estava parada atrás da porta. Ela não demonstrou medo. O sapateiro a olhou e depois recomeçou seu trabalho. A mulher do sapateiro. Luís Pedro pôs a arma de novo no coldre.

— Lampião também dançou?

— Não. Eles não lhe deram oportunidade. O juiz, o prefeito e o resto do grupo conversaram a noite inteira sobre o que eles deveriam fazer e qual era sua opinião.

Ela não é feia, pensou Luís Pedro. Ao contrário, bonita. Mais bonita ainda se soltasse o cabelo.

— E as moças jogaram flores para nós depois que partimos.

A mulher do sapateiro só fez um pequeno aceno com a cabeça. Qual seria seu nome?

— O prefeito deu um livro ilustrado para Lampião, *A vida de Jesus*. Como lembrança da cidade, escreveu na dedicatória! — Luís Pedro riu.

O sapateiro veio com mais um "bicho danado". Da mulher um sorriso, na verdade um meio sorriso. Simpático, bonitos dentes. Que desperdício com esse homem velho. Uma pena.

— O prefeito disse que Lampião era um príncipe, porque tinha tudo que um homem poderia desejar na vida, inteligência, dinheiro, poder e boa estrela.

— Sorte. — E ela repetiu o que Luís Pedro havia dito. — Boa estrela.

— Mas a vida dele é muito dura — falou Luís Pedro, não que a moça precisasse saber. Maria observava o sapateiro colocar novas solas nas sandálias gastas, remendando camisas de couro rasgadas pelos espinhos e recosturando as cartucheiras rasgadas na pressa de fugir, ou em meio ao pânico.

— Ele sofre — continuou Luís Pedro. — Mas disse que "se tenho sofrido, em compensação tenho gozado bastante". Assim é a vida, diz, sofrimento e felicidade.

O sofrimento Maria conhecia. Mas o que podia dizer da felicidade?

Luís Pedro deitou no banco do quintal e cochilou. Quando acordou, enrolou mais um cigarro. Tentou ensinar o passarinho a cantar. A música que Lampião cantava para as mulheres do sertão: "Tu me ensina a fazer renda e eu te ensino a namorar."

"Namorar", isso existia? Não só alguém namorava, como também ensinava?

À noite, Maria seguiu Luís Pedro no momento em que partia.

— Diga ao seu capitão: se ele quiser eu pra sua mulher, me danava com ele pelo mundo até morrer.

— Como assim?

— Diga a ele que vou estar na casa de minha mãe amanhã. No sítio Malhada de Caiçara. Conhece o lugar?

— Sim, claro. — Quantas vezes haviam percorrido essa região da Bahia? Eles conheciam todas as terras e trilhas de cabras desse lugar.

— Diga que estarei esperando por ele.

Luís Pedro assentiu com um leve aceno e partiu.

— Os olhos dela são azuis — disse Luís Pedro a Lampião essa noite.

— Mas ela é casada.

— O marido nunca a tocou.

Talvez sim, talvez não. Lampião não tinha certeza de que a queria como mulher. Até então tivera uma vida quase ascética. Padre Cícero, o padre que fazia milagres na região, lhe havia dito que manteria o corpo fechado, impenetrável às balas, desde que não tivesse uma mulher.

— Bom conselho para padres e beatos, mas não para homens de carne e osso — disse a mãe de Maria quando Lampião e alguns de seus homens apareceram no quintal da casa.

Ficou aterrorizada ao ver o bando de homens armados que haviam aparecido de repente à sua frente, mas depois que Lampião sorriu seu medo desapareceu.

Não dele, na verdade. Ficou assustada ao ver a filha chegar logo cedo com a notícia que iria fugir com Lampião.

— Você está louca! É um delírio!

Não, disse Maria. Ele viria buscá-la, talvez. Caso ele não viesse, ela iria, definitivamente.

— Mas...

— Chega, não quero mais ouvir esses "mas" que não acabam nunca. — O sapateiro era um "mas", porém sua vida nos últimos seis anos havia sido só tristeza e agora não podia mais suportar a eterna desesperança do seu futuro. Não tinha medo de uma morte prematura, nem da brutalidade da polícia que poderia recair sobre sua família, porque sua antiga casa se transformaria no endereço da fugitiva mais procurada do Brasil.

Encarou a mãe e perguntou.

— Você vai me ajudar? — perguntou com um tom de voz áspero e frio. Maria nunca havia falado com a mãe desse modo. Havia sido uma menina teimosa, mas não o suficiente para impedir o casamento desastroso com o sapateiro. Porém só tinha 16 anos na época. A mãe percebeu como os seis anos deitada sozinha na rede na casa do sapateiro tinham sido suficientes para eliminar o que havia de suave em seu temperamento.

— Sim ou não?

A mãe encolheu os ombros. Havia observado a filha emagrecer, cada vez mais triste naquele casamento não consumado. Sabia que Lampião tinha incendiado cidades, matado policiais, havia voltado para se vingar de traições e assassinara famílias inteiras, mas só quem o havia traído. Era um homem que agia sempre com justiça. Aliás, era o que mais se aproximava da noção de justiça nessa região. Além disso, havia ido a um dos seus bailes, os melhores do sertão.

Olhou bem no fundo dos olhos da filha. Talvez morresse jovem junto com os bandidos, mas também não morreria na casa do sapateiro? De "melancolia", como diziam?

Então se benzeu, ajudou a filha a tomar banho e a pentear o longo cabelo escuro. As duas não haviam feito nada disso no dia do casamento com o sapateiro. Nem sentiram vontade.

Ajudou-a também a vestir o vestido de algodão fino e brilhoso, o que não usara no casamento. Estava perfeito, ainda melhor, porque emagrecera. Ficou linda, elegante, com seu longo cabelo e os olhos azuis brilhantes. Tão brilhantes que ofuscaram o olhar da mãe. Estava tão bonita, com o cabelo ainda úmido que caía sobre os ombros e molhava a parte da frente do vestido.

— Vamos — disse a mãe.

Quando voltavam para a casa viram Lampião no quintal, sob as acácias, acompanhado de alguns homens. As duas não haviam escutado nada, nem o barulho dos passos ou de um galho quebrado, e pararam surpresas à frente dos bandidos, uns homens com cabelo comprido, cordões de ouro e medalhões pendurados no pescoço, e armados com facas e revólveres. Lampião era mais alto e mais magro do que na fotografia, com a pele mais escura e o cabelo despenteado, e óculos escuros, por causa do olho cego. Estava vestido com uma camisa listrada de azul e branco, usava um lenço vermelho no pescoço, anéis nos dedos e uma faca incrustada com pedras preciosas na cintura.

Embora fosse uma visão fascinante, ao mesmo tempo causava um choque. Em pânico, a mãe tentou segurar a mão de Maria, mas ela já seguira em sua direção. O sorriso dele faria uma mulher que dormia sozinha há seis anos sonhar sem limites.

Eu te ensino a namorar", dizia o sorriso, e Maria caminhou sem hesitar em sua direção, com um sorriso de "sim" nos lábios antes que dissesse olá.

Talvez não tenham dito olá. Ambos eram solitários, embora Maria tivesse vivido com um marido e Lampião com seu bando de cangaceiros. Mas eram em sua essência pessoas sós, por isso, segundo os relatos de Luís Pedro, Lampião organizava bailes, porém nunca dançava.

Então, é possível que não tenham se cumprimentado, mas não se lembra. Só se lembrava de ter andado com Lampião até um grande ipê, um ponto de referência dos peregrinos que seguiam para Monte

Santo e o de Lampião quando percorria essa região da Bahia, como lhe contou depois. As flores brancas do ipê eram deslumbrantes, disseram, e sob essa árvore Lampião a abraçou e beijou.

Apesar de estar casada há seis anos, nunca havia beijado um homem antes e, depois desse beijo, Lampião não precisava ser o rei do cangaço para ter conquistado seu coração.

— Você tem a coragem de repetir o que disse a Luís Pedro ontem?

— Vou seguir você, se me quiser como mulher.

— Mas você já tem homem, é casada.

— Mas é como se não fosse.

E ele a beijou de novo. Depois, todos se sentaram ao redor da mesa de jantar da casa de sua mãe e comeram o melhor banquete do mundo. Carne de sol, mandioca frita, tapioca com manteiga, batata-doce assada e queijo branco fresco feito do leite das cabras, que só sua mãe sabia preparar com a dose certa de sal. E café, é claro, forte e doce, e todos riram e conversaram, exceto Maria.

Começou a anoitecer. Lampião levantou-se da mesa, fez um gesto para os bandidos que o acompanhavam, agradeceu à mãe de Maria, e seguiu em direção à cerca do quintal. Ela também se levantou. Deveria levar a bolsa ou não? Sim, levaria. Estava pronta para partir.

— Vamos conversar — disse Lampião em voz baixa. Os dois se afastaram do grupo e caminharam até os pés de acácia, onde há muitos anos ela havia examinado a fotografia dele.

— Às vezes é difícil viver comigo.

— Sim. — Sorriu ao pensar que a vida difícil é com o sapateiro.

— Alguém pode tentar atirar em você.

— Sim. — Que importância tinha um tiro em comparação com mais uma noite infeliz na casa do sapateiro?

— Pode levar um tiro fatal.

Não seria pior que outros dias de silêncio.

— E fugir no meio da noite.

— Sim.

— Nunca dormir em uma cama.

Mas ela não dormia em uma cama.

— É possível que morra jovem.

Maria sorriu para ele. Ela havia morrido jovem, embora agora sentisse que não era verdade. A vida deprimente ao lado do sapateiro não era igual à possibilidade de levar um tiro ou atirar em alguém.

Mas esse tipo de experiência só se aprende com a vida, então se limitou a sorrir naquele dia e disse:

— Todos nós vamos morrer um dia.

Nesse momento ele parou de sorrir.

— Você não sabe o que está dizendo! É preciso pensar a esse respeito!

Ela havia pensado, falou, havia pensado durante seis anos, estava pronta para partir, nesse exato instante. Porém Lampião ficou silencioso e olhou para longe.

Disse que precisava partir e andaram em silêncio até a cerca de madeira no final do quintal. Olhou o rosto dele, mas não soube dizer em que pensava. Ele a beijou de novo, porém dessa vez foi diferente. Há uma hora o beijo queria dizer, *eu sou seu, você é minha, nos encontramos e vamos partir juntos*. Mas não esse beijo, então o que significava?

Luís Pedro e os outros cangaceiros o esperavam.

— Tome tenência! — ele disse. — Pense bem!

Ele voltaria no dia seguinte para pegá-la se ainda quisesse partir com ele. Em seguida, pulou a cerca e desapareceu na caatinga com seu bando.

Maria caminhou devagar de volta à casa. O que era sua vida? Uma fita de seda amarrada em um sapato velho? Uma tarde maravilhosa com Lampião, em meio aos dias e noites intermináveis na companhia do sapateiro? Era um fato corriqueiro, as pessoas sempre repetiam suas histórias. "O dia em que aquele coronel dançou comigo." "O dia em que Antônio Conselheiro passou por aqui assamos uma cabra." "Agora choveu, antes não?" Quantas pessoas viviam de pequenas lembranças passageiras?

"Pense bem", havia dito Lampião e o primeiro pensamento que lhe veio à mente é que não voltaria para a casa do sapateiro, mesmo se Lampião não viesse pegá-la. Ficaria na casa dos pais por algum tempo até recuperar as forças. Voltaria a bordar e venderia os bordados no mercado para as pessoas que vinham do litoral. Se não funcionasse havia alguns outros caminhos a seguir, bem melhores do que os da casa do sapateiro. Poderia se vestir com roupas azuis e seguir os peregrinos que acompanhavam o padre Cícero em Juazeiro do Norte. Deixar a vida seguir seu rumo.

Se ele não voltasse.

Mas depois rezou apenas uma oração a noite inteira para Nossa Senhora Aparecida, a santa padroeira das causas impossíveis: "Faça com que ele volte!"

Por pouco Lampião não voltou, lhe contou mais tarde Luís Pedro. Sentou ao redor da fogueira com seus companheiros e pediu que cantassem sem parar sua música preferida: "Não pode amar sem ser amado".

As mulheres eram complicadas e ele não queria complicações em sua vida.

Ele precisava ser livre, não tinha alternativa. Essa era a vida que tinha escolhido, boa ou má, pouco importava. Não mudaria de opinião.

Mas ao amanhecer tirou o chapéu com um gesto brusco, praguejou e voltou para buscá-la.

Desde as primeiras luzes do dia, Maria observava o horizonte e seu coração bateu rápido quando viu Lampião se aproximar em meio à paisagem infinita de arbustos espinhosos e cactos. Ele parou do lado de fora da cerca montado em seu cavalo, para mostrar que a decisão de partir cabia só a ela.

Atrás deles havia uma casa, um jardim, uma família. Galinhas, cabras, bordados e uma cama para morrer. Nada disso existia no mundo de Lampião. Seu teto seria o céu impiedoso, o jardim só teria cactos, e a cama seria feita de folhas. Não haveria portas nem venezianas para se proteger da noite.

Mas não precisaria de porta, porque ela seria a noite, se partisse com o homem que a ensinaria a fazer amor, como sentira em seu beijo.

A mãe chorou ao vê-la partir e murmurou uma bênção, não que pensasse muito na mãe naquele dia. Ela partiu a cavalo com Lampião nessa manhã ensolarada para um mundo distante, que mudaria sua vida para sempre.

Os dois atravessaram o vilarejo e passaram em frente à casa de adobe do marido, a pequena loja que não era mais sua prisão. Agora, era apenas um lugar onde havia morado, uma casa em uma rua de pedras agradável com árvores e passarinhos, pintada com uma cor azul clara, bonita.

O sapateiro estava sentado ao lado da janela, trabalhando.

— Adeus, Zé! — disse alegre para esse estranho, cujo chão da casa havia pensado que seria seu destino varrer todos os dias.

Ele a olhou.

— E tu vai me deixá mermo, Maria?

Maria soube há pouco tempo que o sapateiro havia mudado para Mato Grosso, onde consertava as botas dos mineiros da região. Não tinha casado de novo, só encontrara umas índias que preparavam seu mingau. Essa era a única função de uma mulher.

— Adeus, tudo de bom pra você! — gritou enquanto se afastava dele, de todos os homens, mulheres e cabras do povoado. Maria, a antiga mulher de Zé Neném, o sapateiro, de quem tinham pena até essa manhã, desejava boa sorte a todos. A mesma Maria, que por um triste acaso do destino casara com o sapateiro de Santa Brígida, e agora fugia para o mundo desconhecido de Lampião.

Não disseram uma palavra enquanto seguiam rumo ao seu destino, onde não havia palavras a dizer. Ela só ouviu por um instante o som suave dos sinos das cabras. Quando se sentaram embaixo de uma árvore para beber água, tudo ao redor deles tinha o cheiro de pão de canela, que assavam uma vez por ano na festa de São João.

Seguiram por um caminho ao lado de um riacho com pedras e árvores mirradas de ambos os lados. O sol brilhava forte no céu e ela pensou que o mundo desaparecera e só haviam restado os dois naquela solidão. Mas, em seguida, Lampião fez uma curva e, embora não visse sinais de barracas, fogueiras, nem ouvisse barulhos, os homens surgiram de todos os lados soltando tiros de rojão. Haviam chegado ao acampamento do bando de cangaceiros de Lampião.

Os tiros de rojão eram em sua homenagem, disse Lampião, quando a ajudou a saltar do cavalo. O acampamento com uma pequena barraca havia sido instalado ao lado de um riacho seco. É possível que houvesse uma fogueira, mas não se lembrava com nitidez da paisagem. Ainda estavam na Bahia, mas em um lugar tão diferente e longe do que conhecia, bem no meio da vegetação selvagem típica da caatinga. Um lugar deserto, sem sítios, cabanas ou cercas, nem trilhas de cabras.

Só havia cactos e arbustos cheios de espinhos que brotavam da terra empoeirada, cactos com formas arredondadas e flores vermelhas, e arbustos altos e esguios cobertos com botões delicados de flores brancas. Alguém trouxe água para que lavasse o rosto queimado do sol e café com açúcar, e os homens deram mais tiros de rojão.

Afinal, essa era uma festa de casamento.

Os homens haviam assado um peru em sua homenagem e fizeram brindes enquanto comiam sentados nas pedras. Luís Pedro, o primeiro amigo que havia feito no grupo, lhe trouxe um copo de cachaça. Ela só havia bebido um gole ou dois de bebida alcoólica em festas de casamento, mas nunca um copo. Aos poucos, a magia daquele momento em meio à paisagem de pedras e cactos a envolveu. Ainda não sabia se era um sonho, ou como tudo tinha acontecido. Havia acordado como a mulher do sapateiro, sem nenhuma esperança na vida, nem mesmo o consolo da cabeça de um bebê para cheirar e, agora, à hora do almoço, era a rainha de um grupo de homens alegres.

Era assim que os homens a tratavam, como uma rainha. Lampião lhe apresentou cada um de seus companheiros. Primeiro, os nomes de batismo, João Vicente, Manoel, Virgínio e, em seguida, os apelidos — Tempestade, Meia-noite, Cabrito. Os cangaceiros a cumprimentaram e Maria retribuiu o cumprimento de cada um deles. Nunca havia olhado para o rosto de um homem antes. Mas percebeu que eles esperavam que se comportasse dessa forma. Um deles começou tocar violão e Lampião segurou sua mão, chamando-a para dançar.

No início, se sentiu insegura, porém depois respirou fundo, ele a segurou, formalmente, e começaram a dançar um forró. Foi agradável, precisava descontrair. Logo, se sentiu mais confiante e dançou com todos os rapazes.

Depois eles começaram dançar entre si e Maria dançou de novo com Lampião. O xote, com os corpos perto, mas sem se tocarem, com o desejo um do outro.

"Ela", cantou um dos homens no violão, "é um argumento, é um sentimento...", o tipo de música que faz seu corpo balançar, e alguém lhe deu mais um copo de cachaça. "Ela", continuou a música, "ilumina a praça quando passa"..." Maria se aproximou mais de Lampião, sentia-se tonta. E ele sorria, com a cabeça bonita inclinada, Maria viu o desenho de sua boca, do nariz, do único olho, e dançaram abraçados.

Depois foram para a barraca dele, um pouco distante do acampamento dos rapazes. Uma barraca de lona branca enfeitada de seda amarela e flores da caatinga. Seda amarela, seria possível? Os cangaceiros haviam preparado a barraca. Gato Selvagem, Atirador ou Cascavel tinham posto de lado as armas e as facas para colher pequenas flores para a noiva de Lampião.

Lampião segurou sua mão, abriu a lona da porta, e sorriu com uma pergunta nos lábios, sim ou não? Ela gostaria de entrar?

Maria parou um instante em frente à barraca, não tinha mudado de ideia, era só uma pausa diante de um momento tão avassalador. Olhou as estrelas, cada uma com um brilho intenso como fogo. A vida é um mistério, um enigma. A vida é... Mas ele a beijou e Maria não pensou em mais nada. Entraram na barraca e Lampião lhe ensinou a fazer amor. Ensinou tão bem que Maria não deixou que ele saísse da barraca durante um mês.

Ou era assim que se lembrava dos momentos que havia passado com Lampião na barraca branca enfeitada com seda amarela. Sem comer, beber, nem mesmo tomar banho. Só amor.

Mas isso não havia acontecido. Saíam todos os dias, comiam, bebiam água e tomavam café. Em seguida, mudaram de acampamento diversas vezes, nunca ficavam muito tempo em um lugar. Desarmavam as barracas, colocavam os bornais com seus pertences nos cavalos e jumentos, atravessavam outros estados do sertão, fugiam da polícia e lutavam contra as volantes. Porém lembrava-se dessa época como um longo delírio, um fio de seda, um fluxo contínuo de acontecimentos.

Nessa época Lampião começou a chamá-la de Maria Bonita, sua linda Maria, e lhe deu o único colar que tivera na vida, de ouro, com dois corações unidos, que viera da Itália, disse, e roubara da baronesa de Água Branca.

E compôs uma música em homenagem à sua beleza:

"Quem não ama a cor morena/Morre cedo e não vê nada."

"Maria Bonita". Começou a aprender a atirar e logo mostrou sua habilidade. Conseguia sempre atingir o alvo. Quando iam a um povoado qualquer, entrava em uma loja e pegava o que quisesse, um pequeno espelho, um novo perfume. Tecidos maravilhosos de seda, que nunca uma jovem do interior do sertão poderia comprar. Então, fazia vestidos para usar nos momentos de lazer, de ócio! Os homens cozinhavam, não era preciso varrer o chão, não havia mato para capinar, nem cabras para tirar leite ou galinhas que tinham de ser alimentadas. Nem bebês.

"Maria Bonita". Em um dos vilarejos um fotógrafo chamou-a pelo nome. Ela virou-se com um sorriso e o fotógrafo enviou sua foto para os jornais. A fotografia foi publicada com o título de "Maria Bonita, a Guerreira Mais Temida do Brasil".

IV

Duas semanas antes, João Lucena, capitão das tropas da Polícia Militar de Alagoas, fez uma visita inesperada à delegacia de polícia de Piranhas. Pediu a Bezerra que o acompanhasse até a sala dos fundos e fechou a porta.

— Escolha — disse Lucena a Bezerra. — Capture Lampião ou será preso.

Lucena não especificou quais eram as acusações, mas nem era preciso. Bezerra havia vendido balas para Lampião, como todos faziam. Caso contrário como poderiam alimentar as famílias com o salário de policial? Nem era segredo, de que outra forma Lampião conseguiria ter a melhor munição no Brasil, melhor ainda do que a da polícia? Até os cangaceiros faziam comentários irônicos com a imprensa: "As balas da polícia são tão velhas que não matariam nem um cachorro."

Sim, ele vendera as balas há poucos meses, quando Lampião acampou perto de Piranhas, e alguém deve ter contado a Lucena. Ou talvez Lucena tenha descoberto. Na verdade, Lucena também havia vendido balas para o bando de cangaceiros mais de uma vez, mas agora alguém o estava pressionando e, para escapar, sua estratégia era incriminar Bezerra.

"Escolha", havia dito Lucena, porém escolher o quê? Capturar Lampião? Como se Lucena não houvesse tentado. Sua perseguição violenta ao bando de cangaceiros criou um reino de terror, muito pior do que a ação dos bandidos. Em sua campanha oficial para "acabar com o banditismo", Lucena devastou as cidades, espancou, aleijou e cegou trabalhadores, pais de família, suspeitos de cumplicidade, às vezes obrigados à força a cooperar com os bandidos, ou acusados de alguns contatos sem grande importância. Por fim, cavou poços gigantes ao lado das prisões locais, onde os prisioneiros, os "bandidos em potencial", eram enterrados vivos, e para quê? Para nada. "O único que escapou ileso dessa violência extrema, foi, como sempre, Lampião", publicaram os jornais.

E agora Lucena, sentado na delegacia de polícia de Piranhas, pressionava Bezerra.

— Eu posso denunciar você — disse Lucena. — Prendê-lo. Sua vida profissional e pessoal ficaria arruinada. Seria preso em uma cela pequena e sem janela. Os excrementos subiriam até seus joelhos.

Seria o mínimo que poderia acontecer, pensou Bezerra. Sabia o que acontecia com policiais que eram presos.

— Então?

Evidentemente, o novo presidente, Getúlio Vargas, queria criar um novo Brasil. Moderno. Disciplinado como a Itália de Mussolini, como o poderio crescente da Alemanha governada por Hitler, viril e forte. O Brasil poderia fazer parte dessa confraria, por que não? Getúlio havia adotado uma política de repressão às liberdades civis, de centralização do governo, e de obediência às palavras "Ordem e Progresso" escritas na bandeira do país. Um lema nacional difícil de aplicar em um país onde um bando de cangaceiros desafiava a justiça e uma classe poderosa de proprietários de terras, os coronéis, exercia o papel de potentados regionais e apoiava os bandidos por razões pessoais. Getúlio Vargas não sabia se conseguiria neutralizar o poder dos coronéis, mas tinha uma ideia de como começar.

"Mate Lampião." Essa foi a ordem que Lucena recebeu do presidente e que agora transmitia a Bezerra.

— Sim, claro, tomarei providências imediatas — respondeu Bezerra. O que mais poderia dizer? Não sabia como derrotar o bando de Lampião, assim como Lucena, Getúlio Vargas, o rei de Portugal ou o papa em Roma também não sabiam. Lampião era invencível. Os dois, Bezerra e Lucena sabiam disso.

Embora tivesse o telegrama de Aniceto nas mãos no pequeno bar em Pedra duas semanas depois, Bezerra ainda estava surpreso com o fato de agora estarem tão perto de capturar o bando de cangaceiros. Ele viera para Pedra há dois dias à procura de Lampião, outra pista errada.

Releu a mensagem codificada. "Gado no pasto" — Lampião, quem mais poderia ser? Não havia outros "touros" que poderiam ser mencionados em telegramas codificados nessa região do rio São Francisco. Nem em outro lugar do sertão, pensou. Com exceção dos delitos cometidos pelo bando de cangaceiros de Lampião não havia muitos casos de crimes. Muitas pessoas diziam que era por causa dele que o lugar ficou tranquilo. Era curiosa a maneira como Lampião mantinha a ordem na região. Certa vez, seu bando perseguiu uns ladrões de cavalos no Raso, na Bahia. Ele matou os chefes desprezíveis do grupo e devolveu os cavalos aos donos, com seus cumprimentos. Ou pelo menos era a história que ouvira. O que as pessoas contavam e acreditavam.

Lampião, "o governador do sertão", como o chamavam há quase 20 anos. Mas talvez o mundo estivesse mudando, ou já teria mudado.

Então, gado no pasto, mas em que pasto? Todos sabiam que Lampião havia voltado, mas, como sempre, o local de seu acampamento era mantido em segredo. Será que, por fim, alguém o denunciara?

"Venha", dizia o telegrama de Aniceto. Pedra não era longe de Piranhas. E um caminhão partiria em breve. Ele pegaria uma carona.

Com urgência, sim, mas sem a pressa que desperdiça energia, não dessa vez. Bezerra não queria ser a próxima frase zombeteira na música de Lampião. Todos cantavam a música, até ele. "Eu só queria mesmo era pegar Mané Neto..."

Uma boa piada, isto, de contar como Lampião derrotara todos os policiais que se intrometeram em seu caminho, entre eles Mané Neto. Dessa vez seria diferente, mas, para isso, Bezerra não podia se arriscar a cometer erros. Teria de agir com a mesma precisão de Lampião.

Ótimo. Inverteria os papéis de policial e bandido, e agora Lampião faria o papel de um policial idiota. Uma nova música seria cantada no sertão. Andou até a praça e perguntou ao motorista do caminhão para onde ia.

— Norte — respondeu. A direção errada. Perfeito, esse seria o raciocínio de Lampião.

— Também estou indo em direção ao norte, para Moxotó. Soube que Lampião está nessa região.

Odilon Flor, comandante de uma força volante que perseguia há anos o bando de cangaceiros na Bahia, olhou para Bezerra com um ar surpreso. Seus espiões tinham afirmado que Lampião estava em algum lugar no sul.

— Você quer ir comigo para Moxotó?

Em resposta, Odilon murmurou uma desculpa.

— Então, você poderia me emprestar suas metralhadoras? — perguntou Bezerra.

Claro, por que não? Odilon estava disposto a fazer um favor ao colega. Por que não deixar que Bezerra levasse as armas para Moxotó? E quando voltasse de mãos vazias, Odilon Flor pegaria alguns de seus homens e munição em troca do favor e perseguiria Lampião ao sul do rio.

Bezerra colocou as metralhadoras no caminhão, com a cabeça abaixada enquanto Odilon sorria zombeteiro. Agora pensava no ditado popular que Lampião conhecia tão bem: "Quem ri por último ri melhor."

— Vamos para Moxotó — gritou para o motorista e para os espiões, os "olhos e ouvidos" de Lampião que estavam sempre à espreita. Bezerra estava acompanhado por oito policiais de Piranhas e um deles tinha uma namorada em Moxotó. Que, por sua vez, tinha amigas bonitas. Mesmo se os policiais soubessem que Lampião não estava na região, isso não impediria que estivessem contentes em visitar a cidade.

O caminhão seguiu para o norte pela única estrada existente. O motorista transportava uma carga com baixo teor de água, que podia ser armazenada em temperatura ambiente, na maioria algodão e açúcar, para as várias cidades no caminho até Moxotó. A estrada de terra estava em boas condições, poderia dirigir até dormindo. Devia ter comprado mais cigarros em Pedra, mas com sorte chegariam a Água Branca na hora do almoço. Acendeu o último cigarro e seguiu em frente.

Mas nesse momento Bezerra colocou a mão em seu braço.

— Você poderia fazer a gentileza de dar meia-volta?

— Aqui? — perguntou o motorista, surpreso. Não estavam mais do que a alguns metros de distância do vilarejo. — Você quer voltar? Esqueceu alguma coisa?

— Não, mas na verdade nós vamos para o sul.

O motorista ficou confuso por alguns segundos. Olhou para Bezerra, mas quem vai discutir com a polícia? E Bezerra também não deu explicações, só apontou para a estrada que seguia em direção ao sul.

— Este é nosso caminho, meu amigo.

A mudança de caminho não tinha a menor importância para o motorista. A carga não corria o risco de estragar. E os planos à noite longe da mulher continuariam os mesmos. Só precisava de cigarros, mas isso era fácil de resolver. Fez meia-volta com o caminhão e seguiu para o sul.

— Ei! — Os policiais bateram no vidro que os separava do motorista. — Não íamos para Moxotó?

— Moxotó pode esperar — gritou Bezerra.

Ele não iria contar que seguiam em direção ao sul para um lugar perto de Piranhas, onde se encontrariam com Aniceto, que tinha informações de alguém que havia traído Lampião. Um dos inúmeros espiões e coiteiros de Lampião que, por alguma razão, havia decidido contar o que sabia. Bezerra tirou o maço de Jockey Club do bolso e ofereceu um cigarro ao motorista.

Isto mesmo, pensou o motorista, enquanto seguiam pela estrada.

V

Maria Bonita se aproximou da fogueira, sentou em uma das pedras e estendeu os pés para aquecê-los. Ainda não havia movimento no acampamento, só uns rapazes que tinham acordado e lhe ofereceram café. Precisava desse momento de calma para pensar no que diria a Lampião para convencê-lo a partir o quanto antes desse lugar.

Mas teria de juntar todas as suas forças e todo o poder que ainda exercia sobre ele para persuadi-lo. Nos primeiros anos todos os seus pedidos eram atendidos, porque seus desejos eram os mesmos do príncipe dos seus sonhos. Um homem diferente, que havia escolhido uma nova forma de viver e que conseguira realizá-la.

Talvez estivesse errada, mas não no início. Ele havia mudado. Ou ela. Ou a vida deles tinha mudado. Nos primeiros anos felizes, muitos, impossível de saber, quem se importa, quando o mês de julho não era um problema. Quando não se falava em morrer em julho, e ninguém se preocupava com os meses, nem contava os dias.

Agora, ainda faltam quatro ou cinco dias para o mês de julho terminar e depois, quem sabe, Lampião volte a sorrir para ela, lhe fazer companhia na barraca, passar os dedos em seu cabelo que estava crescendo. Como antes, e talvez os anos felizes possam voltar, quando a polícia era um mero peão em um jogo que Lampião estava sempre ganhando.

Havia, é claro, sentido medo antes, mas não como agora. Nas primeiras lutas com os policiais a sensação era de arrebatamento, de estar mais viva do que nunca. Um combate após outro. Lembrava-se do "Chevalier", como o chamavam, um aviador que havia dito que iria perseguir Lampião em seu novo avião, com mil soldados e uma equipe de filmagem, a fim de registrar para a posteridade a batalha contra o bando de cangaceiros em plena caatinga.

Os jornais publicaram fotografias do Chevalier, com botas e óculos, dando entrevista à imprensa no Rio, e um desfile militar na Avenida Atlântica para comemorar o futuro combate, na qual os espectadores jogaram confete nos soldados. Maria Bonita ficara com medo, mas o único comentário de Lampião foi que gostaria de andar de avião. Porém em seguida veio o carnaval, depois a Páscoa, a época das chuvas e a seca, e no fim, o Chevalier nunca apareceu com seu avião.

Mais tarde, o bando foi ameaçado por Luís Mariano, com sua volante da Glória, um lugar não muito distante da casa dos pais, que disse aos jornais que "Lampião pode brilhar em Pernambuco, mas na Bahia vamos exterminar!" Ele ia "acabar com esses bandidos", porque a polícia da Bahia não era "incompetente" como a de Pernambuco, nem era "um tatu para cair em armadilhas".

Lampião só comentou que nunca pensou que os tatus poderiam ser "incompetentes", nem eram os únicos que caíam em armadilhas.

Mas a ameaça de Mariano não os intimidou e continuaram no acampamento. Nem lhes custou uma bala derrotar os policiais, disse Lampião à imprensa. Bastou enviar um grupo de cangaceiros, que encurralou Mariano e suas tropas em um pequeno desfiladeiro e bloqueou a entrada.

Teria sido melhor para Mariano se ele fosse um tatu. Poderia ter se enterrado no chão empoeirado e esperado um momento melhor para reaparecer. Mas, como aconteceu, a água terminou no primeiro dia e a provisão de comida no segundo. O calor era intenso no desfiladeiro, com o vento quente que soprava na passagem estreita. Não havia nada que Mariano pudesse fazer, a não ser esperar o fim. Os policiais estavam mortos de fome e semienlouquecidos de sede. E ouviram os assobios sem cessar dos bandidos na entrada do desfiladeiro durante três dias.

Na manhã do quarto dia o vento e os assobios pararam. O que isso significava? Era uma cilada? Por fim, um soldado desesperado de sede preferiu morrer com um tiro e, equilibrando-se com dificuldade sob o sol inclemente, começou a gritar: "Venham, homens malditos! Atirem!"

Mas não havia ninguém na entrada do desfiladeiro. Nem traços dos bandidos, nem fogo apagado, ou sinal dos homens que tinham assobiado durante três dias. Então os soldados viram um pequeno pássaro do lado de fora do desfiladeiro, que assobiava por causa do vento. Agora estava silencioso.

Os soldados entreolharam-se, mas ninguém disse uma palavra. Só seguiram em direção a Glória, onde chegaram "arrastando-se", como noticiou a imprensa.

"Ele é um cão do inferno", disse Mariano em sua declaração oficial. Porém os jornais chamaram a armadilha de "Lampionesca", e no novo confronto com a polícia mais uma vez ficou assim, embora ninguém mencionasse um aspecto importante, a sorte de Lampião.

Desta vez estavam no Raso da Catarina, uma terra de ninguém na região oeste da Bahia, que os jornais chamavam de o "esconderijo misterioso de Lampião", um lugar isolado e desabitado, com alguns poços, mas sem rios, mesmo quando chovia. Não tinha povoados nem sítios e, por isso, não havia polícia.

A polícia nunca tinha procurado os cangaceiros nessa região. Não havia comida nem água, nenhum lugar para dormir, era preciso carregar um cantil com água. Era um lugar perigoso, porque as pessoas se perdiam com facilidade nessa terra deserta e ficavam sem água, a menos que conhecessem bem o lugar. E quase ninguém conhecia, diziam, com exceção das cascavéis, alguns índios e Lampião.

E o rastreador Antônio Cassiano. Mas Cassiano nunca tinha trabalhado para a polícia antes e, por esse motivo, os cangaceiros andavam despreocupados no Raso. Ainda mais dessa vez, porque outras moças tinham se reunido ao bando.

Lampião discordara da entrada das moças no grupo exatamente por essa razão. No entanto, se Lampião tinha uma companheira como impedir que os homens também tivessem? E as moças eram corajosas, fortes e enfrentavam os perigos. Tinham crescido no mesmo calor, na mesma poeira e privação dos namorados e dos irmãos. Conheciam esse tipo de vida.

Porém eram mulheres e na noite anterior haviam encontrado com o grupo do Corisco, e a festa com danças e regada a mais bebida do que o habitual durou quase até o amanhecer. De manhã, quando já deviam estar chegando no próximo estado, saíram trôpegos das barracas, esfregando os olhos e fizeram café. De repente, ouviram um tiro.

Maria Bonita olhou assustada para Lampião que, assim como os outros, já estava pronto para revidar o ataque. Maria e as mulheres pegaram as armas e seguiram abaixadas para cobrir a retaguarda, enquanto os homens corriam para as posições defensivas nas pequenas colinas, que Lampião escolhera na primeira noite no acampamento. Por precaução, sempre definia as posições defensivas nas colinas ao redor dos acampamentos. Agora, Maria Bonita entendeu a razão da escolha das posições, quando os homens começaram a atirar nas tropas do governo, que tinha usado o orçamento do ano seguinte para reunir mais tropas a fim de eliminar os cangaceiros no Raso.

E os policiais quase conseguiram derrotar Lampião nesse dia. Enquanto se moviam em silêncio pela vegetação rasteira e espessa ao redor do acampamento, ouviram os risos dos cangaceiros e o cheiro de café. Por isso, é provável que tenham imaginado que iriam capturar Lampião ainda na sua cueca, o sonho dos policiais e dos soldados.

Os policiais agiram com competência. Contrataram e pagaram os serviços do experiente rastreador Antônio Cassiano, e o seguiram até o Raso sob um sol forte. Alguns haviam morrido com picadas de cobra, outros não resistiram à sede e à insolação, mas os demais estavam preparados para o dia de glória de matar o invencível Lampião. Além disso, haveria a recompensa do dinheiro e das joias que os bandidos carregavam em seus bornais. Mas, quando já estavam quase em posição final de ataque, um dos rifles disparou alertando os cangaceiros.

"A boa estrela de Lampião", sua sorte famosa, publicaram os jornais em seus noticiários. Lampião à frente do bando reconheceu Cassiano, "o único que poderia ter guiado os soldados até aqui", atirou nele primeiro, embora só na perna, porque não queria privar o homem de seu sustento. Em seguida, os cangaceiros mataram o tenente, o sargento e outros policiais para que pudessem recuar com segurança. Na pressa tiveram de deixar a maior parte dos suprimentos e dos cavalos, e partiram a pé. Mas os policiais não os seguiram.

Os policiais disseram que tinham ficado nervosos com as vozes das mulheres, mas, na verdade, como mais tarde um deles contou a um jornalista, o entusiasmo deles em perseguir o grupo diminuiu quando viram as meias de seda e os pedaços de renda que as moças tinham deixado no acampamento.

Lampião lamentou a perda do livro *A vida de Jesus*, que o prefeito de Capela lhe tinha dado de presente. Quis voltar para pegá-lo, além dos cavalos, mas o irmão disse que havia outros "livros e cavalos no sertão". E estava certo.

Os cangaceiros resolveram o problema dos cavalos pedindo "emprestado" alguns a um homem e a um garoto, com o compromisso de devolvê-los, porque eram "bandidos e não ladrões", como disse Lampião. Nem criminosos, porque as pessoas que exerciam a lei na região os recebiam.

No início, Maria Bonita surpreendeu-se com os contatos tão próximos de Lampião com os ricos e poderosos, com os quais compartilhava ligações familiares e territoriais. O fato de Lampião viver à margem da lei não era um problema para eles, porque também a descumpriam quando necessário. Não era comum isso acontecer, uma vez que representavam a lei local, desde que os primeiros portugueses haviam casado com índias, foram para o interior e se apoderaram das terras. E seus descendentes, ainda nomeando juízes e prefeitos, fixando os impostos, adulterando os títulos, demarcando os lotes de terras, em resumo, eram as pessoas mais importantes e influentes em suas propriedades.

Na Chapada Diamantina, o coronel Horácio de Matos, o maior proprietário de terras da região, era o mandachuva local. O coronel e Lampião tinham um trato: os cangaceiros podiam acampar em suas terras, ele lhes dava comida, dinheiro e balas. Em troca, os tropeiros e os mineradores das minas de diamantes do coronel não tinham nada a temer. Além disso, Lampião oferecia proteção de fato a todos a quem chamava de amigos.

Sua autoridade era superior à do governo. "O governo!", bufou Matos com desdém uma noite em que trouxe carne para o acampamento e havia decidido jantar com Lampião. O governo queria eliminar Lampião, mas o coronel presenteou o rei do cangaço com algumas garrafas de cachaça fabricada na fazenda e guardada em barris especiais vindos de Portugal.

O coronel ofereceu um copo para Lampião.

— À sua saúde e à saúde da adorável Maria Bonita!

Ela sorriu, embora tenha visto que, cauteloso, Lampião esperou que o coronel bebesse o primeiro gole e continuou a beber sempre da mesma garrafa. Mas esse era seu hábito, mesmo entre amigos, ou aliados que eram tratados como amigos em noites como essa. Instalaram o acampamento em um dos pastos mais distantes da fazenda do coronel, uma vasta extensão de terra com colinas suaves e algumas árvores. Depois assaram a carne, comeram embaixo das árvores, rindo e contando piadas, beberam cachaça e as estrelas começaram a brilhar no céu, primeiro o falso Cruzeiro do Sul e, em seguida, o verdadeiro.

Um deles começou a tocar violão e fizeram duas filas de homens e mulheres para dançar baião, rodopiando, movendo-se para a frente e para trás, mais perto e recuando de novo. Depois tocou um samba e o coronel convidou-a para dançar e ela olhou de relance para Lampião. Nunca havia dançado com um coronel, nem tinha pensado que algum dia dançaria. O coronel era rico há quinhentos anos, o mesmo número de anos da história de sua pobreza.

Por outro lado, esse foi o rumo que sua vida havia seguido. Viu Lampião fazer um leve aceno de aprovação, segurou a mão do coronel, seu igual, pelo menos essa noite. A linda mulher de Lampião, a que havia escolhido entre todas as outras.

Maria Bonita sentiu que estava dançando para sua mãe, avó, tias e primas, em especial, para as que tinham morrido jovens, com apenas 30 anos. Cujas vidas e mortes coronéis como Horácio de Matos jamais conheceriam.

Só por intermédio deles, de Maria Bonita e Lampião. Mais tarde, quando os homens e mulheres dormiam em suas barracas sob as árvores, Lampião e o coronel continuaram a conversar. Estavam em 1931 e as notícias que um grupo de posseiros, que havia saído de suas terras por causa da seca e fome, tinha invadido o mercado de grãos em Caruaru e circulavam pela região.

Mas era pouco provável que isso se repetisse em outros lugares. O rio Vaza-Barris ainda estava com água, a seca não havia sido devastadora como em outros anos, então começaram a conversar sobre outros assuntos, como política e balas. Quem estava vendendo as melhores balas, quais eram as velhas, sem nenhum valor. Há pouco tempo, Lampião comprara uma boa quantidade de balas de um capitão das tropas de Alagoas. Tivera de pagar com ouro, mas eram as melhores balas do Brasil, enviadas pelo governo federal para as tropas com o selo "1930", enquanto a polícia ainda usava balas seladas "1911".

"O governo". Lampião tinha ouvido comentários a respeito de uma revolução no Rio de Janeiro e que agora os governadores eram chamados de "interventores".

Lampião havia escutado algumas notícias, porém não saberia dizer o que essa revolução significava para eles.

— Nada — disse o coronel. Os poetas já cantavam nas ruas:

> *Meu nome é Virgulino,*
> *Meu apelido, Lampião,*
> *Desde a revolução*
> *Sou interventor do sertão.*

A conversa deles foi agradável essa noite, dois homens com mundos diferentes que haviam feito a paz com a vida e que tinham conquistado o poder, embora por caminhos distintos.

Mas Maria Bonita adormeceu com o pensamento de que Lampião era um guerreiro e não um sonhador. Uma revolução que mudaria profundamente o sistema, com uma oligarquia arraigada e o povo indefeso, não era um fato concreto que lhe vinha à mente.

Lampião ajudava as pessoas pobres, simples e desprotegidas descendo em meio a elas como o deus do trovão, acampando nos pastos das fazendas de homens ricos, bebendo a cachaça deles e sentado à mesa com pessoas que em outras circunstâncias jamais faria companhia.

No dia seguinte partiram de manhã da fazenda do coronel e voltaram para a vida habitual de calor, chuva, fazendo refeições quando sentiam fome, dormiam se ficavam cansados, mas sempre cautelosos e protegidos por sentinelas. Havia noites sem lua em que era preciso fugir em meio à chuva, porém no dia seguinte faziam uma fogueira no acampamento, todos se sentavam ao redor, riam, contavam piadas, declamavam versos, brincavam de luta livre. Alguém tocava uma música e todos dançavam. As noites dos bandidos.

E os dias dourados, sobretudo entre os dois. À noite deitavam-se na barraca, olhos nos olhos, e Maria Bonita entrelaçava as mãos no longo cabelo de Lampião. Logo depois foram para a cidade de Tucano. A polícia havia fugido e os moradores da cidade os receberam.

Maria Bonita viu os olhares curiosos das moças em seus trajes, na cartucheira atravessada no peito, nos sete cordões de ouro ao redor do pescoço. O bando de Lampião passeou pelas ruas da cidade na traseira de um caminhão, rindo, cantando, dando tiros para o ar, saudando com gritos de alegria padre Cícero e o sertão, "enquanto o povo", escreveu mais tarde um jornalista, "olhava os cangaceiros com um ar surpreso como se estivesse vendo um sonho impossível".

E assim viviam como heróis, uma vida dourada, abençoada pelas primeiras luzes da manhã, pelas pedras e espinhos da caatinga, espertos e com sorte, amados pelas estrelas, até que num dia igual aos outros, tudo mudou, e Maria Bonita precisou fugir em meio ao calor e à poeira do sertão para salvar a vida, não mais uma filha da terra, e sim uma renegada, com a cabeça posta a prêmio.

Tudo foi tão repentino e inesperado. Eles estavam caminhando em uma região não muito distante da casa de seus pais, onde nunca haviam tido problema. Não tinham ainda planos e esconderam-se atrás de uns arbustos nos arredores do povoado de Canindé, à espera de que anoitecesse para continuar o caminho. Mas os policiais locais passaram próximos a eles tocando corneta e anunciando que iriam "capturar Lampião" no sertão. Os cangaceiros observaram os policiais se distanciarem pelas miras dos seus rifles.

Lampião disse para não atirarem, mas assim que a polícia desapareceu em uma curva, os bandidos saíram do esconderijo e seguiram para a cidade, onde libertaram os presos da cadeia, roubaram as casas do chefe de polícia e do prefeito, queimaram essas duas casas e assaram uma vaca na fogueira.

O comportamento habitual, mas o prefeito chorou ao governador e o governador chorou aos amigos e, de repente, todos os inimigos se reuniram ávidos, já cheirando o sangue deles.

Não só os soldados locais organizaram-se para o ataque, como também as volantes, grupos de milícias brutais mal remuneradas, mas que vieram da Bahia, de Alagoas e de Pernambuco só para matá-los.

As tropas mais perigosas eram chefiadas por Mané Neto do vilarejo de Nazaré, em Pernambuco, onde os homens viviam e morriam para caçar bandidos. Lampião havia nascido e fora criado perto de Nazaré, e suas lutas contra Mané Neto e com todos os homens e garotos do povoado eram muito antigas, haviam começado com seus pais e avós, por motivos que ninguém se lembrava, mas tudo se resumia a disputas de terra e gado, que estavam dispostos a morrer para defender. E a razão de suas vidas era matar Lampião.

Dessa vez iriam conseguir. As tropas eram numerosas e estavam equipadas com rádios, que o governo fornecera em substituição às cornetas e aos apitos, para que pudessem se comunicar no campo.

Um dos espiões de Lampião entrou a galope no acampamento

antes do amanhecer. Mané Neto parara em Pedra para uma entrevista coletiva. Contou aos jornalistas que as bandas de samba e os caminhos do desfile para comemorar a morte de Lampião já tinham sido escolhidos. Em alguns dias, disse, voltaria com a cabeça dele espetada em uma vara.

A de Maria Bonita também, por que não? Três tropas iriam se reunir. Liberato com os policiais de Alagoas, Germiniano com os da Bahia e Mané Neto com seus homens. Segundo o espião, havia pelo menos 200 policiais, ou talvez o dobro. Lampião só tinha 32 homens em seu bando. Os outros cangaceiros estavam espalhados pela região, trabalhando em pequenos grupos. Não conseguiriam voltar a tempo de ajudá-los.

Depois de contar o que sabia, o espião, visivelmente nervoso, partiu em seu cavalo. Lampião jogou fora o resto do café.

— Vamos.

Começaram a desmontar as barracas e a guardar os pertences.

— Deixem tudo aí — disse Lampião.

Nesse momento Maria Bonita sentiu medo. Alguém pegou uma garrafa de cachaça.

— Deixem tudo! — Não iriam levar a carne-seca, nem seu perfume. — Só vamos levar as armas e água. — E embrenharam-se no mato andando tão rápido, que Maria Bonita se surpreendeu.

Estavam perto de Maranduba, um lugar com uma vegetação rasteira, sem grutas ou desfiladeiros, perdido no mundo. Não havia onde se esconder. Janeiro de 1932, pleno verão, com um calor forte. Maria Bonita tinha 24 anos e há dois anos vivia com Lampião. Muito cedo para morrer.

O perigo era grande? Olhou para Luís Pedro, mas ele desviou o olhar, ninguém a olhava. Será que também estavam com muito medo, ou sempre agiam assim? Já haviam corrido tão rápido como hoje, ou dessa vez era diferente, e todos iriam morrer perto de Maranduba?

O sol nunca brilhara com tanta força, com um calor insuportável. Era um mau sinal? O diabo no lugar de Deus? Lampião estava silencioso, será que sentia medo? Não parecia, mas como ela poderia saber? De repente, ele parou e todos seguiram seu exemplo. Eles estavam a pé, sem cavalos. Maria Bonita observou Lampião examinando o horizonte.

Para quê? Não havia nada ao redor, só a vegetação rasteira e os arbustos com espinhos que se estendiam pela planície, onde 200 policiais poderiam se locomover com facilidade, cercá-los por todos os lados e atirar neles, os que tivessem sorte de morrer. Havia escutado histórias de cangaceiros capturados vivos. Então, os soldados tinham cortado suas gargantas e arrancado a pele deles.

E, é claro, com uma mulher seria pior. Lampião sempre carregava um veneno de efeito rápido, caso fosse capturado vivo, com uma quantidade também para ela. Como um pensamento abstrato parecia uma boa solução, mas será que fazia efeito antes da pessoa sentir dor? Seria algo mágico ou cianeto de potássio? Estricnina? A pessoa caía com uma espuma viscosa saindo da boca? Não seria melhor então morrer com um tiro? Ou se suicidar com um tiro na cabeça?

Queria perguntar isso a Lampião. Correu em sua direção.

— Meu amor — disse.

Lampião não respondeu.

— Virgulino — falou, chamando-o pelo nome de batismo. Era assim que o chamava na cama.

Nada ainda. Será que escutara sua voz? Notou que Lampião estava profundamente concentrado e seguiu seu olhar. O que poderia estar vendo? Só uma extensão de terra árida, sem um lugar para fugir, nem se esconder. Mas ele mudou um pouco de direção e seguiram um caminho diferente. Esse novo caminho faria diferença nessa terra descampada e silenciosa? Antes, ouviam as cornetas e apitos das tropas, mas com os rádios eles se locomoviam em silêncio. Onde as centenas de soldados estavam?

Já tinham derrotado esses mesmos policiais antes, sempre venciam os combates. Há pouco tempo, as tropas federais com todos os recursos do país à sua disposição tinham sido derrotadas por um bando de bandidos nômades que haviam nascido no sertão, poucas vezes com mais de cem homens. O comandante das tropas culpou Lampião pela derrota: "Ele sempre ocupa os lugares estratégicos e seus homens são excelentes atiradores".

Lampião sorriu ao ler a declaração do comandante. Agora, parou de novo e olhou o horizonte com binóculos.

— Vamos deixar as marcas de nossas pegadas.

Todos olharam assustados para Lampião. Sempre apagavam as marcas, sem deixar rastros. Arrastavam arbustos, pisavam de novo e passavam com gado pela trilha. Pulavam para a lateral do caminho, subiam nas pedras, por que seria diferente essa manhã?

Olhou em torno e viu a mesma expressão hesitante no rosto dos companheiros. Todos confiavam suas vidas em Lampião e era assim que viviam. No entanto, haveria um dia, em algum lugar, onde seriam derrotados e morreriam. Talvez o mesmo pensamento tivesse ocorrido aos outros. Será que Lampião estava doente ou o calor o havia atordoado? Ou será que tinha algo em mente que ninguém sabia?

— Vamos deixar o rastro das pegadas — disse em voz baixa e ninguém ousou questioná-lo. Maria Bonita tirou um rosário de prata da bolsa bandoleira, que uma mulher idosa perto de Patamuté lhe tinha dado em troca de não levarem seus cavalos.

Mas não levaram os cavalos e se precisassem deles devolveriam! Eram bandidos e não ladrões de cavalos. Eles só roubavam o que precisavam.

Dos pobres. Com os ricos a história era outra. Começaram a subir uma colina mais íngreme do que haviam imaginado. O caminho não era mais largo do que uma trilha de cabras e cheio de pedras. "Estreito", lembrou as palavras de um padre, "estreito é o portão." Mas portão do céu ou do inferno? Não se recordava. Os rostos deles estavam empoeirados e o sol forte batia em suas cabeças. Calor, poeira e sol ofuscante — ao meio-dia e não à meia-noite, a hora do Diabo.

Um espinho pegou em sua saia. Ela deu um pulo, com lágrimas nos olhos. Havia pecado, sabia, e por isso estava no caminho para o inferno, na fronteira com Sergipe, não muito longe de Maranduba.

"*Reze por nós, pobres pecadores.*" Tentou pensar na imagem da Nossa Senhora, na estátua da igreja em Santa Brígida, onde se casara com o sapateiro. "Agora e na hora de nossa morte." Mas continuou a ver a expressão das cabras que pressentiam a morte quando alguém se aproximava para matá-las, mesmo antes que pegasse a faca. A maneira como olhavam com os olhos estranhos, com as pupilas em cortes horizontais e um ar de súplica, em vão. As galinhas também pressentiam e corriam para todos os lados cacarejando. Se uma pessoa dissesse o contrário é porque não conhecia os animais.

O caminho ficou ainda mais íngreme, o calor mais forte, a poeira que penetrava por todos os poros e o silêncio assustador.

A mãe tinha chorado quando a filha partiu com Lampião. "*Agora e na hora de nossa morte.*" Ao ver os urubus percebeu que não estava muito longe de casa. Tinha alguns primos militares. Talvez poupassem sua vida, se implorasse. Mas era mais provável que a matassem. Sua cabeça fora posta a prêmio.

Não haveria túmulos. Nenhuma bênção para os ossos, nem cinzas, não tinha pensado nisso — se morresse como um cão abandonado nesse lugar selvagem.

Quando chegaram no alto da colina, Maria Bonita viu, surpresa, uma pequena clareira com dois umbuzeiros no meio. Seria possível que Lampião soubesse da existência dessas árvores nesse lugar? Ele conhecia todos os umbuzeiros da região. O fruto e a sombra dessa árvore significavam a diferença entre morrer de sede e sobreviver e, então, conhecia esse lugar, já estivera aqui e talvez os tivesse trazido até a clareira com um plano em mente.

Um plano que incluía, por algum motivo, deixar o rastro de suas pegadas para que os policiais vissem. Virou-se para Lampião, mas ele não olhava as árvores. Examinava com atenção o caminho que tinham subido e, em seguida, afastou-se em direção às laterais escarpadas do outro lado da colina. Subiu e desceu duas vezes esse caminho. Assim que desapareceu atrás de uma elevação do terreno, Volta Seca molhou o dedo com saliva e levantou a mão.

— Os soldados vão sentir nosso cheiro — murmurou.

Era verdade. Eles estavam na direção contrária à do vento. Se o cheiro dos cangaceiros se espalhasse no ar as volantes saberiam onde encontrá-los.

— Não precisam sentir nosso cheiro — disse Quinquim apontando para as pegadas na terra ressecada mais abaixo. Uma pista perfeita para os policiais.

Maria Bonita olhou para o rosto dos companheiros e viu o medo em todos eles. Os cangaceiros sentiam-se confiantes na companhia de Lampião, era fácil segui-lo e depositar suas vidas nas mãos dele. Em geral, seu comportamento fazia sentido. Dessa vez havia algo de errado? Viu a mesma pergunta nos olhos de todos eles. Lampião cometera um erro que lhes custaria a vida? Trazendo seu bando para um lugar onde os policiais poderiam cheirá-lo? Deixando as marcas das pegadas para que a polícia seguisse o rastro?

Quando Lampião voltou, todos o olharam. Ninguém disse nada, mas a pergunta pairava no ar. Chegou o nosso dia?

Lampião tirou seu novo relógio do bolso, um Patek Philippe de ouro, o único que valia a pena roubar, sempre dizia. Havia roubado o relógio do prefeito de Canindé.

— É quase meio-dia. Ótimo.

Mané Neto tinha embarcado no trem que fazia um trajeto rápido para Piranhas. Teria de caminhar alguns quilômetros até o lugar onde estavam.

— Ainda temos tempo.

Começou a dar ordens ao irmão.

— Ezequiel, venha aqui. O irmão, o melhor atirador do grupo, posicionou-se no alto da colina. Depois todos foram colocados em posições estratégicas, atrás das pequenas elevações do terreno e das pedras. Em seguida, mostrou as saídas de fuga.

— Caso queiram fugir rápido — disse sem sorrir. Mas Maria Bonita viu uma expressão um pouco mais animada no rosto dos companheiros.

Ele se virou e falou pra todo mundo:

— Nada de avexame. Todo mundo calmo. Atirar com segurida-de. Não gastar bala à toa. Muita atenção às minhas ordens. Querendo Deus, a gente sai dessa.

Colocou Bananeira como sentinela e pendurou o relógio em uma das árvores.

— Vamos rezar. Tragam suas armas. Fiquem com elas engatilhadas.

E todos se ajoelharam sob as árvores.

"*Rei eterno, nosso pai divino...*" Lampião começou a rezar, com a cabeça inclinada e os olhos fechados. Os cangaceiros também fecharam os olhos. Menos Maria Bonita, que observava Lampião. Aos seus olhos, ele parecia um homem santo e o resto do grupo, os piores bandidos do Brasil, eram peregrinos em uma gruta sagrada, rezando para mais um milagre.

"*...Virgem Maria, Mãe de Deus*". Será que a Nossa Senhora iria ajudá-los? Iria salvá-los das centenas de soldados que se aproximavam? Será que a Mãe de Deus via a essência da justiça dos bandidos, que era muito mais profunda do que as acusações do governo? Eles haviam crescido em um sertão sem justiça, uma terra tão distante do resto do Brasil, do litoral onde as leis eram aprovadas e a justiça era cumprida. O povo do sertão estava além do alcance da lei e da ordem terrenas. O destino deles dependia de quem fosse mais poderoso, ou tivesse armas melhores.

Mas talvez Nossa Senhora tivesse visto quando os vizinhos, inimigos mortais unidos por laços de parentesco, que alimentavam seu ódio nas brigas típicas e intermináveis de terras sem cercas, com garotos crescendo em ambos os lados das fronteiras incertas, roubaram primeiro as cabras e o gado da família de Lampião e, depois, suas terras pobres e áridas.

Os vizinhos não haviam respeitado a propriedade deles, mas eram mais fortes e o pai de Lampião tinha nove filhos para criar. Sabia que os vizinhos não hesitariam em matar os três meninos a tiros e, por isso, decidiu fazer um acordo. Vendeu as cabras, não lutou pela posse do sítio e, em troca da promessa de paz, partiu com uma profunda tristeza das terras que pertenciam há gerações à família.

Tentaram morar em vários lugares e, ao longo dessas mudanças, a mãe de Lampião ficou doente e morreu. Por fim, o pai foi morar com um primo no estado vizinho. Bem longe dos vizinhos, pensou, mas estava errado. Será que a Nossa Senhora viu aquele dia quando os assassinos, uns policiais contratados pelos vizinhos, chegaram a cavalo à casa onde o pai de Lampião e o primo estavam sentados na varanda, calmamente descascando milho, e os mataram a sangue-frio?

— Meu pai não tinha nem mesmo uma arma! — disse Lampião em soluços ao juiz. Ainda era Virgulino Ferreira da Silva, um tropeiro honesto, que compareceu ao tribunal à procura de justiça. Tinha 21 anos e, com exceção de ser cego de um olho, parecia com as demais pessoas presentes. Um pouco mais alto, talvez, e magro, mas com a mesma pele cor de canela e cabelo liso e escuro.

Mais tarde, quando a imprensa o procurou, o juiz disse que se lembrava de um rapaz de óculos, com uma aparência de professor. É claro que Virgulino não era um professor, mas notou que sua família tinha meios dignos de subsistência até os vizinhos roubarem os animais e as terras.

— Meu pai não estava armado, nem sabia atirar! — disse Lampião ao juiz, que não duvidou de suas palavras. — Estou aqui em busca de justiça!

Viera de muito longe, o juiz sabia, andara léguas pelas estradas empoeiradas e quentes à procura de justiça. O juiz suspirou e deu seu veredicto.

— Seu pai está morto, não há nada que possa fazer por ele. Mas os homens que o mataram estão vivos, e eles voltarão para nos matar. Temos de deixar a justiça nas mãos de Deus.

O rapaz o olhara fixo, o juiz se lembra, mesmo quando os tios e primos levantaram-se e seguiram em direção à porta, com um pequeno sorriso de resignação, o sorriso que os verdadeiros filhos do sertão mantinham sempre nos lábios. Sairiam do tribunal de cabeça baixa, tomariam um ou dois copos de cachaça, passeariam um pouco pela cidade, só um pouco para não terem problemas. O Diabo era mais poderoso do que eles, todos sabiam.

No entanto, o rapaz continuou lá, parado, olhando o juiz. Mais tarde, Lampião contou a Maria Bonita que, nesse momento, viu a história de sua vida desenrolando-se à sua frente, como um barco flutuando à deriva no rio. Viu a casa onde havia morado, com as irmãs e irmãos, sua cama, os grãos de feijão, o café, e uma vasilha cheia de carne de cabra preparada em casa, como gostava. Em seguida, viu seu trabalho de tropeiro. Não era tão importante como trabalhar na lavoura, mas percorria os sítios, ia ao mercado, nunca tinha perdido um animal, nem uma mercadoria, era um dos melhores tropeiros da região.

Pensou também em seus sonhos, queria ter uma fazendola, talvez em outro lugar do estado, e também lembrou de outros sonhos como casar com uma moça bonita em uma pequena igreja em uma praça empoeirada de uma cidade qualquer. Queria ter uma família, meninos que aprenderiam seu ofício de tropeiro, e meninas que a esposa ensinaria a fazer queijo e a bordar. Viveriam juntos, ele com seu acordeão, ela com o violão, envelheceriam na companhia um do outro, e, um dia, morreria em sua cama.

Uma vida normal que o faria feliz, mas que desaparecia atrás da cabeça do juiz. Assim que o juiz disse, "Temos de deixar a justiça nas mãos de Deus", soube que não era o homem de fazer isto.

Acompanhou a família no passeio pela pequena praça da cidade sob um céu ofuscante. Bebeu com os primos em um dos pequenos bares protegidos pela sombra das árvores mirradas. Os jovens falavam em vingança, os mais velhos em resignação. Um deles disse que o avô havia matado um inimigo no estado da Paraíba e depois tinha fugido para Pernambuco.

Mas seu filho, o pai de Lampião, detestava brigas e havia mudado seu sobrenome de Feitosa para Ferreira da Silva, para ficar mais distante desse conflito familiar. Fora um homem pacífico a vida inteira. Todos pediram mais um copo de cachaça e beberam com lágrimas nos olhos. Menos Virgulino.

Já havia chorado. A cidade era pequena, mas muito agradável. A praça com o chão de areia era cercada dos três lados por casas de adobe geminadas pintadas de cores lindas, típicas do sertão, rosa, azul e verde. Algumas com um tom diferente de verde e amarelo, os donos estavam mudando a cor das casas para o próximo feriado. Curioso, fazia uma grande diferença. Levantava o ânimo, diziam.

Virgulino bebeu a cachaça, pôs o copo no balcão e entrou na

igreja na extremidade da praça. A igreja estava escura e fria, apesar do calor. Ajoelhou-se em frente à estátua da Nossa Senhora com um manto azul. "Ave Maria", sussurrou, e as lágrimas molharam seu rosto, lágrimas inesperadas, pelo pai morto, pelas terras perdidas, e o sonho de sua vida que havia desaparecido essa manhã. Uma vida de um verdadeiro fazendeiro. Inclinou a cabeça e chorou por todas as cabras vermelhas, que nunca levaria para a feira e pelas rodadas de bebidas nas praças da cidade. As vacas que não marcaria e os cavalos que não domaria. A mulher, os filhos.

Suplicou à Nossa Senhora que o protegesse e fosse indulgente com ele. Por fim, pediu que abençoasse o caminho que iria seguir. Voltou para a praça, abraçou o tio, beijou as irmãs, cumprimentou os irmãos, pôs uma camisa em uma sacola, pegou dois rifles e partiu para Vila Bela, onde se reuniria ao bando de bandidos de Sinhô Pereira. Ali nascia Lampião.

A partir desse momento fez justiça com as próprias mãos. Nesse dia, perto de Maranduba, Maria Bonita pensou que Nossa Senhora tinha alguma simpatia por ele. Enfrentara 400 soldados em Macambeira e 300 em Serra Grande. Agora estava ajoelhado sob o sol de meio-dia, embaixo de um umbuzeiro com uma linda forma, como uma árvore em um parque ou em um sonho.

Lampião levantou-se.

— Vamos descansar um pouco. — Maria Bonita ainda se lembra do cheiro de canela da terra empoeirada e do calor forte, mesmo embaixo da sombra da árvore onde todos se sentaram. Uma terra onde a deixariam morrer se caísse sob as balas dos inimigos.

O tempo ficou imóvel até que a sentinela aproximou-se correndo de Lampião.

— Os policiais estão chegando.

— Todos em seus lugares!

Maria Bonita se escondeu atrás de uma árvore, como Lampião

havia recomendado, e observou-o correr para a frente de combate.

— Ninguém atira até eu dar o sinal — disse em voz baixa.

Estavam todos prontos, agachados em suas posições. Ela fechou os olhos e rezou a última prece. Não me matem! Nem a ele. Que Deus proteja todos nós...

Sua arma estava engatilhada. Nunca lutara em uma batalha como essa, mas pareceu que estavam em uma posição estratégica, no topo do caminho, escondidos, enquanto viam os policiais mais abaixo.

Então ouviu uma voz dando a ordem de ataque.

— Cachorro Azedo — alguém sussurrou. Mané Neto, o inimigo mortal de Lampião. Maria Bonita lhe dera esse apelido, mas essa era a primeira vez que se encontravam. Não deveriam ter se encontrado, pensou.

Lampião continuou imóvel, observando os policiais com os binóculos.

— Ataquem — gritou Cachorro Azedo. Ele estava entusiasmado. Havia seguido as pegadas dos cangaceiros, como fora a intenção de Lampião, percebeu Maria Bonita. Mané Neto bem embaixo deles, sem proteção, sentindo o cheiro dos bandidos. — Ataquem.

Havia desligado o rádio, o caminho estava tão evidente que tinha decidido vir só com sua tropa. Parecia fácil demais, por que isso não o teria alarmado? Há dez anos caçava Lampião, não aprendera nada com seus truques? Não é possível que não tivesse percebido que havia algo errado, ou pelo menos teria parado um instante, posto a mão na cabeça, desconfiado. Deveria ter ligado o rádio caro, elogiado pela modernidade, e ter se comunicado com seus colegas e as centenas de policiais. Eles teriam cercado os bandidos e Mané Neto teria matado Lampião nesse dia.

Mas lá estava o Cachorro Azedo parado no lugar exato que Lampião queria, com o pensamento mais concentrado no ouro e nas joias dos cangaceiros do que em uma estratégia de ataque. Um tesouro que talvez não compartilhasse com ninguém, nem a glória de ter matado o rei do cangaço. O tesouro e a glória, os prêmios mais ambicionados do Brasil, seriam só dele.

Então Mané Neto, sentindo-se mais rico do que jamais havia sido na vida nesse lugar perto de Maranduba, deu a ordem de atacar. E Lampião esperou o ataque das tropas que tinham vindo de Nazaré para matá-lo naquele caminho estreito. Perdendo com cada passo a vantagem do número superior de homens e a tecnologia tão alardeada.

— Fogo — gritou Mané Neto. Houve um tiroteio, depois a fumaça da pólvora cobriu a clareira, mas os policiais tinham atirado para o ar. Dos bandidos escondidos e bem posicionados não se ouviu um tiro, nem um sussurro.

Lampião passou o dedo nos lábios e fez um sinal com a mão para que esperassem.

Os policiais vibravam. Haviam conseguido. Lampião! Por que tinham sentido medo?

Subiram correndo a colina aos gritos e atirando.

— Vamos ver se Lampião é mais macho do que eu!

— Saiam se tiverem coragem, seus bandidos da peste!

— Bandidos comandados por um homem cego de um olho!

— Venha, seu caolho, se for homem de verdade!

Lampião não deu resposta. Continuou a observar os policiais. Rostos familiares. Inimigos pessoais. Por fim, se aproximavam dele.

Então, viu o filho de um homem ligado ao assassinato do pai. Levantou-se e disse:

— Ninguém atira nesse cabra que ele é meu.

E deu um passo em direção a Hercílio Nogueira, que ao vê-lo saiu correndo como um coelho assustado. Tarde demais. Lampião atirou na parte de trás de sua cabeça. O sangue espirrou no irmão que estava ao lado e o próximo a morrer.

— Dois o cão já carregou pras profundas — gritou.

— Quantos são? — perguntou Maria Bonita a um dos companheiros.

— Não muitos! Cachorro Azedo esqueceu de esperar ajuda dos amigos!

Agora foram os bandidos começaram a gritar.

— Vem, Cachorro Azedo, não te acovarda não! Não fica distante, não! Vem, se tu é homem!

— Vem, Cachorro Azedo, tu pensa que aqui é a mesma coisa que roubar bode em Nazaré?

O irmão de Lampião, Ezequiel, apelidado de Ponto Fino, mirou Vicentão, um inimigo de anos.

— Quero ver se boto uma bala bem no meio do cu dele! — gritou.

A primeira bala acertou na nádega esquerda. Vicentão rodopiou.

— Vira direito, macaco! Arruma teu *mucumbu* pra cá! — O segundo tiro acertou a nádega direita.

— Estou morto! — gritou Vicentão ao cair.

Claro que não estava. Assim como a avó costumava dizer: "Vaso ruim não quebra."

Mas Vicentão estava fora de combate, assim como a tropa de Nazaré. Mané Neto enterrou sete dos melhores homens perto de Maranduba e levou 12 com ferimentos graves de volta pelo rio.

Quanto aos bandidos, ninguém pensava mais em morrer, pelo menos nesse dia. E quando Lampião os levou para Maranduba pouco depois, eles estavam rindo e cantando um novo verso na música deles: "Eu só queria mesmo/era pegar Mané Neto."

E sabiam que as centenas de soldados que haviam partido de seus estados para matá-los nessa manhã, ouviam os gritos e os tiros desafiadores que davam para o ar. Mas não iam fugir mais ou se esconder e, embora tenha sido um ato de contestação e um insulto aos soldados, não houve resposta.

Lampião derrotara Mané Neto e os policiais de Nazaré, os mais corajosos, mais ferozes e preparados da região. Mais tarde, Maria Bonita soube que os homens que os haviam perseguido começaram a ver fantasmas antes de escurecer essa noite. Afinal, eram apenas pessoas do interior do Nordeste, sem uma inimizade pessoal com os cangaceiros. Haviam entrado para a polícia por causa do soldo, mas raramente recebiam o dinheiro e eram mal alimentados.

E nessa noite recusaram-se a continuar a perseguição aos bandidos. Os oficiais concordaram. A campanha terminara. Todos voltaram para suas casas com a mesma história. Lampião era invencível, nunca conseguiriam capturá-lo.

Invencível, sim, mas algumas noites depois os sonhos começaram. Maria Bonita acordava banhada em suor e aos prantos, uns policiais a perseguiam armados com facas, Lampião a abraçava, dizia que isso nunca aconteceria e dormia de novo. Mas uma noite Lampião não estava na barraca quando acordou. Seu corpo tremia, o sonho tinha sido tão vívido, tão real, seu coração batia forte e, então, pôs um pedaço de couro nos ombros e saiu da barraca.

Ainda estava escuro, não se ouvia um barulho no acampamento, mas viu Luís Pedro sentado em frente à fogueira. Ele era a última sentinela, a noite já quase terminara.

Sentou-se ao seu lado.

— Tive um sonho.

Ele a olhou e sorriu.

— Sim, os sonhos.

O que queria dizer? Não tinha certeza. Pegou uma vara e mexeu nas brasas ainda com algumas chamas.

Mas o que não queria dizer era "Me conta". A última coisa que

Luís Pedro gostaria de ouvir era a história de seus pesadelos. Ou a confissão de que ficara aterrorizada em Maranduba. Que importância isso teria para ele? Que tinha sido uma criança até o confronto com Mané Neto, uma impostora, exibindo-se nas cidades com sua cartucheira de balas, mas com tanto medo que no primeiro combate havia pensado em suplicar para que não a matassem, suplicar e barganhar, se os policiais lhe dessem uma chance de falar.

E de que adiantaria essa confissão? Não poderia voltar para casa como se nada tivesse acontecido. Explicar à polícia e aos juízes que tinha sido feliz quando cantavam, dançavam e roubavam, mas agora que havia visto o outro lado da vida dos bandidos, que tinha sentido o cheiro da morte em um confronto violento, queria voltar atrás porque tinha cometido um erro.

Mas será que tinha cometido um erro? Nada lhe acontecera na batalha perto de Maranduba. Lampião e ela tinham caído nos braços um do outro, com mais paixão do que antes. E se ela se sentiu indigna de seu amor e respeito, o havendo traído em seu coração naquele dia, em seu medo esconderá os pensamentos. E, na verdade, quem poderia saber o que os outros estavam pensando? Ou sonhando? Quem conhecia seus medos secretos?

Olhou para Luís Pedro.

— Me dá um cigarro?

Nunca tinha fumado, mas assim que pediu o cigarro, sentiu vontade de experimentar.

Ele hesitou.

— O capitão não vai gostar.

Era verdade. Lampião não gostava que as mulheres fumassem. Mas se os macacos não tivessem sido tão tolos, se Mané Neto não tivesse desempenhado o papel dum idiota perfeito, nem Lampião teria conseguido salvá-la no sol de Maranduba. Teria chegado aquele momento em que ficaria completamente só.

— Não tem importância — disse para Luís Pedro, e ele soltou um suspiro e pegou o fumo. Fazer o quê? Ela era Maria Bonita. Porque era isto também. Ela era rainha aqui. Enquanto ela sobreviveu, era a rainha. Não tinha não.

Luís Pedro enrolou o fumo na casca de um milho, acendeu o cigarro e passou para ela. Maria Bonita deu uma tragada forte demais e tossiu. Os dois riram. Deu outra tragada e seus pulmões inalaram a fumaça. Gostoso, e o que Lampião diria?

O que poderia dizer? Na verdade, iria morrer jovem, então por que não fumar?

VI

O tempo demora a passar em uma viagem de caminhão, como bem sabia o motorista, sobretudo com passageiros policiais e em uma estrada não muito melhor do que uma trilha de cabras. Ninguém dizia uma palavra, mas um deles havia começado a tocar gaita e houve uma troca de cigarros.

E, por fim, chegaram às margens do rio São Francisco, perto do lugar onde haviam começado a viagem, próximo à cidade. O motorista desconfiou que estavam atrás de alguma pista e que não iriam pagá-lo por sua carona. Teria de pagar a gasolina e talvez descontassem seu pagamento por ter entregado a carga com atraso. Mas os policiais não tinham tocado nele, nem o haviam ameaçado. Com a polícia esse comportamento talvez fosse o máximo que se poderia esperar.

Bezerra estava observando o lugar.

— Siga — disse. E apontou para uma pequena colina distante do rio. No final do caminho só encontraram uma plantação de milho. — Aqui.

Ótimo, pensou o motorista, poderia ter sido pior. Se o deixassem partir poderia voltar para a estrada antes de anoitecer e talvez dormisse em uma cama essa noite. Levou um susto com o barulho dos policiais que tinham acordado com a parada brusca do caminhão.

Bezerra saltou do caminhão e olhou ao redor. Viu policiais sentados no chão, comendo milho cru, coitados, sem uma fogueira para cozinhar a comida, uma atitude prudente pensou. Aniceto estava conduzindo bem a operação, embora seus homens não parecessem contentes.

— Saiam — disse aos policiais sentados na traseira do caminhão. Os homens obedeceram em silêncio, preocupados com que poderia acontecer.

Aniceto aproximou-se de Bezerra empurrando um homem à sua frente. Quando viu que era Joca, pensou: "Ele?" Um informante inútil, um homem a quem já havia interrogado e não sabia de nada.

— Você pediu que eu voltasse para ele? — começou, mas Aniceto o pegou pelo braço e quando estavam mais distantes contou, em voz baixa, sobre a mulher de Joca e o cangaceiro, e que agora Joca estava preparado pra conversar. E que ele tinha transportado o bando de Corisco até o esconderijo de Lampião no dia anterior.

Bezerra olhou para Joca Bernardes, Joca, o Corno. Também tinha ouvido os boatos. Curioso, essa não era a maneira de agir de Lampião. Deixar que um de seus homens tivesse um envolvimento com a mulher do barqueiro, uma pessoa tão importante para manter em segredo suas travessias pelo rio. Um descuido, talvez, mas suficiente para que conseguisse capturá-lo?

Pouco provável, embora houvesse uma chance com Joca, alguém como Joca. Um tipo insignificante que estava sentindo prazer em ser o centro das atenções dos policiais. Um homem que era traído pela mulher.

— Vamos ver — disse a Aniceto.

Aproximou-se de Joca e segurou seu braço.

— Então, meu amigo, você tem algo a contar?
— Sonhei que por minha causa Lampião havia morrido.

Será que Joca Bernardes pensava que o tenente João Bezerra teria a paciência e tempo de ouvir a história dos sonhos dele? Um homem como ele, desleal, sem decência humana e inventando desculpas para trair Lampião, o melhor amigo que havia tido no mundo, um tipo de homem que a mulher tinha razão em pôr chifres.

Por outro lado, era possível que Joca dessa vez soubesse alguma coisa, talvez por um descuido de Lampião. Só por esse motivo, Bezerra não lhe deu um pontapé ali na plantação de milho e olhou-o com um ar solene.

— Você sabe onde está Lampião?
— Sei de alguém que conhece o esconderijo dele.

Bezerra ficou tão irritado com a resposta, que lhe deu um soco. Joca caiu no chão. Em seguida, segurou sua camisa com força.

— Agora é comigo!
— É Pedro Cândido! Ele escondeu Lampião do outro lado do rio!

Bezerra levantou-se e limpou as mãos. A ligação de Pedro Cândido com Lampião não era novidade. Bezerra sabia que ele era um dos fornecedores do bando de cangaceiros, suas suspeitas começaram logo depois que Pedro Cândido abriu uma pequena loja na cidade. Como poderia abrir seu negócio sem o dinheiro de Lampião? Há alguns meses, quando estava com dificuldades financeiras e precisava com urgência do dinheiro, ele mesmo vendeu algumas balas para Pedro Cândido. Não fez perguntas, embora tivesse recebido o pagamento em ouro.

Assim como Pedro Cândido, centenas de pessoas faziam negócios com Lampião no sertão inteiro, mas conhecer seu esconderijo, na verdade, ter conseguido o local para o bando se esconder, era bem diferente.

Seria possível que Pedro Cândido estivesse escondendo Lampião? Mas lembrou-se que a mãe dele tinha uma pequena propriedade do outro lado do rio, e com uma inspiração súbita, uma sensação que não sentia desde a infância, tudo começou a fazer sentido.

— Onde está Pedro Cândido agora? — perguntou a Joca.

— Em casa, em Entremontes.

Um lugar não muito longe da plantação de milho na descida do rio. Bezerra conhecia o lugar.

— Quando você o viu pela última vez?

— Ontem, quando transportei Corisco.

Então, notícias recentes. Os policiais tinham terminado de tirar as metralhadoras do caminhão. Bezerra se virou para o motorista.

— Obrigado pelo seu serviço.

— Sim, senhor — respondeu o motorista.

Bezerra lhe deu algum dinheiro, mais do que esperava, e o maço de cigarros. Ótimo, assim conseguiria voltar para Pedra.

— Você vai parar em algum povoado no caminho?

— Sim, senhor.

— Então, você poderia dizer às pessoas locais que amanhã a história de Lampião terá um final diferente?

— Posso perguntar como o senhor sabe disso?

— Porque vou pisar nele hoje à noite.

— Sim, senhor. Ou não — acrescentou em voz baixa. Em seguida, entrou no caminhão, acendeu um dos cigarros de Bezerra e partiu.

VII

O sol começava a nascer entre as árvores e Maria Bonita sentiu seu calor nas costas. Ela sabia que teria de levantar para tentar convencer Lampião a partir nesse dia. Conseguiria convencê-lo. Mas essa era a primeira vez que o sol aparecia desde que haviam chegado e talvez ele tivesse razão, não havia nada a temer.

Ou o perigo passaria depois que o mês de julho terminasse. O pior mês, o mês amaldiçoado, quando só lhes restava se esconder em um buraco, como tatus, e esperar. Dormir bastante tempo em algum lugar. Mas não existia um lugar onde pudessem dormir nos meses de julho.

No entanto, sem esses julhos, como acompanhariam a passagem do tempo? Não havia crianças em crescimento, nem cabras para matar nas épocas certas. No início, isso lhe deu a sensação de viver não só à margem da lei, como também da natureza. Mas um dia parou no meio do caminho, pôs os dedos nos lábios e viu que era uma mulher como as outras.

Tentou todos os remédios, infusões de cascas de frutas e chás de ervas, mas nada funcionou, e lá estava Maria Bonita furiosa com a vida, no mesmo mundo que havia sido seu jardim até agora, e que transformara a "mulher mais perigosa do Brasil" em uma mulher grávida infeliz, que se arrastava atrás do grupo, ou se sentava, com o corpo pesado, ao lado do fogo, sonhando com uma cama, uma cadeira, e distraindo-se durante o dia com a costura de camisolinhas enfeitadas com rendas para um bebê, que nunca veria crescer para vesti-las.

Sabia o que tinha que fazer, outras mulheres antes dela haviam tido filhos que não puderam criar. Davam para um parente, em geral um fazendeiro, a fim de que fossem criados como seus filhos, além de uma quantidade generosa de dinheiro para manter a criança, ou às vezes para o padre local.

Faria o mesmo com a criança que iria nascer. Recusou-se a admitir que precisava de mais cuidados, que o corpo tinha mudado, amaldiçoava a gravidez, ignorava os pontapés na barriga. Mas uma vez, quando pensou que ninguém a observava, parou surpresa ao sentir o movimento da criança e, com a respiração ofegante, pôs a mão na barriga. Porém Lampião havia visto seu gesto e, pela expressão de tristeza em seu rosto, Maria Bonita viu que ele compartilhava sua perda. Não haviam conversado muito sobre o assunto, o que poderiam dizer?

A reação dele piorou a situação. Começou a beber à noite e a amaldiçoar "essa vida que não permite que eu eduque meu filho!". Porém o que poderiam fazer? Fugir para algum lugar, onde viveriam como um casal comum, Virgulino e Maria, em uma fazenda em algum lugar do sertão com algumas cabras?

Nem faria isso, mesmo se nada a impedisse. Continuava a ser uma mulher forte e corajosa. Lampião lhe havia dito que não existia um lugar no Brasil onde ficariam protegidos dos inimigos. Os inimigos eram muitos e estavam espalhados pelo país inteiro. Sabia desde o início que não tinha retorno, essa era a vida que havia escolhido, ela se lembrava. Por isso, não podia criar a criança, nem queria.

Quando chegou a hora, Lampião fez o parto. Havia crescido fazendo partos em vacas e cabras e era um bom parteiro. Havia feito os partos de todas as moças do bando sempre com sucesso. No entanto, dessa vez ficou assustado e fez uma promessa desesperada a santa Expedita, a padroeira dos partos. Se a mãe e a criança sobrevivessem, ele a batizaria de Expedita.

Então deram o nome da santa à menina. "Tita", sussurrou Maria Bonita com os lábios pertos do cabelo do bebê, apesar de ter endurecido seu coração. Ou havia tentado.

Lampião tinha feito um acordo com um posseiro, cuja mulher iria dar à luz na mesma época. O homem jurou que diria a todos que a mulher tinha tido gêmeos e, assim, ninguém faria perguntas indiscretas. Se alguém soubesse de quem era filha, a vida dela não valeria nem um tostão.

No dia combinado, Maria Bonita e Lampião entregaram o pequeno bebê enrolado na manta, "Tita", nas mãos do posseiro e dinheiro suficiente para criar dez crianças. Lampião disse que o mataria da pior maneira possível se a tratasse mal, mas o homem disse que não se preocupassem, a mulher e ele amariam a menina como se fosse filha deles.

— Você promete? — perguntou Maria Bonita com um sussurro. O posseiro prometeu. Chamava-se Zé Severo Mamede, então a menina teria o nome de Expedita Mamede. Seu nome verdadeiro, Expedita Ferreira Silva, era muito mais bonito. Severo era um sobrenome duro, feio, mas o posseiro tinha um rosto simpático e bondoso, assim como a mulher, que viera receber a criança.

— Tita — disse Maria Bonita à mulher, procurando sinais de bondade em seu rosto, quando sorriu e beijou o bebê.

— Aqui estão suas roupas. — A mulher disse que eram lindas e que a menina era muito bonita. Sim, falou Maria Bonita, ela é linda.

— Tão linda — disse com lágrimas nos olhos, com o leite escorrendo dos seios. As moças do bando de cangaceiros a haviam aconselhado a amarrar os seios, mas Maria Bonita pensou que talvez pudesse amamentar a filha pela última vez.

Mas havia polícia por perto e não podiam ficar mais tempo. Lampião deu a última bênção à filha, o fazendeiro e a mulher juraram mais uma vez que iriam amá-la, e os dois acreditaram.

Por que não a amariam? Era um bebê adorável, com um cheiro celestial e pequenas mãos que seguravam nos dedos da mãe. E a boca era um botão de rosa.

Maria Bonita e Lampião despediram-se do casal e voltaram para a antiga vida de liberdade. Haviam resolvido o problema.

Mas o leite escorria de seus seios e nesse momento os dois começaram a brigar. E logo depois foram para Serrinha.

Outro mês de julho, há três anos, o que estavam fazendo em Pernambuco, onde "até as folhas das árvores eram meus inimigos", como dizia Lampião? Havia nascido e fora criado em Pernambuco e lá começara sua vida de marginalidade, e para cada amigo fiel, tinha três inimigos mortais.

Havia homens que o detestavam também em outros estados e que o perseguiam estimulados não só pela recompensa de sua captura, como também pelo ódio. Mas em Pernambuco a animosidade era diferente. O ressentimento era mais pessoal, mais perverso e traiçoeiro. Um estado onde haviam assassinado seu pai e o teriam matado ainda jovem se não tivesse fugido. Maria Bonita detestava Pernambuco, odiava as rochas vermelhas e a maneira como tinham preparado a umbuzada para a festa de São João. Com um excesso de açúcar, porque o umbu ainda não estava maduro. Os pernambucanos colhiam o fruto do umbuzeiro antes de amadurecer, a ganância os impedia de esperar.

Mas Pernambuco era também estofado com dinheiro. Neste ano, 1935, tinha enviado cartas a fazendeiros que viviam em lugares isolados exigindo o "imposto" dele. Depois dividiu os cangaceiros em grupos de seis ou oito homens, que seguindo caminhos em ziguezague para confundir a polícia, recolhiam o dinheiro nas fazendolas. E em todos os lugares por onde passava, Lampião era visto em um local oposto do estado na mesma hora. "Prova do tabu de invencibilidade", publicou um jornal.

Para ele, tudo bem. Que todo mundo pensasse que ele fosse magia. Até então não tivera problemas com seu grupo, só um incidente com um fazendeiro que, armado com um rifle, havia tentado impedir a passagem deles por suas terras. Por isso, tinham sido obrigados a matá-lo com um tiro. Mas agora seguiam para a Bahia, com um bom suprimento de comida, cavalos, balas e com tanto dinheiro que distribuíam nas ruas e deixavam pilhas de notas nas igrejas dos povoados por onde passavam.

Mas em 20 de julho, em um dia chuvoso e frio, oito homens do grupo de Lampião que já estavam quase na fronteira com a Bahia, onde se encontrariam com o resto dos companheiros, decidiram parar em um estábulo ao norte do vilarejo de Serrinha, para dormir um pouco e se aquecer.

Queriam atravessar a fronteira antes do amanhecer e então partiram depois do segundo canto do galo, antes que as aves acordassem. Tudo estava calmo e silencioso, não viram sinais de mau presságio, nem pios de corujas ou estrelas cadentes. Já era quase quatro horas da manhã, mas não havia ainda luz no céu e a cidade estava deserta. Com medo do bando de cangaceiros, as pessoas haviam se escondido pelas caatingas próximas ao povoado. Mas encontraram quatro homens parados na rua ao lado de uma das casas.

— Não se mexam! — gritou Lampião. Só estava acompanhado de cinco rapazes, além de Maria Bonita e Maria Ema. Era suficiente em Serrinha. — Mãos ao alto! — gritou mais uma vez Lampião.

As mãos levantaram-se.

— Não estamos armados.

Melhor assim, pensou Maria Bonita. Não queria que Lampião os matasse.

Lampião se aproximou dos homens.

— Estavam esperando por mim? Vocês sabem quem eu sou?

— Sim, senhor.

Sorrisos. Maria Bonita ainda veria esses sorrisos nas portas do inferno.

— Quantos policiais vocês têm no povoado?

— Nenhum. Todos fugiram. — Risos.

— Onde estão suas armas?

— Estamos desarmados — repetiram.

Os homens pareciam simpáticos e, ao mesmo tempo, humildes e indefesos, como são gente de bom coração no sertão. Lampião acreditou, embora se um galo tivesse cantado ou se um gato atravessasse a rua naquele momento ele teria ficado mais desconfiado e olharia com mais atenção os sorrisos deles.

— Estamos calmos — disseram.

— Então, também estamos calmos — respondeu Lampião. E disse boa-noite e se afastou, em vez de atirar neles.

Mas esses cabras da peste tinham entrado em uma casa onde havia, no fim das contas, um rifle e quatro balas, Maria veio a saber depois. De repente, um deles deu um tiro em suas costas.

Maria Bonita gritou, seu corpo rodopiou com o impacto e caiu no chão.

— Estou morrendo, Virgulino! — Ou pensou que iria morrer. Não seria tão ruim, estaria tudo terminado. Lampião lhe contou mais tarde que ficou tão surpreso, tão chocado e horrorizado, que parou imóvel por alguns instantes, um alvo perfeito para os quatro homens com seus sorrisos.

Estava surpreso não pelos cabras traiçoeiros terem atirado nela, mas sim por ter deixado que isso acontecesse, que não tivesse percebido o olhar deles por trás dos sorrisos, ou por ter acreditado que estivessem desarmados.

Mas em seguida ouviu a voz de Maria Bonita: "Estou morrendo, Virgulino!" Sempre achava lindo o nome de batismo em seus lábios. Seu primeiro pensamento foi que morreria com ela. Correu em sua direção, viu que estava viva, embora o tiro tivesse atingido um local perigoso e sangrasse muito.

— Fora daqui! — gritou para seus homens. Teve uma sensação de pânico. O que estava enfrentando, os exércitos da noite ou quatro rústicos armados que haviam mentido? Eles recuaram atirando a esmo.

Lampião pegou uma rede na varanda de uma casa, colocou Maria Bonita dentro para que pudesse carregá-la e fugiu com seu grupo para a caatinga. Estavam tão nervosos e confusos que deixaram tudo para trás, os cavalos, a carne-seca e o sal. Lampião só levou o dinheiro dentro da bolsa bandoleira pendurada no ombro. Com o pânico, tinha esquecido até a sua bolsa de dinheiro. Partiu apressado em direção à caatinga, com Maria Bonita gemendo e ele gritando para as estrelas: "Vingança sem limites!"

No início mal conseguia correr, contou mais tarde, mal podia ver o caminho na sua frente. Só estava vendo a rua em Serrinha, os sorrisos dos homens, ouvindo apenas o som do tiro.

Pensou sem cessar no que havia acontecido, como se fosse possível voltar atrás, e depois sentiu o sangue quentinho molhar sua camisa, o sangue de Maria Bonita, e percebeu que teria de correr.

O bando de cangaceiros encontrou um estábulo vazio e Lampião a deitou cuidadosamente na palha. Havia tido a precaução de trazer a caixa de equipamentos médicos e medicamentos, que havia roubado há pouco tempo de um médico em Jirau, e se inclinou sobre ela. Sabia cuidar de ferimentos com mais eficiência do que muitos médicos. Limpou a ferida com ácido fênico e iodo. Em seguida, fez uma compressa com a casca da quixabeira para estancar o sangue e enrolou o ferimento com gaze limpa. Havia chance de não ser um ferimento mortal, disse aos companheiros, dependia dos próximos acontecimentos.

Não seria fácil, todos sabiam que agora os policiais e os soldados dessa terra esquecida por Deus do estado de Pernambuco tinham sido informados que Lampião estava fugindo com cinco homens e uma mulher ferida. Era uma oportunidade única para capturá-lo.

Lampião secou a testa de Maria Bonita com um lenço.

— Você que vai carregar ela — disse a um dos homens. Ele resolveu não a olhar por enquanto. Tinha de se concentrar para encontrar uma saída, sem pensamentos que pudessem desviar sua atenção e contando que a sorte voltasse.

O mês de julho, o mês fatal para ele. Ajoelhou-se e fez uma promessa para o santo padroeiro do sertão, santo Antônio. Se Maria Bonita não morresse, faria jejum nos meses de julho de agora em diante, não comeria carne, não ouviria música, nem dançaria, não teria relações sexuais. "Poupe sua vida!" suplicou!"

Depois se levantou e disse:

— Vamos embora, rápido.

Ela gritou quando a seguraram, mas Lampião não olhou para trás. Examinou o céu estrelado e os levou para o sítio onde haviam matado o homem na véspera. Que atrevimento do homem, empunhar uma arma para eles! Não o teriam ferido e agora estava morto. Ao se aproximarem da casa ouviram os lamentos e preces do funeral, exatamente o momento que Lampião queria.

Enviou dois homens com armas nas mãos para capturar as pessoas que iriam carregar o caixão, a fim de transportar a rede de Maria Bonita. Assim, os homens poderiam proteger a retaguarda. Depois partiram em direção ao norte, em seguida viraram para o sul, correndo o mais rápido possível para salvar a vida deles. A vida de Maria Bonita.

Mais tarde, os homens que haviam carregado a rede contaram histórias de sandálias deixadas para trás, e galhos de árvores arrastados dos desvios no caminho. Mas não conseguiram evitar que o sangue deixasse uma trilha no chão.

Certa vez, disseram aos jornalistas, esconderam-se atrás de uns arbustos perto de Lagoa. Ouviram o barulho da polícia que os perseguia. Lampião mandou que colocassem a rede no chão e os posicionou na linha de frente, entre os cangaceiros e os policiais, com as armas apontadas para as cabeças deles. Uma palavra, um sinal, e seriam os primeiros a morrer.

Quando se agacharam na frente, sem quase respirar, com os bandidos atrás, armas engatilhadas, os policiais passaram "tão perto que poderíamos ter tocado neles", disseram. Um pouco de exagero, comentou mais tarde Lampião.

Mas ele sentiu um alívio profundo quando as tropas passaram por eles e seguiram na direção errada. Será, pensou, ainda cauteloso, que sua sorte havia voltado? Em que dia do mês estavam? Já era quase agosto. Mais sangue escorreu da rede.

Pararam em uma cabana perto de Riacho para fazerem uma refeição rápida e trocar o curativo de Maria Bonita. Lampião pingou algumas gotas de água em seus lábios ressecados.

— Deixe-me descansar — ela suplicou. Mas eles tinham de fugir. A polícia continuava a persegui-los, seguindo o rastro do sangue. Pouco antes de meia-noite chegaram a uma fazendola situada no final de uma colina íngreme perto de Águas Belas. Lampião entrou na casa e tirou o fazendeiro da cama.

— Preciso que nos ajude a descer a colina.

O fazendeiro Mané Belo, baixo e gordo, que gostava de aproveitar os prazeres da vida e com uma dor de cabeça que teria continuado se não fosse o terror, tentou raciocinar.

— Impossível. A colina é muito íngreme, é preciso contorná-la.
— Vista-se.
— Não é possível, principalmente à noite, não existe um caminho, até as cabras descem com dificuldade durante o dia.

A polícia logo os encontraria. Maria Bonita em seu torpor pediu a Lampião que a deixasse nesse lugar.

— Me deixa morrer em paz — sussurrou.

Se a polícia se aproximasse ainda mais ele teria de matá-la. Não poderia permitir que caísse nas mãos dos policiais sanguinários.

Pôs o revólver na cabeça de Mané Belo.

— Escolhe. Ou desce ou morre.

Todos que conheciam Mané Belo sabiam que só um medo mortal o teria feito descer a colina naquela noite, ou em qualquer dia. No início, teve dificuldade de caminhar com suas pernas curtas e grossas, mas logo o passo ficou mais firme e ele guiou o bando de Lampião, passo a passo, os homens com as armas em punho, enquanto desciam apoiando-se nos pés e nas mãos, escorregando, agarrando nos cactos, com tropeções nas pedras e nos arbustos. Apesar da descida difícil conseguiram chegar ao final do caminho com Maria Bonita gemendo na rede. Nesse momento, a polícia chegou e parou no topo da colina.

Esse era o plano de Lampião, a primeira pausa na perseguição. Mas um dos seus espiões contou que mais tropas vindas do oeste estavam em seu encalço. Decidiu então seguir para o norte de novo, depois para leste em direção às colinas em torno de Tará. Lampião ainda não tinha certeza se Maria Bonita viveria, embora a hemorragia tivesse parado. Só quando corriam, ou subiam e desciam lugares íngremes, ela sangrava um pouco. Porém quando descansava deitada parecia bem melhor, sem hemorragia e infecção. Se sobrevivessem à perseguição da polícia e dos soldados, pensou, talvez ela também sobrevivesse.

Mais um "talvez". Lampião tinha um amigo antigo, um aliado fiel na região, perto de Curral Novo. Eles pararam em seu estábulo para comer e descansar um pouco. Maria Bonita não se lembrava de terem parado nesse estábulo, só que não tinha mais medo de morrer. Havia feito amizade com a morte em algum lugar perto de Serrinha e, de qualquer modo, seria melhor morrer do que sentir mais dor.

— Por favor, me coloquem nessa cama. — Mas se referia ao chão do estábulo, que parecia uma cama em comparação a ser arrastada na rede à noite. — Deixem-me morrer aqui. Nessa cama. Tão confortável, segura e tranquila.

O estábulo também parecia um esconderijo perfeito para Lampião. Mas um dos espiões chegou apressado com a notícia de que Mané Neto estava em Curral Novo, a pouca distância do estábulo, com 250 policiais.

E mais uma vez Lampião pensou se deveria matá-la. Havia uma colina perto onde poderiam se defender, mas só teriam tempo de chegar ao local se Mané Neto e os policiais parassem para comer e descansar.

— Peguem as armas, vamos partir. — Quando tinham dormido ou haviam feito uma refeição pela última vez? Não se lembrava. Os homens colocaram a rede nos ombros e seguiram em direção à colina.

O terreno era acidentado e íngreme, com valas profundas e pedras que bloqueavam a entrada. Porém Lampião lutara nesse lugar com o bando de Sinhô Pereira e lembrava-se de um caminho agora coberto de mato e urzes no início, mas com menos vegetação mais acima. Seguiram a trilha em silêncio, sem deixar rastros, e abrigaram-se no topo da colina.

Mané Neto e os policiais tentaram subir a colina, mas não conseguiram ultrapassar a barreira de valas e rochas. Além disso, Lampião e seus homens atiraram nos policiais e, depois que alguns morreram, Mané Neto deu ordem para suspender o ataque. Em suas palavras, o local era "intransponível".

Por sua vez, disse ao capitão Miguel Calmon, ao tenente José Joaquim e ao sargento Jorge Percílio, os melhores policiais da região, que o encontraram na colina, que tudo estava ao lado deles. Tinham comida, água e uma tropa de 200 homens. Bastava cercar os sete bandidos exaustos e uma mulher seriamente ferida e esperar.

— Os últimos momentos de Lampião! — disse Mané Neto exultante para um jornalista de Riacho. E acrescentou que sempre soube que chegaria o dia em que mataria Lampião com a maior eficiência possível e como sempre havia sonhado. Ele encurralara Lampião, tinha sido mais inteligente do que ele, e havia provado que era um homem mais macho do que o rei do cangaço.

No entanto, na segunda manhã dos "últimos momentos" de Lampião, Mané Neto começou a pensar quando tinha ouvido tiros pela última vez. Os bandidos em sua "hora final" estavam calmos há algum tempo. Não tinham mais munição? Dormiam? Estavam doentes?

Mané Neto examinou o topo da colina com os binóculos. Nada. Mandou alguns soldados observarem o local. Os bandidos teriam morrido? Mané Neto queria ter o prazer de matá-los, em especial Lampião. Será que havia morrido de sede, de cansaço, ou tinha matado todos os cangaceiros, inclusive a mulher, em desespero?

Mas em seguida os policiais voltaram com a notícia inacreditável de que os bandidos tinham partido.

— Como? — Mané Neto agarrou um deles pela camisa de couro, rasgou-a de raiva, pulou as valas, subiu nas pedras, mas nem sinal dos cangaceiros.

Mais tarde, quando a imprensa o pressionou para saber detalhes do que havia acontecido, Mané Neto deu uma explicação, "a única possível". Lampião desaparecera por meios misteriosos. Encurralado no topo da colina, dentro de um "círculo fechado", com todos os caminhos bloqueados e vigiados, "desapareceu sem deixar rastros", disse Mané Neto com um ar solene. Era uma prova de que Lampião era o "Diabo em carne e osso".

Talvez não, retrucou Lampião, mas Mané Neto não fora tão eficiente como tinha se vangloriado ao cercar o bando. Havia uma pequena trilha em meio às urzes que não tinha descoberto. Lampião não criticava Mané Neto por esse descuido, porque tinha a esperança de que isso acontecesse, havia rezado tanto, enquanto subiam a colina, para que essa trilha fosse o caminho de fuga deles.

Assim que escureceu no primeiro dia, Lampião e seus homens desceram em silêncio carregando a rede de Maria Bonita nos ombros pela trilha de urzes tão íngreme que nem mesmo as cabras se atreveriam a descer. Mas eles eram cangaceiros que queriam viver e não cabras. Já haviam cometido atos terríveis e passado por momentos extremamente difíceis, como nos últimos dias. Então desceram em silêncio, com o passo firme dos filhos do sertão, e passaram incólumes pelos 200 policiais de Mané Neto. "Ouvimos o ronco deles", disseram.

Seguiram para a região menos povoada no noroeste do estado, perto de Buíque, onde um dos coronéis amigos de Lampião tinha uma fazenda. Pela primeira vez ele conseguiu aliviar a tensão. Deitou Maria Bonita em uma rede limpa, pegou sua caixa de equipamentos médicos e retirou o curativo. A hemorragia havia parado. Ele a beijou, limpou e desinfetou o ferimento, sem que fosse preciso fazer a compressa. Mandou comprar fogos de artifício na cidade e fez uma festa de agradecimento por sua recuperação. Ela iria viver.

Mas ainda havia a vingança em Serrinha. Corisco e Sereno saíram do esconderijo perto de Buíque e foram para Serrinha, onde devastaram a região. Saquearam, queimaram casas, disseminaram um terror tão violento que a cidade ficou deserta, nem mesmo a feira sobreviveu à violência deles. Os moradores da cidade procuraram os homens que haviam atirado em Maria Bonita para linchá-los e colocar suas cabeças nas estacas das cercas, a fim de mostrar aos cangaceiros.

Mas eles haviam fugido da cidade há muito tempo. Lampião tinha ouvido falar que nenhum vilarejo no sertão os havia acolhido. Ótimo. Eles que fujam até caírem duros.

Quando isso havia acontecido? Há três anos, no mês de julho. No início, foi uma fase muito difícil para Maria Bonita, mesmo quando andava pelo acampamento e sentava ao lado do fogo, com uma aparência cada vez melhor. Mas se assustava com tudo, era natural, sem que ninguém suspeitasse havia levado um tiro nas costas.

A partir desse momento Maria Bonita começou a atormentar Lampião com os pedidos, sobretudo quando as costas doíam, "de abandonarem essa vida, irem para longe, onde ninguém os conhecesse".

No começo Lampião respondia em um tom bem-humorado.

— Onde?

— Qualquer lugar! Bem longe daqui, em Mato Grosso ou no Amazonas.

E, no começo, ele brincava.

— Em Mato Grosso só tem cobras e na Amazônia só chuva, nada mais.

Às vezes repetia que não havia um lugar, por mais distante que fosse, onde alguém não conhecesse seu rosto e nome, assim como o dela. Não existia um lugar onde um antigo inimigo, o filho ou a viúva de um inimigo não surgisse atrás da porta para matá-los como cães de rua.

Ela sabia. Lampião estava certo. Mas voltava a insistir "Que tal em Minas com a família Pereira?", até Lampião sair da barraca irritado, pensando que padre Cícero tinha razão, nunca deveria ter trazido uma mulher para viver com ele.

Em resposta, Maria Bonita dizia que não deveria ter fugido com ele, mas em dado momento ela encarou a verdade, que mesmo se ele fugisse como outros tinham fugido, o que faria em outros lugares? Ele havia nascido no sertão e era um produto da vida dura sertaneja. Morreria de tristeza longe de sua terra, distante da poeira e dos cactos. Na verdade, não morreriam todos?

Depois disso, Maria Bonita pegou sua arma, limpou-a e começou a praticar tiro ao alvo. Gostou da sensação, tinha esquecido o prazer que sentia. Ainda atirava bem e era a primeira a ver a lua nascer.

— Lindo! — voltou a dizer a Lampião à noite.

E quando não era lindo?

VIII

Os policiais sentaram-se na plantação de milho nos arredores da cidade, observando o sol se mover devagar no céu, em uma lentidão jamais vista. Tinham de voltar para a cidade onde tomariam a primeira providência do ataque a Lampião e a seu bando. Precisavam encontrar um barco para transportá-los no rio até a casa de Pedro Cândido. A cada hora que passava diminuía a possibilidade de encontrá-lo em casa, mas Bezerra sabia que não deveria se apressar.

Sua única chance de sucesso dependia de entrar e sair da cidade sem ser visto, para não desmentir as palavras dos espiões de Lampião que, agora a contragosto, trabalhavam para ele e tinham espalhado a notícia de que fora perseguir o cangaceiro em Moxotó. Lampião ouviria a notícia em algum momento e começaria a rir. E diria aos seus homens que essa noite poderia "dormir só de cuecas".

Mas só de pensar em Lampião, um Lampião de carne e osso do outro lado do rio, Bezerra sentiu um calafrio. Ninguém tinha se aproximado tão perto da possibilidade de matar Lampião. O mais próximo que chegaram era morrer na tentativa.

Bezerra tinha mulher e filho. Vivia bem em Piranhas, uma vida muito agradável, pensou. Alguns dos rapazes estavam jogando cartas, o jogo de baralho 31. Ele se aproximou do grupo e sentou. Jogou alguns centavos, não muito. Não queria desperdiçar sua sorte em um jogo de cartas.

De qualquer forma era complicado vencer no jogo 31. Se recebesse as cartas certas, podia vencer, mas por outro lado, isto pode prever morte iminente.

Ele atacaria o acampamento de Lampião essa noite, por que não? Até para tirar Lucena do caminho por algum tempo. Iria a Entremontes e pressionaria Pedro Cândido a confessar o que sabia. Poderia descer o rio acompanhado de alguns policiais, mas mesmo assim não o pegaria. Um dos cangaceiros havia dito: "Ainda não nasceu o homem para capturar Lampião. Talvez para apanhar os cacos, mas capturar Lampião, nunca."

Quem havia dito essa frase? Volta Seca, talvez. Quando a polícia o pegou há alguns anos, o rapaz logo contou o que sabia. Havia se juntado ao bando de cangaceiros aos 11 anos, era órfão e suplicou que Lampião o levasse com ele. E Lampião tentara ensiná-lo: "Se tem que matar, mata logo, não faz ele sofrer." Mas Volta Seca era impenetrável aos ensinamentos.

Apesar de todos os esforços de Lampião, ele "gostava de sangue", disse aos repórteres que o entrevistaram. "Gosto de matar." Sempre que aparecia um homem para matar, Volta Seca puxava a faca. Lampião ficava furioso, mas tinha um carinho especial por ele, um filho que nunca teve, e Volta Seca cuidava bem dos cavalos e, por isso, durante oito anos Lampião perdoou suas transgressões, até um dia em Jatobá onde seu comportamento ultrapassou os limites.

Os cangaceiros estavam envolvidos em um confronto com a polícia, em número superior aos deles, mas os policiais assustados davam tiros para o alto, acima da cabeça dos bandidos. A situação estava sob controle pensou Lampião, como tinha planejado, mas

Volta Seca não resistiu ao seu instinto violento.

— Abaixem as armas, seus macacos! — gritou com um tom de zombaria. — A briga é com a gente e não com Deus!

E a polícia baixou as armas e matou dois cangaceiros, e foi o fim de Volta Seca também. Lampião o expulsou do bando, a polícia o prendeu e o levou para Salvador, onde as pessoas fizeram filas para ver o famoso cangaceiro e as jovens levavam pequenos bolos e cigarros para ele na prisão. Bezerra havia visto as fotografias. Volta Seca sorrindo como um anjinho no meio das meninas, cujas gargantas teria cortado para roubar os brincos de vidro, ou um pedaço de doce que tivessem nas mãos.

— Trinta — disse um dos soldados. Bezerra pôs suas cartas no chão. Havia perdido dinheiro, tudo bem. Sentia que estava com sorte. Se Pedro Cândido ainda estivesse em casa e soubesse onde era o acampamento de Lampião, que "dormia de cuecas", por uma estranha mudança do destino agora a sorte estava ao seu lado e, em vez de morrer na manhã seguinte, seria um homem muito rico.

A riqueza dos cangaceiros era lendária no sertão. Bezerra não tinha esperança de capturar Lampião, mas talvez ele e os policiais conseguissem expulsá-los do acampamento e que na pressa deixassem alguns pertences para trás. E ele não reclamaria em ser o homem de "apanhar os cacos".

Um dos soldados cortou o baralho. Ainda tinham bastante tempo para jogar cartas na plantação de milho. Bezerra apostou mais dinheiro.

— Façam com que eu perca o jogo — sussurrou para os possíveis anjos que pairavam sobre seus ombros.

IX

— Se me pegarem em Alagoas, é possível que não me matem — Dulce estava dizendo. Zé Sereno ouviu suas palavras. Dulce e Cila estavam sentadas em uma pedra plana se revezando na máquina de costura, para terminar o uniforme do sobrinho de Lampião.

— É possível também que não me matem em Sergipe — respondeu Cila, a namorada de Sereno. — Tenho primos policiais, não acho que me matariam. Eles me conheceram quando eu era uma mocinha.

Sereno recuou para não ter de explicar ao seu grande amor que o tempo havia passado, não era mais uma mocinha em Sergipe, e sim uma das mulheres mais procuradas pela polícia e pelo exército no Brasil, e cuja cabeça tinha sido posta a prêmio. Nenhum policial nem os primos resistiriam à cobiça.

Talvez não a matassem, mas a morte poderia ser melhor do que se a capturassem viva. Seria violentada pelos homens no caminho da prisão, onde a trancariam em uma cela bem funda e perderiam a chave da porta até seus dentes caírem.

Por que escutava essa conversa, em vez de desarmar sua barraca e ir embora hoje desse lugar? Sua intuição, tudo que tinha aprendido na vida de cangaceiro, tudo que Lampião lhe havia ensinado, lhe dizia que devia ter partido ontem, mas hoje ele não adiaria sua decisão.

Sereno havia aconselhado Maria Bonita a insistir com Lampião para que partissem juntos. Se ele se recusasse, Sereno iria embora com Cila e alguns de seus companheiros. Não precisariam ir muito longe, só se afastar um pouco deste rio, onde não ouviria a conversa de Cila sobre a hipótese de ser morta ou não pelos policiais.

Não a culpava. A culpa era desse lugar, do rio, da grande força policial que cercava o lugar, e das inúmeras pessoas envolvidas. Muitos boatos, infundados ou não. Mas por pouco que falassem, já seria demais.

E havia também algo errado entre eles, que ninguém comentava. O que é que tem Lampião?

Lampião devia estar rezando no morro dos Perdidos ou dos Amaldiçoados. Não sabia qual era o nome correto, mas não transmitiam nada de bom. Sereno conhecia a prece: "Com a luz do dia, vejo meu Senhor, Jesus Cristo e Nossa Senhora. Caminho ao lado do Senhor e não tenho nada a temer."

E sempre era verdade. Durante anos, Sereno ouviu todas as manhãs Lampião dizer que "via o Senhor", de uma forma ou de outra, nas nuvens, nos pássaros, mesmo na luz do sol. Essa visão clara os protegia, mas agora essa proteção tinha desaparecido.

Se Lampião não tinha mais a proteção divina, pensou Sereno, eles também estavam desprotegidos. Viu a expressão preocupada dos rapazes ao redor do fogo, inquietos, que se levantavam, depois sentavam, sem coragem de olhar nos olhos uns dos outros. A tal ponto que alguém tinha esquecido de pôr açúcar no café e demorou para até notar. Estavam bebendo o café como cachorros.

Ainda pior, Sereno não tinha certeza se havia solução. Julho era sempre um mês difícil, mas a situação melhoraria em agosto? Um vaso quebrado não tem conserto?

Sereno havia começado a pensar que Lampião não conseguia mais prever os acontecimentos, por isso estava tão estranho. Não só hoje, o que já é bastante mau, mas em geral. Onde eles estavam indo? Ou o mundo ao qual pertenciam já não existia mais?

Não o mundo dos bandidos, porque qualquer pessoa podia roubar e lutar com a polícia, mas pertenciam a uma outra força proveniente do povo e que agia como ele. Outra versão do povo, só que mais corajosa, obstinada, rica e forte.

Mas algo havia mudado na vida cotidiana no sertão? Sem que houvessem percebido, enquanto viviam da forma habitual? Há algumas semanas tinham visto uma paisagem diferente, quando chegaram na nova estrada perto de Pesqueira, um lugar por onde não passavam há algum tempo. Porém conheciam cada palmo de terra, como conheciam todo o sertão, um local que poderiam dizer que pertencia a eles.

Uma terra em que conheciam os pontos de referência, as árvores ao longo dos caminhos, as trilhas das cabras que procuravam água, os facheiros, os cactos típicos da caatinga que pareciam companheiros de armas com suas ramificações laterais, o riacho que seguiam até as pedras onde podiam dormir atrás e o cheiro quando chegavam nesse lugar.

No entanto, viram uma abertura em meio à vegetação que não conheciam, como se fosse um rio. Mas não havia rio na região. Caminharam em silêncio, quase em posição de combate, por essa paisagem estranha, com as armas engatilhadas, embora não soubessem com quem iriam lutar. Depois chegaram em silêncio à nova estrada de terra batida, larga e reta, que seguia de Pesqueira para Rio Branco.

A estrada era plana e larga como um rio, ou ainda mais larga e reta. Nada no sertão era reto, nem plano como a estrada de terra batida, que as máquinas haviam nivelado. Uma estrada que cortava um caminho que costumavam percorrer em uma pequena inclinação do terreno ao longo da curva sinuosa de um riacho, que enchia em épocas de chuva. Plano agora.

Até então, Lampião sempre conseguia interromper a construção das estradas. Aproximava-se do primeiro operário que via e dizia: "Estão construindo essas estradas para me perseguir!" Avisava que mataria todos os operários ou qualquer pessoa que trabalhasse nas estradas do sertão. E cumpriu a palavra. Assassinou diversos operários, mas em geral não matava os mais jovens para que contassem o que haviam escutado: Lampião não teria piedade e todos que trabalhassem nas estradas seriam mortos.

Durante dez anos o governo não conseguiu operários para construir as estradas mesmo oferecendo pagamento superior. Mas o novo presidente, Getúlio Vargas, um homem nascido no sul do Brasil, de homens diferentes do resto do país e que falavam até um português que ninguém entendia, tinha mandado um grande número de soldados e condenados do sul do país para construir as estradas. Era um grupo grande demais para ser intimidado ou assassinado. Homens que não conheciam a história de Lampião e agora estavam diante de uma estrada construída. Todo o trabalho de Lampião, sua estratégia, as vidas e mortes dos operários inocentes, mortos para impedir a construção das estradas fora inútil. À toa. Pertencia à história.

Lampião não disse uma palavra ao ver a estrada.

— Não vai muito longe — disse Sereno.

— Ainda não — retrucou Lampião e todos ficaram mais uma vez silenciosos. As pessoas estavam usando cada vez mais a estrada, como um homem idoso com seu carro de boi a caminho do mercado.

— O que você está carregando aí atrás? — perguntou um dos rapazes em tom de brincadeira. — Armas, dinheiro?

O velhinho puxou a lona que cobria a carga.

— Cinquenta jacas, seis melancias e um coração sem maldade para o Senhor.

Em seguida, ofereceu uma melancia e as melhores jacas que os rapazes já tinham comido na vida. Quando Lampião perguntou sua opinião a respeito da estrada, ele respondeu que agora ficara mais fácil ir ao mercado.

Lampião não tinha acompanhado a evolução das pessoas que o cercavam, pensou Sereno. Não era a estrada que o perturbava tanto. As pessoas se identificavam com Lampião e com a vida que levava no sertão. Ele as assustava, sabiam que roubava, mas até então, em sua essência, Lampião era um filho, o filho, do sertão.

Há pouco tempo, Sereno tinha ouvido um menino que saíra correndo do meio dos arbustos de volta para casa cantando, como se estivesse assustado: "Eu vi Lampião, Lampião, Lampião! Eu vi Lampião, Lampião, Lampião!" Nas músicas cantadas nas praças das cidades Lampião era o governador do sertão, o justiceiro, aquele que ria por último perante o poder.

Meu nome é Virgulino
Apelido Lampião...

Assim é como falavam dele, "meu", "eu". Ele pertencia ao mundo do povo do sertão, até a construção da estrada. Havia também represas nos rios, quem teria a ideia de represar um rio? Que espécie de homem, com que tipo de Deus? De qualquer forma, diferente de Lampião, que amava as terras e os rios como a natureza havia criado.

Parou algum tempo diante da estrada com um olhar distante, quase um estranho em sua própria terra. E agora que tinham voltado para Angicos não queria partir. Deveriam ter seguido Corisco no dia anterior, Sereno quase acompanhou Corisco. Ficou ao lado de

Lampião apenas por lealdade.

Nunca tinha pensado em abandonar Lampião. Sempre queria estar perto dele, ansioso para voltar quando saía a fim de fazer algum trabalho especial com Corisco ou outros grupos. Era na companhia de Lampião que se divertiam, inspiravam-se em suas ideias, sua força, sua educação, em sua personalidade. Tudo que Sereno sabia tinha sido ensinado por Lampião, e agora sabia que havia chegado o momento de partir.

Na noite anterior Sereno sonhou de novo com Nenê, a namorada de Luís Pedro, embora não tivesse certeza de que havia dormido. Talvez fosse mais uma aparição. "Nenê de Ouro", como costumavam chamá-la, por causa do medalhão de ouro pesado que usava pendurado no pescoço. Nenê adorava o medalhão e não o tirava nunca, mesmo quando brincavam que era tão pesado quanto ela. Certa vez, quando caminhavam juntos, Sereno cantarolou: "Ô Nenê de Ouro, quem te deu essa medaia?"

E Nenê respondeu: "Foi meu amô, Luís Pedro, que trouxe depois de bataia..."

Nenê era assim, rápida e esperta. Tinha nascido na mesma região da Bahia de Maria Bonita, embora ninguém conhecesse seus parentes ou seu nome verdadeiro. Nem ela, sempre a haviam chamado de Nenê, com exceção do dia do batismo, e depois disso nem os pais lembravam o nome que lhe haviam dado. "Um nome da Bíblia", diziam.

E com o nome Nenê havia vivido, e com esse nome, Nenê morrera no ano passado em Mucambo, não muito longe de Angicos. Estavam dormindo em um estábulo de um dos fornecedores, quando uma tropa os encontrou ao amanhecer. Eles trocaram tiros com os policiais, a situação estava sob controle, quando a saia de Nenê ficou presa no arame farpado em sua tentativa de pular a cerca.

Um passo em falso, um descuido, e você é morto. É possível se desvencilhar da polícia quase o tempo todo, mesmo quando o surpreendem dormindo, mas não pode nem pisar errado. Nesse dia, Nenê deve ter acordado ainda meio sonolenta e não segurou a saia como deveria ao pular a cerca e a polícia atirou nela.

Sereno estava à sua frente e a tirou da cerca ao ouvir seu grito de dor, rasgou a saia presa no arame farpado, mas o ferimento fora grave e não parava de sangrar. Luís Pedro e Sereno a levaram em seus braços até Lampião, que fez curativos com muito cuidado, mas a hemorragia continuou. Nunca mais abriu os olhos e morreu essa noite em silêncio, a Nenê de Ouro tão pequena e alegre.

Nenê voltou na noite passada para lhe contar algo, embora a mensagem não fosse clara. Deve ter falado enquanto dormia, porque Cila acordou e perguntou se estava tudo bem, ele respondeu que sim, mas seu corpo inteiro tremia e não conseguiu dormir de novo. Então saiu da barraca e caminhou até o final do esconderijo. De fato, o lugar era uma "ratoeira" como Corisco havia dito.

Havia muitas pedras que dificultavam a caminhada, sobretudo à noite. Então viu Lampião de joelhos rezando ao lado de uma pedra. Pensou em se aproximar e juntar suas preces às orações de Lampião, mas decidiu que seria melhor imaginar uma maneira de sair desse lugar mesmo com um pequeno grupo que quisesse segui-lo.

X

Bezerra jogou as cartas no chão e andou até o rio. A paisagem era muito bonita nesse trecho do rio São Francisco, onde a água ficava esverdeada. Era estranho pensar que Lampião e seu bando de cangaceiros estavam acampados em algum lugar do outro lado da margem. O rio era largo, mas seria possível nadar nesse trecho, se soubesse quais dos inúmeros leitos do rio secos o levaria até o esconderijo deles. Se ainda estivessem lá. Quem poderia saber? Bezerra gostava de apostar e nesse caso apostaria que não o encontraria mais no esconderijo. Lampião era um homem ardiloso, que pressentia o perigo.

Já deveria estar caminhando em direção às colinas distantes do rio. Bezerra não via nada que chamasse a atenção. O outro lado do rio tinha uma vegetação fechada, com arbustos e cactos, e era impossível enxergar a uma distância maior do que três a seis metros. Não havia pequenas clareiras nem casas, só perto dos cajueiros mais distantes. Nesse trecho a terra ficava um pouco mais plana. Não havia possibilidade de alguém ter um jardim nessa área. As margens eram muito íngremes e a terra árida e rochosa.

Terra de cangaceiros. Como ele também tinha nascido no sertão poderia fazer parte do bando de Lampião, em vez de estar planejando sua morte. Se tivesse nascido em um lugar diferente, com primos distintos.

Não que fizesse muita diferença. O sertanejo estava sempre em luta de um lado ou de outro, desde que os portugueses desembarcaram no litoral do Brasil em seu caminho para as Índias. Logo descobriram que tinham de ter armas perto das mãos, mesmo depois que as fronteiras foram delimitadas, porque as disputas nunca terminavam. Como poderiam terminar seus confrontos internos, se viviam em uma terra que não os alimentava?

Os índios, os habitantes nativos do Brasil, tinham um estilo de vida nômade perfeito para essas enormes extensões de terra árida. Quando chovia instalavam um acampamento em uma curva do rio, penduravam as redes nas palmeiras, matavam o pequeno veado que tinha se aproximado para beber água, às vezes abatiam um tamanduá ou um tatu com um porrete, e a vida era agradável.

Mas quando as rãs paravam de coaxar e os joões-de-barro construíam os ninhos em direção ao sul, no momento em que o céu ficava branco antes do meio da manhã, os índios enrolavam suas redes e seguiam pelos riachos secos até o rio São Francisco, como os portugueses o haviam batizado. Não podiam perder tempo, o período da seca se aproximava. Então, eles viviam perto do rio e se alimentavam de peixes que pescavam pelo tempo que fosse necessário, um ano, dois, às vezes mais, até a chuva voltar.

Os índios não deixavam quase vestígios de sua passagem pela região. Mas os brasileiros, uma mistura de portugueses, índios e africanos, instalaram-se no sertão para criar gado e cabras, e construíram casas antes de conhecer o lugar.

As primeiras lições que aprenderam foram as mais fáceis: precisavam do dobro da terra para criar metade dos animais. Além disso, com fazendas tão grandes os animais precisavam percorrer os pastos em liberdade e, portanto, as propriedades não podiam ter cercas. Em primeiro lugar, os fazendeiros tinham de criar uma marca, inconfundível, às vezes com um toque artístico inspirado nos brasões portugueses, se fossem mais cultos. Porém o mais importante, a marca tinha de ser legível para que um tropeiro analfabeto devolvesse as cabras do vizinho.

No início, essa organização das grandes propriedades rurais funcionou bem. Durante os anos de chuvas regulares e boas colheitas, os vizinhos separavam seus rebanhos e devolviam os animais que não lhes pertenciam. Depois matavam uma vaca, assavam sua carne, bebiam uma ótima cachaça e dançavam com as irmãs e filhas dos vizinhos à noite.

Mas esses novos filhos do sertão não conheciam os períodos de seca como os índios e continuavam em suas terras, rezando para santa Luzia e santo Antônio, muito tempo depois que os índios tinham ido para o rio.

Quando a seca se prolongava e a miséria e a fome se espalhava pela região, os fazendeiros viam seus víveres desaparecer, a água marrom dos poços mudava de cor para um tom acinzentado, e as vacas e as cabras cambaleavam de fome até caírem no chão.

Na época das secas, se um fazendeiro via uma vaca com a marca do vizinho no meio do seu gado, afinal um animal que tinha comido o pouco do capim que restava em seu pasto e bebido a água escassa do poço, a tentação, ou o instinto de sobrevivência, o impedia de devolver o animal.

Assim, os grupos armados se formaram e os homens começaram a matar uns aos outros, sem questionar que o problema fundamental era a terra árida, inóspita e a seca prolongada. Mas era tarde demais, porque gostavam do sertão.

Gostavam das grandes extensões de terra, das vistas amplas que se estendiam pelo horizonte, gostavam da terra selvagem e traiçoeira, mesmo com a sobrevivência difícil. Os homens elegantes passeavam nas praças das cidades, mas o povo do sertão, com armas em punho, esperava a chuva.

No final chovia e as carroças transportando os ricos que haviam fugido para o litoral, as esposas dos coronéis e os filhos, voltavam para as fazendas. Os pobres andavam pelas estradas enlameadas à procura do que havia restado dos seus animais. Os rebanhos engordavam, as pessoas devolviam os animais aos vizinhos, e guardavam as armas até a próxima seca.

Esse ciclo se repetiu durante 200 anos. Mas no início da década de 1920 a situação piorou. A população aumentara e as grandes fazendas estavam sendo divididas entre os muitos herdeiros. As casas grandes viraram ruínas, alas inteiras reduziram-se a um entulho, enquanto os moradores, condes e baronesas que haviam estudado francês em Recife na época da prosperidade paterna, agora com as roupas de seda rasgadas tentavam arrancar feijão e mandioca da terra árida demais até para o cultivo de cactos.

As condições de vida dos pobres também tinham piorado, com uma pressão sem precedentes na terra. Até então, a varíola, uma espécie de deusa demoníaca, não poupara os ricos e os pobres, para que houvesse um lugar em meio à miséria onde pudessem sobreviver. Mas no final da década de 1800, a vacina que havia sido aplicada de início nas cidades do litoral, tinha chegado ao interior do país e, de repente, havia pessoas demais para alimentar. Dez ou 12 dos 15 filhos de uma família tinham sobrevivido. Mas com que dinheiro iriam viver? Quem iria alimentá-los?

Os conflitos aumentaram. As brigas pessoais transformaram-se em regionais, porque as pessoas ficaram mais exigentes em suas demandas ao governo por poços mais profundos, reivindicações de propriedade de terras maiores, e empregos para os irmãos mais jovens que haviam sido expulsos das fazendas. Os conflitos prolongaram-se após os períodos de seca e eram mais importantes para um tropeiro que dominava a cidade mais próxima e em que lado do confronto havia nascido.

Na província de Pernambuco, as famílias Pereira e Carvalho eram rivais. Em meio à confusão da Revolução Praieira que eclodiu em Pernambuco na década de 1880, quando o Brasil caminhava para o regime republicano, as famílias rivais se intitulavam "liberais" e "conservadoras" e se matavam por questões políticas. Mas assim que o imperador e a princesa embarcaram para a Europa e a rebelião foi sufocada, voltaram a ser apenas as famílias Pereira e Carvalho, sem motivações políticas.

No entanto, no início dos anos 1900, a província inteira de Pernambuco envolveu-se em conflitos. Todas as crianças, pobres e ricas, nasciam com padrinhos ou em famílias inimigas umas das outras, dependendo do proprietário da terra onde os pais viviam, ou quem era o prefeito da cidade mais próxima. Lampião fora levado à pia batismal por um membro da família Pereira. Bezerra havia sido abençoado por um Carvalho e, por isso, caçava bandidos, em vez de pertencer ao bando de Lampião.

Bezerra sentia simpatia pelos cangaceiros. Conhecia a história de Lampião, assim como todos na região. O motivo da briga era o habitual, com os mesmos componentes, vizinhos sem caráter, cabras selvagens em terras sem cercas, e garotos que cresciam dos dois lados dos limites indefinidos. E as pessoas que viviam na região das pedras vermelhas em Pernambuco concordavam que os vizinhos tinham sido desonestos e que Lampião havia procurado obter justiça no tribunal antes de sua vingança pessoal.

Que expectativa Lampião poderia ter tido da decisão do tribunal?, pensou Bezerra. Ainda era jovem, tinha 18 ou 19 anos, mas não sabia que a justiça no Brasil existia apenas para servir ao poder? Nunca existia uma Constituição nem uma declaração dos direitos humanos. Por alguma razão, os sonhos de justiça e igualdade que tinham incentivado os movimentos políticos dos franceses e ingleses durante séculos, não haviam encontrado eco no coração dos brasileiros.

Se esses sonhos existissem, Virgulino teria visto que sua afronta pessoal era compartilhada por outras famílias de ambos os lados das rivalidades, que não tinham sido assassinadas, porém haviam sido enganadas em sua cota das colheitas ou dos animais que criavam. É possível, então, que um movimento revolucionário eclodisse no sertão do Brasil, com Lampião como líder.

Mas, por ser um brasileiro do interior do país, havia reagido da maneira tradicional. Trocou a busca de justiça pelo desejo de vingança, e enviou uma mensagem aos bandidos que matavam membros da família Carvalho na região dizendo que gostaria de se reunir ao grupo.

Os cangaceiros eram comandados por Sinhô Pereira, que com um primo formara um grupo há cerca de um ano, quando os pais deles haviam sido assassinados pela família Carvalho. Era um grupo com uns vinte homens e que o recebeu de braços abertos. Sabia cuidar bem dos cavalos, era um bom rastreador, tinha habilidade na costura de roupas e artigos de couro, uma aptidão muito valorizada, porque não só as roupas eram de couro, como também os chapéus, as sandálias, as cartucheiras e as bainhas das facas, que precisavam de consertos constantes. Além disso, o jovem Lampião sabia bordar. Mas ninguém atirava como Lampião.

Eles ainda usavam espingardas de pederneira, que faziam uma pausa entre os tiros, mas não com Lampião. Quando começava a atirar, os disparos não paravam. O brilho dos tiros iluminava a noite como um grande lampião de querosene, por isso, Sinhô Pereira o apelidou de Lampião. Era o melhor atirador do grupo, apesar de ser cego de um olho, um acidente comum em homens que passavam a vida cavalgando em meio aos cactos e às árvores com espinhos.

Logo assimilou a vida nômade dos bandidos, e era o primeiro a acordar antes do amanhecer e o último a ficar ao lado da fogueira à noite. No início, não conversava muito com os outros rapazes, enquanto assavam carne de cabra, ou bebiam café sob o céu estrelado. Deixava que Sinhô Pereira tomasse a iniciativa de conversar, porque não sabia quanto teria de aprender.

Na verdade, não muito. A vida que tinha levado até então havia sido um bom treinamento para sua nova existência entre o bando de cangaceiros. O adestramento de cavalos, o pastoreio de cabras nas trilhas, a procura das cabras que perdia quando menino ao seguir um caminho errado e, por esse motivo, ficava sem jantar, tinham lhe ensinado o valor de um olhar atento. Além dos outros sentidos, quando as cabras estavam fora do seu campo de visão. Lampião contou a um repórter que havia aprendido a rastrear animais com um homem idoso, que quando perdia as cabras de vista deitava no chão e cheirava o mato.

"Não o cheiro de cabra", dizia o homem idoso, tudo tem cheiro de cabra, e sim para sentir o cheiro das folhas da favela que tocaram nelas enquanto passavam, ou odor da jurubeba que mastigavam enquanto andavam. Lampião havia aprendido bem a lição e, quando menino, tinha sido o melhor pastor de cabras e mais tarde o melhor rastreador da região. Ao se reunir ao grupo de Sinhô Pereira, tudo que ainda restava aprender era como manter o sangue-frio.

Um olhar calculista que analisava as possibilidades táticas de vencer, ou pelo menos de escapar de situações perigosas, e a frieza de observar os acontecimentos e esperar os resultados. O jeitinho brasileiro, a maneira hábil e astuciosa de conseguir algo, funcionava no final, mesmo em momentos difíceis no início. Lampião viu esse olhar em ação em seu primeiro confronto com as autoridades, quando foram cercados por 120 policiais e Sinhô Pereira só tinha nove homens com ele.

O primeiro pensamento de Lampião, como disse mais tarde, foi de um remorso terrível. Morreria à toa, com os assassinos do pai dormindo tranquilos em suas camas. Havia sentido medo e quase fugiu, mas nesse momento viu a expressão do olhar de Sinhô Pereira.

Um olhar calmo, firme. Afinal, Sinhô Pereira era um homem rico, orgulhoso e corajoso. Atiraria na tropa de 120 homens e sairia vitorioso da batalha. Seus olhos continuaram fixos nos policiais e quando viu uma mudança na posição deles ao darem meia-volta, Sinhô Pereira conduziu seu bando em direção a eles, aos gritos, como se fossem loucos, mas com tiros frios e certeiros, e mataram alguns logo no início da investida.

Os policiais ficaram em pânico e recuaram e logo espalhou-se que havia centenas de bandidos, homens selvagens, por toda a parte, não havia outra saída a não ser fugir, e quem poderia culpá-los? Segundo o provérbio, "é melhor escapar com pé fedendo do que morrer perfumado". Esse foi o impasse enfrentado pelos policias: se matariam Sinhô Pereira, ou deixariam que fugisse com seus homens para o sertão.

Nesse confronto Lampião aprendeu uma das suas mais importantes lições, quem eram seus amigos, ou deveriam ser, para que pudesse sobreviver. Lampião viajou com Sinhô Pereira por toda a província de Pernambuco, de uma fazenda de um parente para outra, sem entrar em território inimigo. Sempre tentando não sair das terras de "oposição" dos ricos, os que se opunham ao poder oficial, mas fortes o suficiente para manter os limites de suas propriedades, de ter seus guardas pessoais armados, sem interferência da polícia e dos soldados do exército.

Lampião surpreendeu-se no início ao ver que havia homens poderosos, que ofereciam proteção e lutavam ao lado de Sinhô. Os que se opunham com violência ao governador, ou cujo pai, irmão, e primo em segundo grau tinham sido assassinados com brutalidade sob a proteção da impunidade oficial. Os que acordavam todas as manhãs querendo o mesmo olho, o mesmo dente que os cangaceiros queriam, e que estavam dispostos a pagar para satisfazer seu desejo com dinheiro, armas, sal, comida e um esconderijo seguro. Essa era a essência da sobrevivência de Sinhô Pereira, o apoio tácito de um governo que se mantinha na sombra, ou de um banditismo discreto, dependendo do ponto de vista.

Esses foram os ensinamentos básicos da formação de Lampião, mas quanto tempo durou? Não muito. Tinham bons momentos à noite, com algumas discussões, mas se divertiam com risadas, dança, com o som da música e café abundante. Cerca de um ano depois a família de Sinhô propôs um cessar-fogo questionável com as forças policiais que o perseguiam, para que ele "desaparecesse" em uma fazenda de propriedade de seus parentes em um lugar distante no estado de Minas Gerais.

Bezerra soube que Sinhô Pereira havia convidado Lampião a partir com ele, e que Lampião teria considerado. Tudo isso se passou em torno de 1921 ou 1922, e ninguém ainda conhecia seu nome no cangaço e, por isso, poderia ter desaparecido sem chamar a atenção.

Mas o bando de Sinhô Pereira agora tinha 50 cangaceiros e a liderança de Lampião havia começado a se impor. E, ao pensar nos inimigos que ainda teria de matar, decidiu que não poderia partir. Por isso, levou seu grupo para Água Branca, onde pela primeira vez Bezerra e ele se encontraram.

Há 16 anos, logo depois que Lampião assumiu a liderança do grupo de Sinhô Pereira, sua primeira investida foi a invasão da casa da baronesa de Água Branca, cujos filhos tinham ligação com os homens que haviam assassinado seu pai.

Não havia ninguém na casa, com exceção de uns alguns criados e da baronesa idosa, que o confundiu com o padre que viria rezar as matinas, quando entrou no quarto com a arma engatilhada.

— Você está atrasado! — protestou a baronesa. Enquanto isso, Lampião desculpou-se e rezou enquanto roubava a casa.

— Deus lhe abençoe, minha filha — disse, enquanto retirava seus colares. — Perdoe, meu Deus, nossas transgressões — murmurou ao tirar as pulseiras de brilhantes de seus pulsos. — Na verdade, estamos muito gratos — disse enquanto jogava maços de dinheiro em sua bolsa bandoleira, além dos relógios de ouro do pai da baronesa e das joias de brilhantes e as pérolas da mãe.

— Não se atrase para as orações das vésperas! — clamou a baronesa enquanto o bando de Lampião fugia de sua casa e da cidade.

Mais tarde, os filhos, em protesto contra a invasão e roubo de sua propriedade, exigiram que o exército e a polícia perseguissem os bandidos. As tropas de Alagoas comandadas por Lucena, com o jovem Bezerra como seu subordinado, seguiram para Águas Belas dez dias depois com 200 policiais preparados para destruir os bandidos cujos nomes desconheciam.

— Nenhuma compaixão! — disse Lucena aos policiais e eles o apoiaram, por que não? Teriam de lutar contra apenas 50 cangaceiros no máximo, que fugiam há dez dias, com fome e sede, opostos à força volante bem alimentada, descansada e com armas novas das tropas da província.

Mas os cangaceiros haviam se entrincheirado em um planalto próximo e mataram tantos policiais, que o resto da tropa questionou o que estavam fazendo lá, a mesma pergunta que fariam nos próximos vinte anos: "Por que eu deveria morrer hoje? Por que motivo? Para que os bandidos não roubem mais os ricos?"

E assim, como no confronto em que Lampião e Bezerra se encontraram pela primeira vez há 16 anos, os policiais fugiram. Bezerra não sabia que havia lutado pela primeira ou talvez pela última vez com o futuro rei do cangaço, que desafiaria a polícia e o exército durante anos.

Nem mesmo sabia como se chamava o líder do grupo até ler o artigo na manchete do *Diário de Pernambuco*. "Lampião, um dos piores facínoras do Brasil", dizia a reportagem. Um exagero pensou Bezerra na época.

XI

Sereno engatilhou a arma ao ouvir o barulho de alguém se aproximando, mas era Pedro Cândido e o irmão que traziam mais suprimentos. Na verdade, havia pensado em atirar nos dois e depois dizer que tinha sido um erro, que se assustara pensando que era a polícia. Havia algo em Pedro Cândido que não lhe agradava, tinha criado uma amizade íntima demais com os rapazes, como se pertencesse ao círculo de confiança deles.

Quase sempre aceitava o convite para jantar, às vezes dormia no acampamento. E quem era Pedro Cândido para dormir ao lado de um dos rapazes na margem do rio? Era apenas um dos muitos homens que forneciam suprimentos a eles e que lucravam bastante com isso. Pedro Cândido estava enriquecendo com o dinheiro deles. Mas quem ele era? Alguém em quem poderiam confiar? Até que ponto?

Apesar do entusiasmo com que todos o cercavam quando chegava com suas mercadorias, desta vez Sereno ficou desconfiado. Como tinha conseguido comprar tanta coisa? Erasmo Félix tinha trazido na véspera só algumas barras de sabão e dois pacotes de agulhas. Disse que era tudo que tinha conseguido comprar sem chamar a atenção, porque a praça do mercado estava cheia de policiais.

Sobretudo na praça do mercado. Lampião tinha pedido que comprasse um pouco de sal, mas ele ficou com medo. Alguém poderia desconfiar que estava comprando uma quantidade maior de sal que o habitual e fazer um comentário qualquer. A polícia o prenderia. Fariam perguntas, talvez o espancassem. Então, comprou o sabão e partiu.

Mas Pedro Cândido tinha voltado ao acampamento com mais suprimentos. Havia estado lá na véspera. Não seria um comportamento perigoso? Algo que chamaria a atenção? Dessa vez tinha comprado sal, garrafas de cachaça, carne, tabaco. Como havia conseguido comprar todas essas mercadorias se Erasmo Félix, um antigo fornecedor, uma pessoa em quem confiavam há anos, não tinha tido coragem de fazer muitas compras?

Sereno desceu a pequena colina íngreme até o lugar onde estavam reunidos. Pedro Cândido trouxera muitas mercadorias boas, tinha de admitir. Um bom pedaço de carne, "bem bonitinho", disseram as moças. Mais agulhas que eles estavam precisando, bastante sal, tecidos, tudo de boa qualidade. Uma melancia, que Cila adoraria comer, e queijo, que ninguém até então tinha comprado. Sereno ficou com água na boca ao ver o queijo.

— Oi, Pedro — disse ao se aproximar dele e do irmão mais novo. Como se chamava? Eles moravam em uma casa nessa margem do rio, um pouco mais distante do acampamento, com a mãe. O irmão deveria ter uns 15 ou 16 anos, ainda ficava ruborizado. Uma das moças provocou o garoto.

— Quem é sua namorada, Durval? Quem sabe você me escolhe?

— Não, eu vou ser a namorada dele! — disse outra.

— As duas — falou Pedro Cândido.

— As duas? — respondeu Durval com o rosto ruborizado. Todos riram, com exceção de Sereno. Durval viera ao acampamento, disse Pedro às moças, para levar a máquina de costura da mãe, que haviam pedido emprestado.

— Amanhã, ainda precisamos da máquina — disseram elas.

— Vocês vão partir amanhã? — perguntou Pedro.

— Talvez — respondeu uma delas.

Sereno a interrompeu.

— Por que quer saber?

— Por nenhuma razão especial. Só pensei que talvez precisassem de um barco ou de qualquer outra coisa.

— Não precisa se preocupar — disse Sereno. Deveria ter atirado nele. Não no irmão. Daria uma desculpa, diria que sentia muito.

Teria sido melhor para o bando de Lampião. Em dúvida, não hesite. Na próxima vez, pensou.

— Pedro! — disse Maria Bonita com um sorriso. Quem sabe ele teria comprado seus cigarros? Ele sempre trazia algo para agradar Maria Bonita. Sereno havia visto o maço vermelho com o desenho de um pequeno chapéu dourado e um chicote dos cigarros Jockey Club no cesto. Quem não gostaria de ganhar esse presente? Vinte cigarros brancos e ovais, enfileirados, intocados, como uma fila de bebês brancos. O oposto dos cigarros que enrolavam nas cascas de milho grossas e escuras. Não que também não dessem o prazer de fumar.

— Oi, Pedro!

— Oi, capitão! — respondeu Pedro com um sorriso.

— Olhe o que Pedro trouxe — disse Maria Bonita. Lampião olhou o cesto com as mercadorias.

— Você não teve problemas com a polícia? Ninguém o viu?

— Não, comprei tudo em lugares diferentes para não chamar atenção.

Assim espero, pensou Sereno. E rezou para que fosse verdade.

Lampião agradeceu a Pedro, pagou o dobro do que ele pediu em moedas de ouro e o convidou para jantar. Ótimo, pensou Sereno. Se aceitasse o convite, Sereno jurou em nome de Deus, que acharia um pretexto para matá-lo.

Embora soubesse que Lampião gostava dele. Lampião conhecia as pessoas. Então, talvez Sereno estivesse sendo injusto, mas sentia que havia algo errado. Ainda assim, qual seria o problema de se desvencilhar de mais um ponto de interrogação no mundo? Por que Sereno não tinha a mesma opinião de seus companheiros e irmãos quanto ao caráter de Pedro Cândido? Ele também conhecia as pessoas. Se aceitasse o convite ele o mataria essa noite. E se estivesse errado? O que perderiam com a morte dele? Tinham diversos fornecedores na região, que importaria se era o único que trazia uma boa cachaça e cigarros brancos e macios?

Mas Pedro Cândido não ficou para jantar, sorte a dele. Sereno desceu a pequena colina com Lampião para vê-lo partir. Assim que Pedro desapareceu de vista, Sereno insistiu.

— Capitão, precisamos ir embora hoje. — Lampião o olhou. — Agora, a menos que queira morrer nesse lugar.

Lampião respirou fundo. Parecia cansado. Quanto? O que aconteceria com ele se Sereno partisse com os outros companheiros?

Lampião repetiu os mesmos argumentos habituais, eles estavam seguros em Angicos, um lugar distante, atrás do rio e no meio da caatinga, um local difícil de encontrar.

— Difícil, mas não impossível! — retrucou Sereno.

Perto demais de Piranhas e com muitos policiais vigiando o local. Além do movimento constante de pessoas. As visitas de Pedro Cândido e do irmão estavam praticamente construindo um caminho entre as urzes direto na direção deles!

Lampião ficou calado. Por fim, se despediu com um até amanhã. Sereno estava disposto a dizer adeus e ir embora com seu grupo, os rapazes que estavam sob seu comando no momento e as mulheres, e alguns dias depois se encontraria com Lampião em algum lugar a oeste, longe do rio.

Mas, em seguida, Lampião o olhou, com um pequeno sorriso nos lábios. Sereno não poderia dizer adeus. Nem desafiá-lo, seria um desrespeito com um homem que o educou, lhe ensinou tudo que sabia e lhe dera tudo que tinha na vida.

Esse lugar era tão ruim assim? Olhou em torno, o sol já desaparecera, tudo estava calmo. Nas últimas notícias a polícia os procurava em Moxotó. Se partissem no dia seguinte nada aconteceria.

— Pedro Cândido trouxe uma melancia, mas não é suficiente para todos. Por que você não oferece a Cila e a Dulce?

A fruta preferida de Cila, ela iria adorar.

— Dê também um pedaço a Maria. À noite vamos assar a carne e tocar música.

Seria ótimo. Não haviam comido carne nem escutado música o mês inteiro, afinal era o mês de julho. O mês de penitências e de jejum.

Então o mês de julho tinha terminado? Para Sereno estavam no dia 27 ou 28, mas será que perdera a conta? Haviam sobrevivido a mais um mês de julho?

— Em seguida, partimos de madrugada?

— Não, antes do amanhecer — respondeu Lampião.

XII

— Dê uma olhada — disse Bezerra ao passar os binóculos para Aniceto. Não que houvesse algo para ver do outro lado do rio, era só uma maneira de se manter em atividade. A cachaça circulava entre os policiais, os homens estavam agitados, queriam entrar em ação. Homens que tinha visto fugir em outras ocasiões.

— Não, nessa direção, mais abaixo do rio.

Onde os cangaceiros estariam acampados, tinha quase certeza, um pouco distante da cidade. Em meio às curvas do rio não conseguiam ver nada, ainda não. Depois ficaria muito escuro.

Não havia nada de especial na paisagem. Nessa margem do rio era tudo igual até o mar. Nada, nem ninguém. Um pequeno povoado com uma plantação de caju mais abaixo, onde certa vez Lampião organizara um baile. Um morador jovem tinha contado a Bezerra que se embriagara pela primeira vez com a cachaça de Lampião. Tão bêbado que havia dançado com o cachorro do rei do cangaço.

O cachorro havia latido e os cangaceiros tinham engatilhado as armas. O rapaz achou que iria morrer, mas Maria Bonita deu um passo à frente e disse que ele era apenas um jovem bêbado inofensivo. Depois dançou com o rapaz. Na ocasião tinha 17 anos e Maria Bonita falou que ele era "muito fofo".

— Como era sua aparência? — perguntou Bezerra.

— Não muito bonita — respondeu uma das mulheres.

— Linda! — disseram os homens sorrindo.

— Parecia com a chefe do correio do vilarejo.

Protestos dos homens.

— Suas pernas eram bonitas e tinham a pele macia.

— Claro, estava com meias de seda.

Meias de seda. Bezerra gostaria de ter dançado com Maria Bonita. Havia visto fotografias dela, em algumas parecia bonita. Ele gostava de mulheres parecidas com ela. Uma jovem bonita nascida e criada no sertão, uma mulher agora. Quantos anos teria? Tinha fugido com Lampião há uns oito ou nove anos, quando já não era mais uma menina. Havia sido casada alguns anos antes disso.

Tinha sido casada com um sapateiro e quem poderia culpá-la por ter abandonado o marido? Uma jovem bonita casada com um homem tão velho. Não se poderia imaginar Maria Bonita como a mulher do sapateiro da cidade. Não era ainda Maria Bonita, apenas outra jovem chamada Maria casada com um homem que não suportava.

No entanto, já devia ter quase 30 anos. Não era mais jovem. Em geral, as pessoas morriam aos 30 anos. Mas mesmo nas fotos que menos a favoreciam ainda era bonita, nem um pouco parecida com a maioria das mulheres de 30 anos criada no sertão.

Mas sua vida havia bem diferente das de outras jovens. Não teve nove ou dez filhos, não tirou água dos poços, nem ficou muitas horas curvada tirando as ervas daninhas da terra ressecada, com uma enxada e embaixo do sol.

Maria Bonita não tivera essa experiência, embora no final fosse pagar um preço alto por sua escolha de vida. Essa noite, ou em outra qualquer. Lampião também, quantos anos teria? Há 20 anos percorria o sertão com seu bando de cangaceiros, então deveria ter 40 anos. Será?

Não fazia sentido Lampião ter 40 anos. Bandidos não vivem tanto. Por esse motivo, Bezerra estava sentado nessa plantação de milho. Em algum momento Lampião ficaria cansado, talvez hoje, quem sabe.

Ou talvez não. Não importa, deixe a vida seguir seu rumo, porque, na verdade, o que fariam sem os bandidos?

Não só a polícia, como também os cantores de ruas, os poetas e as mulheres idosas em suas salas de visita escuras. Sua mãe morrera há pouco tempo e eles encontraram, em meio às cartas e pertences, antigos artigos de jornais sobre Lampião, alguns de dez, 12 anos atrás. Eles esfacelaram-se em suas mãos enquanto lia, mas os recortes eram uma lição de história, melhor do que as escritas em livros. Uma visão tão real da vida do sertão, que parecia que a estava vendo, de uma maneira como não se via em livros de história.

— Você se lembra dos comunistas? — perguntou Bezerra a Aniceto.

— Eu era um garoto na época — respondeu Aniceto. Bezerra também era, mas se lembrava de ter ficado assustado ou, melhor, os pais ficaram. Os comunistas que haviam partido de São Paulo e seguido em direção ao Nordeste iriam matar todos os padres e prefeitos, até mesmo os escreventes das cidades, e todas as pessoas seriam expulsas de suas casas, diziam.

Esses boatos sobre os comunistas circularam pelo sertão em 1926. Os que puderam partir desapareceram, inclusive a polícia e os soldados que deveriam proteger a população. Os padres também sumiram, menos em Juazeiro do Norte, onde o padre Cícero não fugiu. Padre Cícero era uma espécie de papa do Brasil.

Era o padre mais importante do país, sobretudo no sertão. Um santo que vivia em meio ao povo, um milagreiro desde os anos 1880, quando o vinho da comunhão se transformou em sangue em suas mãos. Esse milagre aconteceu mais de uma vez e as pessoas começaram a pendurar seu retrato nas paredes e a fazer peregrinações a Juazeiro, no Ceará, onde vivia. Os peregrinos carregavam medalhas, relíquias, contas e fitas para serem abençoadas em Juazeiro, e os devotos o chamavam de padrinho, o padim.

Com essa fama ele era um alvo perfeito para a Coluna Prestes revolucionária que, segundo diziam, seguia em direção a Juazeiro. Padre Cícero enviou mensagens desesperadas para Fortaleza e Recife com pedidos de ajuda, mas não havia ninguém para recebê-las. Os governadores e os membros do governo haviam fugido, até o exército desaparecera.

Padre Cícero era um homem idoso na época, com uns 80 e poucos anos, velho demais para fugir. Além disso, tinha um círculo enorme de fiéis na cidade, entre eles, as irmãs de Lampião, a quem abrigara da perseguição da polícia. Elas viveram protegidas na cidade durante anos e, agora, o padre as procurou. Pediu se poderiam mandar uma mensagem ao irmão pedindo-lhe que viesse a Juazeiro, a fim de protegê-lo.

Padre Cícero era adorado pelo povo, reverenciado, um homem santificado. Quando Lampião recebeu seu pedido de ajuda, percorreu às pressas os 161 quilômetros até Juazeiro, sem quase parar para comer ou dormir. Entrou na cidade à noite com 49 cangaceiros e a população inteira de 4 mil pessoas da cidade veio recebê-lo. Acenderam fogueiras em sua homenagem, caminharam atrás dele pelas ruas, aplaudindo-o e jogando flores.

Os jornais locais apaixonaram-se por Lampião. Os artigos descreviam seu comportamento como "calmo e decidido"; sua maneira de falar era "atenta e séria"; e tinha "uma altura mediana, era magro e bem proporcionado, com pele escura e cabelo grosso e preto". Usava um lenço de seda verde ao redor do pescoço preso por um anel de brilhantes, e tinha seis anéis nos dedos "de rubi, topázio, esmeralda e três de brilhantes, todos grandes". A cartucheira atravessada no peito tinha "dois palmos de largura, quatro fileiras de balas e era enfeitada com moedas de prata e de ouro".

Lampião seguiu em direção à igreja principal da cidade e ao ver padre Cícero ajoelhou-se aos seus pés e lhe deu, como oferenda, o dinheiro roubado em todo o sertão. O padre idoso aceitou seu presente.

Em seguida, o padre colocou sua mão santificada na cabeça inclinada do rei do cangaço e, ocorreu a Bezerra nesse momento, que os dois símbolos de Deus e do Diabo no sertão, o padre que fazia milagres para os pobres e o cangaceiro que fazia justiça com as próprias mãos, haviam nesse momento se tocado.

No dia seguinte, padre Cícero pediu ao único funcionário do governo que havia ficado na cidade, um jovem assistente do inspetor de agricultura, que redigisse um documento conferindo a patente de capitão do exército brasileiro a Lampião. Depois perdoou todos os seus pecados, nomeou-o comandante do Batalhão Patriótico da cidade e deu a Lampião e aos seus homens as pistolas semiautomáticas Mauser, que o governo tinha enviado para defesa da cidade.

Lampião partiria na manhã seguinte antes do amanhecer para se reunir ao exército e lutar contra Prestes, mas à tarde ele, as irmãs e os companheiros do cangaço passearam pelas ruas da cidade, posaram para fotos, conversaram com as pessoas e distribuíram esmolas para os pobres. Visitou todas as igrejas da cidade e pagou em moedas de ouro a celebração de missas de ação de graças em homenagem à sua visita ao padre Cícero. Assistiu às missas e chorou de alegria. Estava em um estado de beatitude nesse momento de paz.

Lampião deu uma entrevista a um jornal local, interrompida diversas vezes segundo o repórter, por pessoas que queriam lhe desejar boa sorte. Uma mulher idosa lhe ofereceu uma pequena cruz de metal que ela mesma fizera. Lampião a beijou com muito respeito e pagou três vezes mais o preço que ela havia pedido.

— Você é rico? — perguntou o repórter.

— Rico o suficiente para sustentar meu grupo. Custa caro alimentar e vestir todos os rapazes, comprar armas e ajudar os pobres.

— Como consegue o dinheiro?

— Com os ricos. Primeiro eu peço, em seguida, tiro à força dos que são tão miseráveis que se recusam a atender ao meu pedido.

— Como consegue escapar da polícia com tanta frequência?

— Luto como um louco e fujo tão rápido como o vento, quando percebo que não tenho chance de vencer. Além disso, sou extremamente cuidadoso e, mesmo quando estou confiante, confio desconfiando. Tenho também bons amigos nessa região, que me mantêm informado do movimento da polícia. Sem mencionar meus espiões, outra despesa, mas de extrema utilidade.

— Você tem algum arrependimento?

— Já cometi muita violência e roubos, ao decidir me vingar dos meus inimigos e dos que me perseguem. Respeito as famílias, por mais humildes que sejam, e se descubro que um dos rapazes desrespeitou uma mulher eu o castigo com rigor.

— Você já foi ferido?

— Quatro vezes. Uma delas na cabeça e sobrevivi por milagre. Os rapazes também já sofreram ferimentos sérios, mas temos pessoas no grupo que entendem de enfermagem e somos bem cuidados por elas. Por isso, como você vê, estou forte e saudável.

Para mostrar sua saúde perfeita, Lampião deu um pulo alto à frente do jornalista com a agilidade de um gato, embora carregasse pelo menos 18 quilos de armas, facas e munição.

— Por que veio à cidade?

— Para comandar, a pedido do padre Cícero, o Batalhão Patriótico de Juazeiro e lutar contra os comunistas. Também vou oferecer conselhos estratégicos ao governo. Acho que se aceitarem meus serviços e seguirem meus planos, será possível realizar um bom trabalho.

— Quem são as pessoas que você gosta mais, ou aprecia o estilo de vida? E que profissões prefere?

— Gosto de fazendeiros, homens do campo e vendedores porque trabalham com muito empenho. Sou católico, por isso, respeito e venero os padres. Tenho amigos que trabalham nos serviços de telégrafos das cidades e algumas vezes me salvaram de situações graves. E de juízes, que têm autoridade para julgar e cumprir a lei.

— O que faria se renunciasse a essa vida do cangaço?

— Talvez escolhesse ser um homem de negócios.

Em seguida, encerrou a conversa e seguiu pelas ruas a caminho da casa das irmãs, onde pela primeira vez em nove anos iria dormir em uma cama.

O capitão Virgulino foi apenas uma ficção. Sobretudo, porque quando partiu de Juazeiro no dia seguinte os comunistas não representavam mais uma ameaça, nem eram comunistas. Só jovens oficiais sonhadores e despreparados, que procuravam, ironicamente, o mesmo tipo de justiça de Lampião.

Porém as multidões que, na imaginação deles, os seguiriam quando partiram de São Paulo, com as bandeiras hasteadas, nunca se materializaram, e o jovem líder dos oficiais, Luís Carlos Prestes, tinha fugido para a Argentina quando Lampião e seu bando foram embora de Juazeiro. A ameaça desaparecera e as primeiras tropas do governo atiraram neles apesar da bandeira de trégua.

Assim que souberam que padre Cícero não só tinha recebido Lampião, como também lhe havia dado armas, as críticas foram impiedosas. Houve comentários a respeito de punição e ameaças de processo judicial, mas o padre era um político experiente. Ele não teria mantido seu poder na região por 50 anos se não fosse um hábil negociador. Sabia também que logo esqueceriam o assunto, mas quando Lampião voltou a Juazeiro, aborrecido com o fato do governo não ter reconhecido sua reabilitação, agora que tinha a patente de capitão, o padre não o recebeu.

Enviou um portador com uma mensagem divulgada também na imprensa: "Padre Cícero pede a Lampião que abandone a vida de crimes e que saia imediatamente de Juazeiro."

Lampião não guardou rancor com a recusa do padre Cícero de recebê-lo. Continuou a venerá-lo, usava sua medalha e o chamava de padrinho. Mas logo depois, quando um jornalista lhe perguntou se pretendia em algum momento renunciar à vida do cangaço, respondeu: "Por que mudaria de vida se está tudo tão bem?"

Embora tivesse renunciado, pensou Bezerra depois de ler os recortes de jornais, não só havia pensado no assunto, como tinha tentado. Saíra de Juazeiro em 1926 com o "coração aberto", disposto a oferecer seus serviços ao governo, mas fora recebido com os tiros dos soldados.

Mas assim que as esperanças e os sonhos de mudar de vida dissiparam-se, uma mudança impossível, via em retrospecto, percebeu que a estada em Juazeiro não tinha sido uma experiência ruim. Havia partido com as melhores armas da região, além das bênçãos, das medalhas especiais e dos amuletos poderosos entregues pelas mãos de padre Cícero. Com todos esses recursos, não haveria uma tropa no Brasil capaz de derrotá-lo. No final do mês anunciou que recomeçaria uma luta "implacável" contra o governo.

E cumpriu sua palavra. A mãe de Bezerra havia guardado um recorte de jornal, com o registro oficial dos oito meses seguintes à visita de Lampião a padre Cícero.

16 de abril: O bando de Lampião invadiu a cidade de Algodões. Saque pacífico, os cangaceiros roubaram tudo que queriam e depois partiram. Não foram disparados tiros.

7 de maio: Os cangaceiros invadiram a cidade de Triunfo em Pernambuco. Não houve resistência, ninguém se feriu.

14 de agosto: Lampião cortou todos os meios de comunicação da cidade de Vila Bela. Cortou os fios do telégrafo e incendiou a estação de trem. Ninguém se feriu.

18 de agosto: Troca de tiros entre os homens de Lampião e as tropas de Pernambuco na fazenda Favela, perto de Floresta. Dez soldados morreram e sete ficaram feridos. Não houve mortes entre os cangaceiros.

26 de agosto: Lampião atacou o povoado de Tapera e matou 13 pessoas. Circunstâncias obscuras.

2 de setembro: Lampião invadiu a cidade de Cabrobó no comando de 150 homens, em perfeita formação militar, e marchando ao som de uma corneta. Ninguém se feriu.

6 de setembro: Lampião invadiu o vilarejo de Leopoldina, atirou em quatro moradores, roubou as lojas e o escritório do coletor de impostos, e cortou os fios do telégrafo.

1º de outubro: Perto de Floresta, Lampião enfrentou uma tropa de Pernambuco com 126 soldados e os afugentou.

25 de novembro: Lampião prendeu como reféns representantes americanos da Standard Oil e exigiu resgate. Quando explicaram que tinham de bater o pedido em três vias na máquina de escrever, Lampião quebrou a máquina, queimou o carro deles, e os levou embora.

26 de novembro: Combate violento perto de Morada com tropas de Pernambuco na tentativa de resgatar os reféns. A luta durou um dia e uma noite, até que Lampião e 120 cangaceiros expulsaram as tropas do lugar. O resgate foi pago e Lampião soltou os reféns.

12 de dezembro: Na fazenda Juá, perto de Floresta, os bandidos mataram a tiros 127 vacas que pertenciam a Joaquim Jardim, que havia assassinado o pai de um dos cangaceiros.

14 de dezembro: Tiroteio em Serra Grande no qual Lampião, com 90 homens, enfrentou 260 soldados. Os soldados perderam 20 homens e recuaram.

E quantos confrontos depois desses, quantas centenas de combates que poderiam ter sido evitados? E as mortes futuras, a de Lampião talvez, por que não? Era bem provável por uma questão de estatística. Quantos policiais Lampião tinha matado desde que tentou abandonar a vida de crimes, com o toque da mão santificada de padre Cícero? Mas essas mortes eram culpa do governo, que se recusara a aceitar sua trégua, não dele.

De qualquer modo, o artigo terminava com uma referência ao pensamento geral das pessoas na região: "Não se pode falar sobre o sertão sem citar as três grandes forças: a seca, padre Cícero e Lampião".

Bezerra virou-se para Aniceto e perguntou:

— Você está vendo alguma coisa?

A resposta foi não. Como Bezerra havia dito, não tinha nada para ver.

XIII

Cila entregou a máquina de costura a Dulce, levantou e esticou o corpo tenso depois de ter ficado tanto tempo sentada. Embora todos estivessem preocupados, não achava o lugar perigoso. Era calmo, protegido, em meio aos arbustos com espinhos e o caminho de urzes. Havia passeado um pouco bem cedo e encontrou o caminho bloqueado em alguns trechos pelo cacto, tudo espinhoso. Quase desistiu, não era época de colher as frutas dos cactos de que gostava, mas sabia procurá-las e, por fim, achou uma fruta arroxeada e cheia de suco.

Até Sereno estava nervoso como um gato. Ele lhe havia dito que pensava em partir sem Lampião. Sereno não gostava de Pedro Cândido, não confiava nele nem no irmão, e o outro fornecedor, Erasmo, havia trazido apenas barras de sabão, porque a polícia estava vigiando o mercado e ele não tivera coragem de comprar mais mercadorias.

— O rio está cheio de policiais! — informou Sereno.

Mas então Pedro Cândido tinha chegado com um cesto com diversas mercadorias, que mesmo Sereno tinha de admitir que eram boas. Um bom pedaço de carne, bastante sal e mandioca, a cachaça Cavalinho de Lampião, e uma garrafa de Cinzano, que todas as moças apreciavam misturado com cachaça. O sol se punha e se Lampião concordasse com Sereno e partissem no dia seguinte, ela gostaria de passar mais um dia em Angicos.

O lugar era a terra que conhecia, não ficava longe do povoado onde havia sido criada. Um local ao mesmo tempo bom e mau. Bom, porque sabia encontrar ali a fruta arroxeada do cacto, mau, porque a fazia pensar em sua juventude, e não era de seu hábito relembrar fatos passados.

Mas quando acampavam nessa área sentia saudades da mãe, das irmãs e das paredes de adobe de sua casa. Curioso, sentia mais falta da pequena casa, até mesmo do minúsculo quarto de dormir, com três ou quatro camas, mas com quatro paredes ao seu redor e um teto.

Hoje, não precisaria de teto, só das paredes. Assim, estaria protegida das balas, porque as paredes eram espessas e resistentes. A polícia desse estado ou de outro, primos ou desconhecidos poderiam atirar, só precisava das paredes de adobe para se proteger. Ela, Cila, continuaria a dormir e a roncar.

Pensou no que diriam se voltasse. Sabia como seria a recepção deles, assim como sabia o que havia sentido quando os cangaceiros chegaram em seu povoado e ela os observou de longe. Cila tinha uns 14 anos quando o irmão se juntara ao bando, e sempre que passavam perto visitavam o vilarejo, não para roubar, pois era pobre demais, mas para encontrar as pessoas que conheciam. E todos os recebiam, conversavam com eles, lhes ofereciam comida e flores, e olhavam os bandidos como uma versão diferente deles, como se tocados por uma varinha de condão.

A população local ficava em suas casas à beira da estrada, vestida com suas roupas velhas de couro feitas em casa, em geral marrons, ou nem mesmo marrons. Cor de poeira, acinzentadas, não importa como eram antes. Mesmo as pessoas que tinham ido a Juazeiro ver o padre Cícero e voltado com roupas azuis, viram seus trajes perderem a cor.

Nada ficava azul nesse lugar por muito tempo. Aos poucos, sem que percebessem, tudo ficava impregnado com a poeira marrom-acinzentada. Lembrava-se da tia idosa que lhe pediu para buscar seu "lenço azul", que tinha deixado em casa. Sabia o que ela queria, porque a tia só tinha um lenço que nunca fora azul nos vinte anos em que Cila havia morado com ela.

No entanto, quando os cangaceiros, seus irmãos e irmãs chegavam, não vestiam roupas simples e velhas, e sim roupas de seda verdes e vermelhas, enfeitados com joias de ouro, como se viessem de um reino encantado e não da mesma caatinga com arbustos cheios de espinhos e cactos, onde eles andavam todos os dias com suas cabras.

Os bandidos pareciam seres sobrenaturais com seus trajes e joias, e quando partiam de uma maneira tão repentina como haviam chegado, as pessoas falavam baixo, ainda emocionadas com a visita.

Um dia Cila decidiu, depois de assistir à partida deles, quando já haviam desaparecido no horizonte: se um deles pedisse que o acompanhasse, ela iria, embora pensando em retrospecto que a vida não funcionava dessa forma. Ninguém decide o rumo de sua vida, nem se vai casar com um rapaz local e envelhecer antes do tempo, com dez ou doze filhos, presenciando a vida ou a morte deles, lavando roupa e tentando cultivar uma terra árida. O seu destino era esse: ter nascido pobre neste sertão, em vez de rica e no litoral.

Mas ela lembrava de ter pensado naquele dia: se a chance surgisse, ela estaria pronta para agarrá-la. No dia seguinte ela trocou com uma mulher sua melhor renda por algumas medalhas da Virgem com poderes especiais e, com toda certeza, meses depois os bandidos estavam de volta.

E dessa vez Lampião promoveu um baile, e ela ficou alinhada com Sereno porque tinham a mesma altura — era o poder da medalha funcionando aquela noite, porque nenhuma das moças havia sido convidada a dançar, mas Cila percebera o olhar de Sereno antes que ele dissesse uma palavra. Cila e a irmã estavam vestidas com saias listradas que a mãe havia costurado para elas à tarde, que rodopiavam junto com o movimento delas, mais do que a saia das outras jovens.

Nunca tinha ido a um baile, o vilarejo onde morava era muito pobre, e todos ficaram entusiasmados com a ideia, mesmo os mais velhos, e se colocaram em fila para dançar. E pessoas que nunca imaginaria que soubessem dançar, desde mulheres idosas a homens esqueléticos, dançaram com uma graciosidade que jamais se revelaria caso Lampião não tivesse organizado o baile essa noite. Cila e as irmãs também dançaram, mas sempre que olhava para cima ela via o olhar de Sereno pousado nela.

Quando a música parou, Sereno perguntou se ela queria beber um pouco de ponche. Respondeu que sim e, desde então, só dizia sim para ele. E quando partiu com Sereno, não lhe pareceu estranho ter tomado essa decisão, porque o irmão já fazia parte do grupo e nem poderia se culpar pela perseguição da polícia à sua família, porque não seria um fato novo.

No início, não podia acreditar que havia tido tanta sorte. Sereno era inteligente e bondoso, sempre com um sorriso nos lábios. Havia ferido um dos olhos com um espinho, mas não tinha ficado cego como Lampião. O acidente tinha acontecido logo depois que se juntara ao grupo, como contou a Cila, quando fugiam às pressas e em silêncio. Sereno era o último da fila, o rapaz à sua frente passou rápido por um arbusto, um dos galhos bateu em seu rosto e ele caiu desmaiado no chão.

A princípio, ninguém notou sua ausência, mas quando pararam para comer, Lampião não viu Sereno e comentou que talvez tivesse fugido com medo.

Mas Zé Baiano, primo de Sereno, retrucou que não havia cabra frouxo na família deles, e então voltaram para procurá-lo. Acharam Sereno caído no chão, inconsciente, com os urubus já sobrevoando seu corpo.

Então, a primeira coisa que Sereno ensinou a Cila foi o cuidado com os obstáculos nas trilhas e como atirar. O resto ela já sabia. Assim que acordavam, rezavam de joelhos em companhia de Lampião. Depois tomavam banho, os homens faziam café, e se não estivessem fugindo da polícia, conversavam um pouco e decidiam o que iriam fazer em seguida. Não havia quase nada para limpar, ou varrer, nem se preocupavam em cultivar seus alimentos. A comida chegava aos seus pratos sem que fizessem nenhum esforço, assim como os ricos. Era trazida por fornecedores leais ao bando de Lampião, que a polícia, por mais brutal que fosse não conseguia reprimir.

E quando um deles aparecia com sal, um pedaço de carne e cachaça, os rapazes e moças faziam uma festa. Assavam a carne, preparavam um grande jantar, um banquete, depois um deles tocava violão ou acordeão, dançavam ao som da música, quando Lampião estava de bom humor, o que em geral acontecia, sobretudo nos primeiros anos. À noite os rapazes solteiros dormiam ao ar livre e os casais nas barracas, bem presas no chão dos quatro lados, tão confortáveis como casas, costumava pensar, e nunca tinha visto uma cobra.

Na primeira vez em que participou de um tiroteio, pensou que estava preparada. Afinal era corajosa, pegou a arma, correu para seu lugar, não chorou nem fez uma cena, assim como todas as outras moças, que se comportaram com coragem. Não eram jovens que se surpreendiam com o perigo, mas não esperava o impacto da fumaça dos tiros em sua garganta, havia fumaça por toda parte, eles respiravam a fumaça quente que envolvia o acampamento, e a sensação de sede era desesperadora.

— Você sentiu medo, Cila? — perguntou Sereno mais tarde.

— Não, só fiquei com sede.

Sua sede se transformou em uma espécie de brincadeira. Como Cila era corajosa, não tinha sentido medo, só sede. Agora, sempre carregava água em um cantil, além dos amuletos e das orações especiais borrifadas com água benta compradas com ouro e joias e guardadas na bolsa bandoleira.

Os companheiros riam com suas superstições, mas todos tinham suas crenças em presságios e sinais, em especial no mês de julho, o mês fatídico para Lampião. E se ele morresse, o que aconteceria com o resto do grupo?

Talvez, se as tropas fossem de Sergipe, ou quem sabe seus primos estivessem entre os policiais, nada aconteceria, pensou.

— Cila!

— Já vou — respondeu. Talvez Sereno tivesse mudado de ideia e iriam partir sem Lampião. Era cedo ainda, o sol brilhava no céu, mas se partissem à noite teriam de dormir em um local frio, embora não fosse a primeira vez. Ou a última. Cila caminhou entre os arbustos em direção a Sereno.

— Vamos partir?

— Amanhã.

Sereno segurava uma melancia nas mãos, que delícia! Ao se lembrar da sede que havia sentido em sua primeira experiência de luta, a garganta ficou seca.

Pedro Cândido devia ter trazido a melancia, mais um motivo para gostar dele, junto com os cigarros de Maria Bonita, que às vezes dava alguns a Cila.

Lampião havia pedido a Sereno que desse a melancia a Cila, porque sabia que era sua fruta preferida. Mais uma razão para gostar de Lampião. Amor, respeito e obediência, os lemas do grupo. Olhe o que Pedro Cândido tinha conseguido comprar, uma melancia em uma região tão árida como o sertão.

Em seguida, caminharam até o lugar onde Dulce estava, por fim, terminando de costurar o uniforme do sobrinho de Lampião. A costura havia demorado um tempo longo demais por causa das agulhas sem ponta, mas ontem Erasmo tinha trazido agulhas novas. Sereno esperou enquanto Cila ajudava Dulce a segurar a máquina de costura. A máquina pertencia à mãe de Pedro Cândido, e Durval, sem que a mãe percebesse, tinha trazido a máquina para o acampamento, pedindo que jurassem por suas almas que cuidariam bem dela. A mãe o mataria se soubesse o que havia feito.

Mas é claro que a mãe saberia, qualquer mulher saberia. Mesmo com todo o carinho no mundo, haveria um sinal, fazer o quê? Mas era uma boa máquina, as moças haviam costurado com cuidado e agora iriam devolvê-la com uma agulha nova. As duas enrolaram a máquina em um tecido e a guardaram debaixo de uma pedra no pomar de macambeiras, como combinado com Pedro Cândido e o irmão. Já teriam partido quando os irmãos voltassem para pegá-la.

Cila estava feliz com a ideia de passar mais uma noite em Angicos. Quem poderia prever o futuro? Ninguém. Uma pessoa poderia dar um espirro e morrer em sua cama, ou cair do cavalo. Uma de suas irmãs pequenas caiu no poço e o avô levou um tiro por engano. O homem que o tinha matado lamentou muito, a avó sempre dizia, mas que diferença fazia? Não o traria de volta. Aliás, nada trazia as pessoas de volta.

Cila sentia-se feliz com o sol que brilhava no céu e com a melancia que Lampião lhe dera de presente. Pediu a Dulce que chamasse Maria Bonita e foi ajudar Sereno a cortar a fruta.

XIV

O sol parou de se mover nessa longa tarde, pensou Bezerra. Pensou também que gostaria de ter um mapa. Não pelas informações detalhadas, conhecia bem o lugar. Mas queria examinar os portos de Piranha e de Entremontes, a uns 16 quilômetros de distância, onde supunha que seria o esconderijo de Lampião do outro lado do rio, ou talvez perto.

Ele conhecia bem os portos. Morava há muitos anos em Piranhas e tinha descido inúmeras vezes o rio até Entremontes, onde Pedro Cândido vivia, mas ainda assim seria útil ter um mapa.

Ele se sentiria mais confiante se marcasse os lugares no mapa com pinos. Seria também uma ocupação nessa tarde ociosa, embora não houvesse bons mapas da região. Havia aprendido na escola que mesmo os melhores mapas forneciam "informações limitadas", com espaços vazios denominados "terras ignotas", ou seja, lugares nunca mapeados, ou meros rabiscos indicando um rio de origem duvidosa ou uma cadeia de montanhas idealizada.

Ninguém conhecia bem o sertão, lamentou o escritor Euclides da Cunha. Ou melhor, as pessoas que conheciam a região sertaneja não eram cartógrafos, o que não impedia que tivessem familiaridade com o lugar. Os policiais, os rastreadores e os cangaceiros conheciam esses rios de origem "duvidosa". Lampião poderia preencher os espaços em branco pedra por pedra, cacto por cacto. Conseguiria desenhar todas as curvas de um rio e de um riacho, desde as colinas de terra vermelha de Pernambuco, às águas verdes do rio São Francisco, às palmeiras e bromélias ao redor de Monte Santo e à cachoeira de Paulo Afonso, onde os bandidos enchiam seus cantis, quando saíam do Raso.

Sem mapas, apesar de ter visto um mapa há anos na Glória, que Lampião havia desenhado, ou melhor, anotado, que pertencia ao padre local. O mapa do Brasil era de couro, com 1m2 de tamanho e, a pedido do padre, Lampião tinha desenhado com uma caneta grossa de tinta azul as fronteiras do território do seu "reinado".

"Você é uma espécie de rei" havia dito o padre depois que Lampião assistiu à missa e fez uma doação à igreja. Ele ficou intrigado e passou a tarde desenhando o território que percorria em liberdade, bem acolhido ou em conflitos com a polícia. O território estendia-se pelos sete estados do sertão inteiro, os lugares mais inóspitos, de Mossoró no Rio Grande do Norte, atravessando o Ceará, Paraíba, Pernambuco, Alagoas, Sergipe e Bahia.

— Maior do que a Espanha! — disse o escrevente que mostrou o mapa a Bezerra. Ele havia medido o mapa. — Quase do tamanho da França.

Lampião. O rei do sertão. Sua vida não tinha sido fácil, com fases boas e ruins, como Lampião sempre dizia. "Sofri algumas vezes, mas em compensação tive ótimos momentos."

Bezerra sempre tinha gostado dessa frase, sentia-se bem ao pensar nela em seus momentos difíceis. Às vezes, tinha a impressão que ele e Lampião tinham mais coisas em comum do que com os policiais com quem convivia. Na verdade, em vez de matá-lo, gostaria de ter passado a tarde conversando com ele embaixo das árvores, como tinha conversado com Nunes. Se havia conversado com Nunes, por que não poderia fazer o mesmo com ele?

Nunes, comandante da Polícia Militar de Pernambuco, era um arqui-inimigo de Lampião, um homem que mais tarde ele prendera como refém e planejara matar.

Bezerra ainda se lembrava do choque que as tropas haviam sentido com a notícia que Lampião capturara Nunes como refém. Nunes tinha se aposentado na época, mas continuava a ser um dos seus principais comandantes, e os policiais não entendiam por que tinha ido sozinho para sua fazenda perto de Águas Belas, sem nem mesmo alguns guarda-costas. Talvez pensasse que os confrontos dele com os cangaceiros tivessem terminado, opinião contrária à de Lampião, e quando alguém contou que estava sozinho na fazenda, os cangaceiros cercaram a casa.

Esperaram até o amanhecer, quando Nunes apareceu carregando uma bacia. Observaram em silêncio, enquanto caminhava em direção à cisterna para lavar o rosto. Em seguida, Lampião se aproximou silencioso, com a arma engatilhada. Nunes levantou os olhos e viu Lampião.

— Sou homem morto — sussurrou.

— Quem é você? — perguntou Lampião, com um ar formal.

— Sou o coronel João Nunes.

— É você mesmo que eu queria.

Então, foi a vez de Nunes dar esse meio sorriso tão comum no sertão, que havia visto tantas vezes nos lábios dos bandidos e das pessoas que os apoiavam antes de matá-los.

— Estou nas suas mãos.

— Amarrem o coronel — disse Lampião. Um dos rapazes aproximou-se com uma corda.

— Eu pago qualquer resgate.

É claro que pagaria, adoraria pagar. Dinheiro não era um problema para Nunes, mas Lampião hesitou. Nunca havia matado um homem que tivesse pagado o resgate e, às vezes, nem mesmo quando não pagavam. Há pouco tempo, soltara um rapaz cujo pai tinha se recusado a pagar o resgate.

— Você vai matar ele mesmo, com ou sem o dinheiro, então o mate sem o dinheiro e minha perda será menor — disse o pai.

E Lampião libertou o rapaz, revoltado com a atitude do pai.

— Nenhum filho merece morrer por causa de um pai como esse.

Mas o caso de Nunes era diferente. Quantos cangaceiros havia assassinado, com suas mãos, ou por sua ordem, pessoas indefesas, com mãos e pés amarrados, e mortas com um tiro à queima-roupa? E quantos fornecedores de Lampião ele tinha aterrorizado com suas ameaças, fazendeiros pacíficos, que cumpriam suas obrigações? Queria matar Nunes, mas antes teria sua retribuição.

— Quinze contos — disse. O preço de 200 vacas segundo seu cálculo.

— Combinado, o dinheiro está depositado em um banco em Recife.

— Recife? — Lampião cuspiu no chão, indignado. — Recife é longe.

— Mas eu não guardo essa quantia de dinheiro na fazenda, só no banco.

— Então morre.

— Então paciência — respondeu Nunes. Mas se o matassem não teriam o dinheiro do resgate. Então, poderia pedir que o empregado Tó fosse à cidade de Águas Belas para enviar um telegrama à família pedindo dinheiro e, em um dia ou dois no máximo, eles receberiam o resgate.

Talvez sim, talvez não. Lampião conhecia melhor do que Nunes as trocas e combinações entre as pessoas. Havia uma série de ciladas na proposta de Nunes. Talvez Tó não fosse à cidade, ou procurasse a polícia, em vez de enviar um telegrama. Por sua vez, a família poderia mandar polícias para a fazenda, ou poderiam acontecer outros imprevistos. Mesmo se essas suposições não se realizassem, as chances de conseguirem o dinheiro sem ter de lutar contra as tropas de Pernambuco eram mínimas ou inexistentes. A única decisão de verdade era se mataria Nunes agora ou mais tarde.

Porque ele iria matar Nunes, estava decidido. Mas não lhe desagradava a ideia de atravessar o sertão com o ex-comandante das tropas da Polícia Militar de Pernambuco amarrado atrás de um dos cavalos. Levaria Nunes junto com seu bando de cangaceiros e depois o mataria em algum momento.

Seguiram para Alagoas, com Nunes a pé, amarrado na cauda do cavalo de Zé Baiano. Nunes havia envelhecido, mas tinha uma boa forma física. Corajoso, não se queixou e marchou com a disciplina de um verdadeiro soldado. Ele havia perseguido o bando de Lampião durante anos de uma forma implacável e se Lampião tivesse atirado em sua nuca, nenhum dos cangaceiros questionaria o motivo. Mas quando continuaram a viagem depois do almoço, não ficaram surpresos com o pedido de Lampião que dessem um cavalo ao seu antigo arqui-inimigo.

Os cangaceiros seguiam rápido em direção ao sul. Sabiam que as notícias já haviam se espalhado em Águas Belas, embora fosse pouco provável que as tropas de Pernambuco os atacassem, com o ex-comandante como refém. Porém, assim que cruzaram a divisa do estado de Alagoas, foram cercados por policiais em um pasto de gado, antes do pôr do sol.

Mais tarde Nunes disse que foi um incidente estranho, uma reviravolta em seus pensamentos, as imagens brancas e pretas alternavam-se em sua mente. Ficou com um medo terrível que o ataque dos policiais provocasse sua morte. Por outro lado, começara a confiar em Lampião e chegou a rezar pedindo que suas estratégias de combate salvassem todos eles. E, assim que escureceu, Lampião distribuiu sinos de vacas aos homens, que caminharam entre as tropas, devagar como os animais, tocando os sinos.

Lampião pôs Nunes à frente do grupo, com a arma apontada para sua cabeça, apesar de desnecessário. Ele sabia quais eram suas chances de sobreviver e manteve uma rígida disciplina, tanto no momento em que todos caminharam devagar quanto na marcha rápida a seguir. Ficava em silêncio quando necessário, ajudava a cortar os galhos, andava atrás do grupo para apagar o rastro, comia e bebia pouco para não prejudicar os outros, e quando montaram o acampamento na noite seguinte, Lampião pediu que o desamarrassem, só na "hora de jantar".

Haviam enganado os policiais e resolveram descansar sentados embaixo das árvores, com a companhia de Nunes. Conversaram sobre combates e estratégias, mulheres, e as qualidades e deficiências de diversos tipos de armas. Mais tarde, um deles tocou violão e cantaram à noite, as canções antigas, e Nunes cantou junto com eles, mesmo as músicas dos cangaceiros, "Tu me ensina a fazer renda e eu te ensino a namorar", porque conhecia todas elas. E quando foram dormir à luz das estrelas, Zé Baiano deu seu cobertor para Nunes.

No entanto, no dia seguinte, quando entraram no estado de Sergipe, enfrentaram mais tropas em um conflito violento e uma marcha difícil. Nunes passou então a ser um luxo que não tinham mais condições de manter. O resgate ainda não tinha chegado, mas Lampião não pensava mais em matá-lo.

Lampião o libertou embaixo de um umbuzeiro florido perto de Bom Sucesso. Nunes cumprimentou todos os rapazes, quase com pesar. Disse que gostaria de passar mais uma noite na companhia deles à luz das estrelas. Há algum tempo que não dormia ao ar livre e lembraria sempre como tinha sido agradável. Abraçou Zé Baiano, que havia cuidado dele como se fosse "um filho" e disse que nunca o esqueceria.

Zé Baiano perguntou se o coronel tinha dinheiro para a viagem até sua casa. Nunes, envergonhado, mostrou os bolsos.

— Como você vê.

Só tinha um lápis e um lenço.

Lampião lhe deu 30 mil réis para pagar a travessia no rio e, por fim, esse foi todo o dinheiro que trocaram. Lampião nunca recebeu os 15 contos do resgate, o equivalente ao preço das 200 vacas.

Mas Nunes o retribuiu de outra maneira. Na semana seguinte os jornais publicaram a manchete: "Um cangaceiro, sim, mas com um bom coração e uma estratégia brilhante!" No artigo a seguir, Nunes elogiou a "bondade de Lampião. Senão, por que pouparia a vida de seu pior inimigo?"

Nunes estendeu os elogios às suas "excepcionais táticas de combate", embora Bezerra lembrasse mais da foto de Nunes e da filha Abigail, "um nome americano", dizia o jornal. Abigail tinha partido às pressas de Recife de carro com o dinheiro do resgate junto com o marido da irmã. Ninguém quis acompanhá-la, falou. Nem os "supostos amigos" do pai, nem o noivo, "ou melhor, o ex-noivo", disse Abigail Nunes.

Bezerra tinha examinado com atenção a fotografia. Abigail Nunes estava com um vestido da última moda e seus cabelos eram curtos como no estilo da época. Era uma jovem decidida, que podia tirar o dinheiro do resgate do pai de um banco em Recife e andar de carro até o mundo dos cangaceiros, vestida com suas roupas de seda colorida.

Uma jovem que mudava de opinião quando necessário, que tinha um ex-noivo, um homem que não estava mais à altura de casar com ela. Bezerra sentiu pena do rapaz, mas era um homem covarde, sem fibra, que não poderia se casar com Abigail Nunes. Há quanto tempo acontecera essa história? Uns oito ou nove anos talvez. Será que havia casado?, pensou Bezerra. Claro que sim. Uma moça como ela e com dinheiro.

Mas que tipo de homem teria escolhido como marido e, quem sabe seus caminhos se cruzariam algum dia? Sobretudo agora, mas Bezerra não queria falar nem pensar no assunto. Talvez algum dia.

XV

Maria Bonita acordou com tosse. Havia ficado tempo demais deitada na pedra. Estava quase na hora do pôr do sol e fazia frio. Tentou respirar fundo, mas devagar, não queria que a tosse se transformasse em golfadas de sangue.

Ela tinha sonhado, mas não conseguia lembrar bem do sonho. Algo ruim, violento, com sensação de perda e tristeza.

A criança deveria ter pouco mais de 3 anos, Expedita — "Tita". Lampião escolhera seu nome. Maria Bonita queria que se chamasse Rosa, como sua avó, se fosse menina, e João, como o pai, caso fosse menino. Tita. No começo, não gostou do nome, mas era suave e aos poucos começou a gostar. "Titinha", sussurrou em seu cabelo.

No entanto, três anos depois, a menina não a conhecia. A última vez que foram visitá-la, a criança se agarrou à mulher que a estava criando, sua "mãe".

— Dê um abraço na tia, Titinha.

Mas Tita não quis abraçar a tia. Queria correr para brincar com as outras crianças. A "tia" entendeu, disse Maria Bonita à mulher, claro que entendia. Porém não conseguiu reprimir as lágrimas.

Quando deram a boneca que haviam escolhido como presente depois de pagar um espião e de rejeitar as duas primeiras por não serem tão maravilhosas como gostariam, a boneca com olhos de vidro que abriam e fechavam, que havia feito a longa viagem de Recife na estrada empoeirada, primeiro de caminhão, em seguida de carroça e no lombo de um jumento, em vez de um sorriso feliz e das palmas, a menina não se aproximou e perguntou se não tinha outra boneca para a irmã. A filha da mulher do fazendeiro, criada junto com ela como irmãs gêmeas.

Uma situação perfeita, como tinha sido combinado. E para a pequena Tita era maravilhoso gostar da mãe adotiva e de se preocupar mais com a suposta irmã do que com seus verdadeiros pais parados à sua frente, mudos de tristeza e saudade, que traziam presentes sofisticados, mas não os que agradavam.

Deveria ter trazido duas bonecas e não essa tão especial, na próxima vez faria isso, mas talvez fosse melhor não visitar mais a menina. Por que misturar a dor que sentia no coração com uma esperança louca? Ou com o pensamento que a menina a reconheceria por instinto, a beijaria e diria mamãe?

Mas isso seria fatal para a criança. Era melhor que a vida seguisse seu curso. Em benefício dela e de Lampião, porque todas as vezes em que se despediam, lembravam-se do dia em que haviam entregado o bebê à mulher e tinham partido em direção à caatinga e à luz das estrelas, com Maria Bonita soluçando e o leite pingando de seus seios.

Um lagarto correu pela pedra e parou surpreso ao vê-la. A pedra deveria ser sua casa na maioria do tempo. Quem sabe conseguiria convencer Lampião a irem para o sítio Malhada da Caiçara dos seus pais, não muito longe de Angicos. Se partissem à tarde poderiam acampar lá à noite e, dependendo da distância que percorressem, poderia visitá-los.

Passar alguns momentos dentro de uma casa, sentada ao redor da mesa, bebendo café, comendo queijo e conversando sobre assuntos banais. Os vizinhos, o preço das cabras, a chuva e a seca, qualquer coisa menos os policiais e o governo.

Acendeu um cigarro. Pedro Cândido havia dito que Odilon Flor estava procurando o bando na margem do rio, o mesmo Odilon que há pouco tempo tinha matado 400 peregrinos desarmados, homens, mulheres e crianças em Curral Novo.

Os peregrinos eram seguidores da seita do touro sagrado, um dos muitos cultos que surgiam no sertão criados por pregadores que conquistavam adeptos, não importa o que pregavam. Os peregrinos, sem dúvida, eram pessoas desequilibradas, que profetizavam que o fim do mundo estava próximo e que dançavam ao redor da imagem do deus touro, mas por que alguém iria matá-los? Por que Odilon Flor os matara a tiros na praça de areia sob o sol escaldante, só para atender ao pedido do prefeito que queria retirá-los da cidade? Matou todos eles, depois andou em meio aos cadáveres, chutando-os, mudando-os de posição, e dando tiros nas cabeças dos que ainda se moviam.

Quantas vezes esse mesmo Odilon Flor fugiu de Lampião? E todos sabiam, todas as pessoas do sertão sabiam que ele era um covarde, graças a Lampião.

Talvez estivesse um pouco confusa quando partiu com Lampião, é possível que morresse ainda jovem com um tiro de rifle, mas as mulheres também não morriam cedo em casa, por ciúmes do marido, com uma bala na cabeça? Isso acontecia até com mulheres que acordavam de madrugada, lavavam roupas, cozinhavam e dormiam ao anoitecer, exaustas demais para pensar em traição. No entanto, os maridos chegavam em casa, atiravam nelas e ninguém reagia. Um crime passional, diziam.

Mas que tipo de paixão é isto?

— Maria!

Ouviu a voz de Dulce chamando-a, então iriam partir? Ela se sentiria bem mais tranquila.

— Estou aqui — respondeu. Em seguida, começou a tossir tão forte que ouvia sua respiração e jogou o cigarro no chão. Segurou firme na pedra para tentar parar de tossir e respirar.

Dulce aproximou-se dela.

— Você está bem? — Dulce colocou um pouco de água do seu cantil em uma caneca e ofereceu a Maria. Por fim, ela conseguiu respirar um pouco melhor e bebeu um gole de água.

Tirou da bolsa o lenço de seda vermelho que escondia as manchas de sangue e respirou fundo mais uma vez.

— Calma, Maria — disse Dulce. Mas ela já se acalmara, se sentia melhor e enxugou as lágrimas dos olhos com o lenço.

— Vamos partir?

— Amanhã, bem cedo.

— Por que não agora?

— Eles acharam que amanhã seria melhor.

Então, não acampariam perto da casa da mãe essa noite.

Mas, na verdade, nunca mais iria se sentar ao lado da mãe à mesa. A mãe havia morrido no ano passado por causa da picada de uma cascavel.

— Lampião reservou a melancia só para as moças — disse Dulce.

— Ele está aqui perto?

— Não, mas disse que a gente podia cortá-la.

Maria Bonita levantou-se com cuidado. Desceu da pedra e pisou nos cigarros que tinham caído. Pouco importa, não vou mais fumar, não posso, pensou.

Maria Bonita começou a caminhar com Dulce em direção ao acampamento, mas voltou para pegar os cigarros. Eram caros e difíceis de encontrar, seria estúpido deixá-los lá. Depois de colocar os cigarros na bolsa bandoleira acompanhou a amiga até o acampamento.

XVI

Aniceto já havia perguntado duas vezes. — Vamos? — Nas duas Bezerra tinha respondido ainda não.

Quarta-feira era dia de mercado em Piranhas e haveria homens comprando suprimentos para Lampião. Bezerra sabia quem eram seus fornecedores, mas não havia nada a fazer. Se os impedissem, ou os matassem e expulsassem as famílias de suas terras, logo apareceriam outros. Lampião não morreria de fome, nem sentiria a falta de alimentos. Porém o povo local sofreria, pessoas que eram suas amigas, primos de sua mulher e da mãe. Seus vizinhos, pessoas com quem convivia o tempo inteiro.

Havia visto Erasmo Félix no mercado em Pão de Açúcar comprando três vezes mais queijo e uma quantidade cinco vezes maior de sal. Além de seis litros de cachaça Cavalinhos. Bezerra poderia ter perguntado "Para quem?", se ele já não soubesse. Apesar de saber que Erasmo Félix estava comprando suprimentos para Lampião era mais importante saber que Erasmo Félix morava e trabalhava na fazenda de Antônio Caixeiro, cujo filho era governador de Sergipe. O fornecimento de suprimentos de Erasmo a Lampião contava com a proteção do pai do governador, ou seja, do próprio governador.

Então, o que Bezerra poderia fazer? Nem Lucena tinha coragem de enfrentar Erasmo. Mesmo se prendesse Erasmo Félix por alguns dias, veria outra pessoa comprando mais sal e cinco melancias. Qual atitude a tomar? Prender todos os moradores da cidade? Suspender as atividades do mercado?

Não que o governo federal não houvesse tentado esta abordagem, homens do Rio e de São Paulo, muito distantes da realidade do sertão para avaliar as consequências, ou se preocupar com elas. Porém tinham sido corretos em sua análise. Lampião estava tão ligado à vida do sertão, que para eliminá-lo seria preciso destruir a estrutura econômica e social do Nordeste. Matar os homens, expulsar os moradores dos vilarejos, incendiar os campos, dispersar os rebanhos — mas não seria melhor esta abordagem dele, no fim?

Pela abordagem dele, quem sabe, ninguém iria se magoar. Se tivessem paciência e esperassem até o anoitecer, quando ficasse "bem escuro", como Bezerra havia dito a Aniceto, e esperassem até que os espiões de Lampião estivessem dormindo, tudo o que tinham a fazer era entrar em Piranhas, ir até a margem do rio e alugar um barco para atravessá-lo.

XVII

O Rio da Desordem

Lampião achou que Sereno estava mais calmo e que não partiria com seu grupo. Sabia o que Sereno pensava, assim como percebia a angústia que todos sentiam, um estado de ansiedade como jamais havia visto no grupo. Nunca nenhum deles havia pensado em abandoná-lo. Agora esse pensamento tinha contagiado todos eles.

Mesmo Maria Bonita. Tinha visto a maneira como havia olhado para Corisco, com uma expressão de nostalgia. Curioso, apesar das poucas palavras trocadas nos últimos dias, quando nem mesmo tinha certeza se ainda a amava, continuava a observá-la, como sempre fazia com qualquer coisa que atraísse sua atenção, avaliando o brilho do seu olhar, ouvindo palavras atrás das palavras, sentindo o cheiro de sua esperança e, depois, da desesperança.

Ouvia o barulho do rio de onde estava — como não ouvir? Havia sido criado nas terras da região sertaneja, onde os rios secavam no verão e esse barulho constante o deixava nervoso. O "rio da Desordem", não conseguiu evitar pensar. Tinha ouvido a história pela primeira vez nos relatos de sua avó, em 1902 ou 1903, durante uma das secas terríveis, quando estavam parados na porta da casa, observando mais um grupo de homens, mulheres e crianças que se aproximavam.

De longe, eram seres fantasmagóricos, iluminados por uma luz vaga e trêmula, mas quando se aproximaram, ele viu que eram pessoas reais, graças à poeira nos seus rostos e as roupas rasgadas nas suas costas. Nunca tiveram cavalos nem cabras. Nunca partiram até morrerem as cabras, disse a avó.

A avó lhe contou que eram retirantes que fugiam da seca que estava atormentando a região, transformando cada folha, colheita, ou planta de verde em cinza. A avó chamou seu pai que estava de guarda perto do poço, com um facão nas mãos. Eles tinham dado água aos primeiros retirantes que se aproximaram da casa, mas eram muitos, sempre mais, e não havia água suficiente para todos. O poço estava quase seco.

"Perdão", disse o pai quando passaram à sua frente. Um ou dois fizeram um pequeno aceno de compreensão, mas a maioria nem tinha forças para levantar os olhos e seguiu seu caminho, com um passo após o outro, até todos desaparecerem em meio à poeira.

— Que Deus os abençoe! — murmurou a avó. Ela mesma havia sido uma retirante quando menina, por ocasião da grande seca em 1866, a "Seca dos Dois Seis," a pior que conseguia lembrar em seu vilarejo. Ninguém poderia prever como a seca seria, talvez chovesse e fossem salvos da tragédia, ou a situação só se agravaria. Aquela vez, a família dela tentou esperar. Mas os primeiros sinais eram todos maus.

No dia de santa Luzia, as pessoas colocaram seis pedaços grandes de sal nos quintais de suas casas. Caso os pedaços se fundissem ou se isolassem, seria um sinal de chuva. As pessoas rezaram a noite inteira, mas quando foram pra olhar de manhã, o sal não havia se modificado.

Em seguida, os caruarus pararam de emitir seu som característico, e as rãs e formigas desapareceram. E "As formigas nunca mentem", as pessoas idosas sabiam.

Logo depois do dia de são José, em março, um padre visitou o povoado para fazer preces especiais e todos fizeram jejum, se chicotearam nas costas, colocaram espinhos embaixo das camisas e blusas, e caminharam de joelhos até a igreja por um chão seco e áspero, pedindo perdão pelos supostos pecados. Ainda assim, o céu continuou límpido e os vizinhos começaram a abandonar suas casas, porque como não tinha chovido no dia de são José, não choveria mais no inverno.

A seca continuou cada vez pior e um dia a futura avó de Lampião, então com 10 anos, foi até o pasto com o pai. As poucas vacas sobreviventes tinham se aproximado do círculo escuro de poeira em que se transformara o poço natural que acumulava a água das chuvas, e quando o pai chegou perto, os animais o olharam com os olhos castanhos e meigos, como se perguntassem "por quê"?

Então, ele contou a história do rio da Desordem que fluía no subsolo, onde não causava danos e permitia que os homens como ele e os animais como aqueles levassem as suas vidas naturais.

"Mas de vez em quando", disse às vacas que o ouviam, a avó podia jurar, "irrompia da terra e provocava o caos", apontando para as árvores mirradas, os campos ressecados, a poeira que soprava ao redor do bebedouro dos animais, "e vocês morriam de sede e eu perdia tudo".

Logo depois, a menina ajudou o pai a queimar a plantação de macambeiras para que as vacas tivessem o que comer. Mas, por fim, os animais morreram de fome e sede, e nem mesmo os urubus conseguiram bicar a pele deles. Transformaram-se em couro de pé.

A família ainda resistira por algum tempo, comendo as raízes ásperas e amargas das bromélias selvagens, que faziam mal ao estômago, mas que a mantinha viva. Porém quando o bebê e uma das irmãs pequenas morreram, o pai fechou a porta e as janelas da casa com pregos, e todos partiram carregando só algumas panelas e redes.

— Para onde vamos? — perguntou.

— Para longe — respondeu o pai. Longe do sol que havia destruído tudo e do céu azul implacável, que tinha esquecido de chover.

Seguiram para Pernambuco na esperança de encontrar água no rio Moxotó. Quando se depararam com o rio seco, contou a avó, pensaram que iriam morrer, assim como os cadáveres, cujos ossos queimados pelo sol haviam visto ao longo do caminho. A prova do pecado deles nesse fim do mundo, diziam os pregadores que perambulavam pela região.

Mas quando chegaram ao rio Ipanema ainda havia um pouco de água e seu pai, disse a avó, tinha primos que moravam próximos ao rio. Se não, os moradores não deixavam ficar, e quem poderia culpá-los? Ninguém tinha comida e água para partilhar.

Mas o primo os acomodou em sua propriedade em troca do trabalho humilde do pai, como um escravo, por cerca de um ano, até que ouviram um trovão.

Todos ficaram imóveis ouvindo o eco. "Talvez seja o calor", disseram, sem coragem de pensar em chuva, porque poderia dar azar.

Porém depois ouviram outro trovão mais forte e mais próximo e todos correram em direção a uma pequena inclinação do terreno, mesmo as mulheres idosas, para observar melhor o céu. Havia nuvens pesadas no céu, mas ainda duvidavam até que começou a chover no dia seguinte e também o dia depois, e enquanto continuava nos dias seguintes, os moradores do povoado viajavam até a próxima aldeia, onde tinha padre para celebrar uma missa de ação de graças pelo retorno da chuva no sertão.

As pessoas se abraçavam nas ruas felizes e diziam: "A gente dorme cinza e acorda verde", contou a avó. Mais uma vez o sertão se transformava em um grande jardim, uma prova de que Deus voltara a proteger os sertanejos.

Logo depois o pai começou a empacotar os pertences da família.

— Fique. Por que voltar? A vida é mais fácil aqui — disse o primo.

Sem uma palavra contrária à do primo, ou nem mesmo uma explicação, seu pai, com apenas um pequeno sorriso, o primeiro que via em seus lábios desde que haviam partido, voltou com a família para casa, dessa vez em direção ao sol e não fugindo dele. No caminho de volta o pai começou a cantar.

Uma canção cuja letra inventaram enquanto caminhavam e que a avó havia ensinado a Lampião. Depois Lampião mudou um pouco a letra e a transformou em sua música, *Mulher rendeira*, que seu bando cantaria em muitas ocasiões:

Tu me ensina a fazer renda e eu te ensino a namorar.

Lampião percorreu o sertão durante 20 anos cantando essa música, e todos que a ouviam, soldados, policiais, fazendeiros e comerciantes, homens, mulheres, crianças, ricos, pobres e pessoas comuns sabiam o que significava, ou, pelo menos, o que ele queria dizer.

Que seu coração era leve, aberto, livre e que sempre vencia suas lutas. Quando ouviam a música, sabiam que Lampião estava feliz, amando a vida, a dele e a de todos, e a do sertão que amava com paixão e que, por sua vez, o retribuía como um amor intenso e profundo.

Arquitetava, sonhando, suas campanhas à noite e ao acordar de manhã olhava ansioso para o céu, dominado por uma paixão amorosa, e quando via pássaros voando em lugares onde não deveriam estar, sabia que algo os havia assustado, talvez policiais que não eram seres apaixonados e, por isso, não percebiam que lhe enviavam sinais brilhantes.

Eles chamavam esses sinais de sorte, "a sorte de Lampião", mas o que aconteceria com a sorte se não fizesse mais amor? Se acordasse um dia sem se importar com o futuro, ou qual coronel lhe queria oferecer um jantar ou lhe vender balas, sem acreditar em mais nada? Isso significaria que a sorte tinha desaparecido?

Nestes últimos dias tinha pensado no início da vida deles juntos, dele e de Maria Bonita, quando viviam despreocupados, protegidos por uma boa estrela que nunca mudava, em uma vida de companheirismo, música, risos e alegria. Eram jovens e corajosos, alguns inteligentes, outros bonitos, distantes como por um toque de mágica das preocupações do resto do mundo. Para eles não havia colheitas, nem seca, cabras, galinhas, vizinhos desonestos, nem nascimento ou morte, pelo menos por algum tempo.

Mas de repente a situação mudou. De um dia para o outro, ele encontrou-se ao pé da cova de um dos irmãos, em seguida, de outro. Ambos por acidentes inesperados, por engano. Primeiro Antônio, morto instantaneamente, quando Luís Pedro dormiu e a arma dele disparou e pegou Antônio no estômago.

Luís Pedro chorou e suplicou que Lampião o matasse, hipótese em que havia pensado, mas por fim o perdoou. Lampião disse que deveria se comportar a partir de então como um irmão e Luís Pedro tentou. Mas ninguém substitui um irmão.

Claro que um irmão era insubstituível, mas quando o outro irmão, Ezequiel, foi assassinado, isso foi quando ele se sentiu a dor quase insuportável da perda. Apelidado de Ponto Fino, o melhor atirador do grupo, mas não só por ser um excelente atirador, todos sabiam atirar bem, porém Ezequiel e ele eram tão próximos de idade que não se lembravam de terem vivido um dia sem a companhia do outro. Quando Lampião se juntou a um grupo de cangaceiros, Ezequiel seguiu seu exemplo, como se fosse também seu destino, sem perguntas. Só as perguntas respondidas no dia a dia, quando trabalhavam juntos observando o sol, andando pra trás em meio aos arbustos com espinhos e aos cactos, avaliando a situação em que se encontravam, desenhando mapas, e delineando seus planos com uma vara no chão poeirento.

E a morte dele não devia ter acontecido. Haviam surpreendido um grupo de policiais que descansavam em um acampamento e os expulsaram do local quase sem troca de tiros. Mas um deles deu um tiro por cima do ombro enquanto fugia, que por uma má sorte terrível, toda desgraça que tinha nesse dia no sertão, atingiu Ezequiel na perna.

O ferimento quase não sangrou, nem atingiu o osso, por isso pensaram que não era grave. Lampião fez um curativo e deixou Ezequiel descansando embaixo de umas mimosas e foi examinar junto com os outros rapazes o que a polícia tinha deixado no acampamento. Encontraram algumas metralhadoras e granadas de mão, que nunca haviam visto antes. Mexeram em uma delas, nada aconteceu até que um deles jogou a granada no fogo. Com o impacto da explosão todos foram atirados para trás.

"Pipoca que presta!", brincavam. Tudo normal, mas nesse momento, Maria chegou correndo.

— Virgulino, Ezequiel tá morrendo!

— Ezequiel! — disse com um grito, correndo. Segurou a cabeça do irmão, mas seus olhos já estavam semicerrados. Rasgou o curativo, a ferida parecia limpa, normal. O que havia acontecido? A bala tinha atingido o estômago?

— Não morra! — Lampião o beijou. Tirou o cabelo comprido do rosto moreno do irmão. — Não morra, Zeca!

— Adeus, Virgulino — disse Ezequiel com um sussurro.

— Não, Zeca, você vai melhorar, não é nada grave. — Lampião chorou e, em silêncio disse, "Não me deixe", porque sempre estiveram juntos, como poderiam viver sem a companhia um do outro? Mas Ezequiel morreu e o sofrimento de Lampião foi terrível. Acenderam velas ao redor de seu corpo, cavaram o túmulo, profundo o suficiente para que os urubus não o sobrevoassem e atraíssem a polícia. Tão profundo que quase não conseguiram deitá-lo no fundo embrulhado na rede. Tão profundo que quando os rapazes começaram a encher o túmulo de terra, Lampião se afastou aos prantos.

Sussurrou uma última prece para o irmão e o deixou longe de casa em um túmulo anônimo. Logo depois, Maria Bonita ficou grávida, os remédios abortivos não funcionaram e a barriga começou a crescer. A jovem cujo mundo era um jardim transformou-se em uma mulher como qualquer outra que se sentava ao lado de uma igreja costurando roupinhas para um bebê, que nunca veria crescer para usá-las.

Mas Maria Bonita era corajosa, levantou a cabeça e seguiu em frente, com apenas o comentário que a gravidez era um aborrecimento, e recusou-se a diminuir o ritmo ou sentir os pontapés da criança. Lampião também se comportou do mesmo modo, mas quando a menina nasceu, com os dez dedinhos das mãos e dos pés, ele ficou emocionado e chorou. "Tita", soluçou ao lado da pequena cabeça, apesar da promessa de se manter a distância. Tinha decidido não olhar para a criança, nem para a mãe. Mãe por algum tempo. Maria Bonita não era mãe de ninguém, nem poderia ser.

E quando tudo tinha terminado, pouco depois Maria Bonita foi ferida em Serrinha. Ela superou mais esse trauma, mas será que pode superar mesmo? Ele sim, mas isto foi quando era mais jovem, ainda com aquele espírito alegre apenas pelo fato de estar vivo.

Mas eles não eram mais jovens assim, e parece que Maria não queria mais confrontar, enfrentar, a vida deles. O que ela queria, quem poderia saber? Queria mudar de vida, embora não fosse possível. Às vezes, ela lembrava disso, que não havia saída.

"Você estará de 'corpo fechado' desde que não tenha uma mulher", tinha dito padre Cícero ao lhe abençoar. Algumas vezes

Lampião pensava que deveria ter seguido seu conselho, sobretudo quando via Maria Bonita passeando pelo acampamento, com uma expressão triste, como um melro de asa quebrada.

Em seguida, cortou o cabelo e continuou a fumar muito. Onde estava a jovem de olhos azuis que ele tinha beijado no sítio do pai dela, embaixo de um ipê gigantesco e estrelando flores? A moça com um olhar sincero e um cheiro tão delicioso, que não conseguiu mais se separar dela, e voltou para buscá-la, mesmo arriscando sua sorte e a bênção do padre, por causa da felicidade louca que sentiu ao seu lado, uma felicidade três vezes, dez vezes maior que não sentia desde menino.

E haviam sido muito felizes, extremamente felizes e, se tentasse, poderia ver seu sorriso de novo, era isso que queria ver agora, seu sorriso. O sorriso de Maria Bonita ao seu lado mais uma vez. Mas será que ela sorriria de novo?

Pegou a caixa de papelão onde guardava os recortes de jornais em sua bolsa. Lá estava Maria Bonita sorrindo na famosa foto tirada pelo Turco, que viera de Vilas Belas com um dos fornecedores para fazer um filme sobre a vida deles, "um filme de um cangaceiro de verdade", disse-lhes. O Turco lhes pediu permissão para acompanhá-los por algum tempo e filmá-los em suas vidas do dia a dia.

No início, ficaram desconfiados e examinaram a câmera à procura de armas, mas não havia armas, só a alegria do Turco que contagiou o ambiente. O Turco gostava deles, admirava tudo nos cangaceiros, a maneira como se vestiam, andavam pelos matos, como faziam café e penteavam o cabelo uns dos outros. Filmou tudo isso e deixou que olhassem através da câmera e, assim, começaram a ver o reflexo da imagem deles por meio do olhar do Turco.

Parecia o ambiente dos primeiros anos felizes e despreocupados, sem o peso dos acontecimentos, embora Maria tivesse se mantido a distância. Mas quando o Turco pediu que posasse para uma fotografia, com suas armas e cachorros, "à la Garbo", disse, uma grande estrela de cinema, um pequeno sorriso surgiu em seus lábios e, uma noite, quando as danças começaram, o Turco convidou-a para dançar.

Nunca mais havia dançado depois do tiro em Serrinha, mas o Turco não sabia que havia sido ferida e, por fim, ela olhou hesitante para Lampião, e os dois começaram a dançar, tímidos no início, tensos, mas depois ela esqueceu o bebê, o tiro, o medo constante, agora que o conhecia, e começou a dançar como a jovem que havia fugido com ele. E a vida dos dois, como em um toque de mágica, voltou a ser como antes.

O Turco iria exibir o filme no Rio e nos Estados Unidos e as pessoas fariam fila para assistir a vida do rei do cangaço. Agora, só precisava filmar uma cena de confronto com a polícia. Mas também precisava de mais filmes para a câmera e voltou a Vila Bela para comprá-los. Marcaram um lugar de encontro no dia seguinte, porém o Turco não apareceu. Alguns dias depois, um dos fornecedores chegou com a notícia de que ele havia sido assassinado com um tiro.

Todos ficaram atônitos, como se a notícia de alguém assassinado com um tiro fosse uma novidade para eles.

— O Turco? — repetiram.

Sim, disse o fornecedor, são histórias que acontecem. O marido de sua amante, ou o amante da mulher dele, um dos dois o matou vestido apenas com roupas íntimas em um quarto.

— E as câmeras?

O fornecedor não sabia o que havia acontecido com o equipamento dele, mas tinha trazido a cópia de um jornal de Salvador. A primeira página exibia a foto de Maria Bonita "à la Garbo", tirada por Turco, enviada pouco antes de ele morrer para a redação do jornal.

Todos se reuniram para olhar a linda foto. Maria Bonita a olhou por muito tempo, com lágrimas que escorriam por seu rosto. Essa noite ela manteve seu corpo próximo ao de Lampião e se entregou com paixão ao seu desejo.

Logo depois, em um vilarejo onde as pessoas saíram de suas casas para recebê-los, um jornalista perguntou a Lampião se algum dia se renderia.

Perguntas como essas não mereciam respostas e, em geral, Lampião dizia com um tom de sarcasmo: "Por que eu me renderia? E a quem?"

Porém nesse dia ele ficou em silêncio por alguns instantes, ao ver que Maria Bonita o olhava e respondeu, não para o jornalista, mas para ela.

— Nunca vão me capturar. Morrerei lutando. Embora tenha vivido momentos difíceis, tive uma vida maravilhosa. E o que mais poderia querer?

Maria Bonita e Lampião entreolharam-se. Em seguida, ela disse ao jornalista que tinha uma mensagem para a polícia de Pernambuco, que havia tentado matá-la. Transmitiria a mensagem como se fosse um pequeno verso sem rima, porque assim seria mais fácil lembrar as palavras:

Estou apaixonada, minha vida é divertida e não tenho medo de ninguém!

— Assinado — disse. — A cangaceira Maria Bonita.

Maria Bonita, a cangaceira.

Lampião levantou-se. Uma mulher em quem haviam dado um tiro, que tinham perseguido e impedido que criasse a filha. E mesmo assim, qual fora a sua mensagem às autoridades de Pernambuco?

— Que estava apaixonada. Ou seja, estava viva, assim como ele, viva neste dia, apesar de tudo ainda estavam vivos. E divertindo-se, quase havia esquecido essa parte da frase.

A música, a dança, os risos faziam parte da vida deles, ou teriam de fazer. Caso contrário, seriam apenas uns bandidos armados decididos a matar quem quer que transgredisse os princípios deles. Mas o mal é infinito, aprendera essa lição, algo que não sabia quando havia saído do tribunal há quase 20 anos decidido a matar os demônios que tinham assassinado o pai.

No entanto, não existia um fim em sua procura e não tinha conseguido matar esses homens. Havia se aproximado deles, assassinara parentes e aliados, mas os assassinos morreram em suas camas, assim como ele, Virgulino Ferreira da Silva, morreria se tivesse abaixado a cabeça ao sair do tribunal, deixando a justiça nas mãos de Deus.

Mas, na verdade, a justiça estava nas mãos de Deus. Aprendera também essa lição no dia em que de joelhos, à margem do rio da Desordem, murmurou a frase de zombaria de Maria Bonita para a polícia. No final, apesar dos homens que havia matado e dos que tinham conseguido fugir, a justiça divina estava acima da justiça dos homens. Assim, por fim, o que fizera na vida de fato fora se divertir.

No entanto, nesse mundo difícil e nessa região inóspita, sua vida não se resumira a criar cabras e esperar a chuva, ou ser cumprimentado por um coronel com um breve aceno, quando lhe dava na veneta. Ele, Lampião, não havia limitado sua vida a tocar gaita e a dormir na rede, e sim tinha estendido seu prazer aos campos distantes dos maiores proprietários de terras dos sete estados do sertão.

Essa tinha sido sua contribuição ao povo do sertão, assim como o ouro que lhe dava de presente ou que deixava nas igrejas dos povoados. Ele transmitira sua felicidade e a de Maria Bonita, quando entravam nos vilarejos empoeirados vestidos com roupas de seda e enfeitados com joias, e organizavam bailes à noite para os moradores, a única vez em que dançavam.

As mulheres rodeavam Maria Bonita para observar seu sorriso, o jeito orgulhoso com que erguia a cabeça, a maneira como tinha ousado abandonar sua vida infeliz. E quando as danças ficavam mais animadas, as pessoas riam, quem não tinha o hábito de dançar se atrevia a dar uns passos, os rodopios agitavam o baile e ouvia-se o barulho das botas velhas e das sandálias gastas. O padeiro esquecia de sair cedo do baile para assar o pão de manhã e as mães deixavam as crianças correrem à vontade, porque não havia demônios na cidade quando Lampião estava presente.

Maria Bonita. Não era mais o mesmo desde que ela levara o tiro. Haviam sido felizes, assim como seu grupo de cangaceiros, e seus sucessos estratégicos ficaram famosos. De outro modo, não estaria ajoelhado na margem do rio. Mas às vezes achava que um homem que não tinha impedido sua mulher de levar um tiro, não merecia se divertir.

Porém ele estava errado, não em se sentir culpado, quem não sentiria? Não em gritar sua culpa para as estrelas, nem em chorar em seu coração todas as noites, esse sentimento estaria sempre presente. O tiro em Serrinha repercutiria sempre em sua mente. Mas tinha errado em ter deixado que a culpa interferisse no relacionamento deles.

Não deveria ter permitido que a amargura o consumisse, mesmo que a chamasse de "jejum". Porque no fundo era uma fraqueza de espírito, uma traição, como percebia agora.

Sua vida, sua missão, era transmitir felicidade e se o mundo havia mudado ao seu redor, o houvesse ultrapassado de certa forma, ele também teria de mudar, para que pudesse manter sua alegria de vida. Esse era seu trabalho. Ainda gostava do cheiro da poeira antes da chuva, mesmo na seca mais terrível, quando estava misturada com as últimas folhas desesperadas que as cabras tinham mordido.

"...não tenho medo de ninguém." Assim Maria Bonita tinha terminado a frase. E não com as palavras: "Estou segura" ou "Eles não conseguirão me capturar".

"Não tenho medo." Embora estivesse com medo, tivesse pesadelos e "andasse assustada", mas com a cabeça erguida diria aos moradores do vilarejo que nunca tinha sentido medo. E, para diverti-los, acertaria uma caneca no ar com o tiro de seu rifle.

Afinal, era uma cangaceira. "A cangaceira Maria Bonita." Era assim que morreria, como tinha vivido até então.

O mês de julho estava quase terminando. Já havia rezado o suficiente. Levantou-se. Seus informantes tinham dito que Bezerra havia ido para Moxotó e Odilon Flor o procurava do outro lado do rio. Não havia ninguém que pudesse causar problemas, o que significava que o rio da Desordem estava recuando.

Pedro Cândido tinha trazido um pedaço grande de carne e dois litros de cachaça. Agora comeria um bom jantar, com carne de novo, na companhia de todos eles, beberia sua cachaça Cavalinho, daria risadas, cantaria e abraçaria Maria Bonita. Sorriria para ela, a faria rir, ouviria seu riso. Quando escutara seu riso pela última vez? Acordariam cedo e antes do amanhecer iriam embora para longe do rio. Daqui a três dias começaria o mês de agosto e teriam outro ano à frente.

Começava a anoitecer. Lampião voltou para o acampamento.

XVIII

Bezerra estava examinando o outro lado do rio com os binóculos, quando Chico Ferreira se aproximou. Os rapazes estão prontos para entrar em ação, disse Chico, embora, no fundo, quisesse dizer que estavam bêbados.

— Sente-se — disse Bezerra.

Mas Chico não iria se sentar. Sua raiva contra Lampião era antiga e pessoal. Um dos policiais que os cangaceiros tinham matado há anos em Queimadas era seu primo, uma das muitas histórias dos fiascos da polícia. Os policiais tinham pensado que os bandidos eram tropas da cidade vizinha e os cumprimentaram, em vez de atirar. Lampião os trancou na cadeia e invadiu a cidade.

Queimadas era uma cidade com estação de trem e não um pequeno vilarejo no interior. Então, os cangaceiros não só saquearam o lugar, como também roubaram dinheiro. Obrigaram o juiz a fazer uma lista de quem tinha dinheiro em Queimadas e quanto dariam "sem protestarem", como sempre dizia Lampião. As autoridades locais acompanharam o bando de cangaceiros quando foram recolher o dinheiro, sem tiros ou violência. Foi tudo tão "calmo" que Lampião organizou um baile.

Mais tarde, entrevistaram o rapaz que havia tocado para eles. Ele só tinha 17 anos na ocasião e nunca havia bebido nem fumado. Lampião lhe ofereceu um pouco da cachaça Cavalinho e pediu que tocasse sua música preferida, *Nunca ame sem ser amado*. O rapaz ficou tímido no início, mas Lampião gostou de sua maneira de tocar, apesar de não ter dançado. Ficou só parado ao seu lado observando a porta. As pessoas estavam se divertindo, mas Lampião não sorria.

— Você sabe por que vivo como um cangaceiro? — perguntou Lampião, quando o rapaz terminou de tocar uma música.

— Sim, capitão — respondeu, embora não soubesse.

— Eles mataram meu pai.

— Sim, capitão. — Não conhecia a história, mas só era possível dizer "sim" a Lampião.

— Assassinaram meu pai a sangue frio. Sentiram pena dele nesse dia?

Sim, capitão, ou não, pouco importa a resposta. Lampião lhe ofereceu mais um gole de cachaça.

— Onde estava a compaixão dos policiais no dia em que mataram meu pai?

O rapaz não sabia.

— Não existe compaixão no sertão. — Agora Lampião tomou um gole de cachaça. — Nem justiça.

Lampião disse que precisava fazer algo pessoalmente, mas que voltaria logo. Pediu ao rapaz que continuasse a tocar e esperasse sua volta.

Ouviu o primeiro tiro quando estava terminando um baião, "Sei que vou morrer com um tiro..." Um som nítido. Pouco depois escutou mais um tiro, em seguida outro, mais outro. Seis tiros, como um som de tambor, mas o rapaz não ficou assustado, nada o assustaria mais. Iria fugir com os cangaceiros essa noite, já tinha decidido. Sua mãe só saberia depois que tivesse partido.

Então, de repente seu pai apareceu, com uma expressão aterrorizada, o rosto branco como o pão que assavam de manhã. Ele puxou seu braço e sussurrou, com uma voz rouca, que Lampião tinha matado todos os policiais da cidade. Levou-os um a um para a estação de trem e os matou nos degraus da plataforma. Alguns suplicaram que não os matassem, outros choraram por causa dos filhos, uns lutaram com os bandidos. Todos morreram e os degraus da estação estavam cobertos de sangue.

O primo de Chico Ferreira foi um desses policiais assassinados por Lampião. Mas mesmo os que não tinham ligações com eles ficaram chocados. Todos os policiais e soldados da região revoltaram-se com o massacre em Queimadas, e, na opinião de Bezerra, esse foi um dos raros erros que Lampião cometeu. Compreendia o desejo de vingança de Lampião, primeiro pela morte do pai e agora do irmão. Mas ninguém melhor que Lampião sabia como era difícil e ilusório concretizar o projeto de vingar a morte de seus entes queridos.

Mas os policiais que Lampião matara em Queimadas eram rapazes nascidos e criados no sertão, assim como os cangaceiros, só que usavam chapéus diferentes, como bem sabia Lampião.

Bezerra sempre achou que o assassinato dos policiais em Queimadas tinha sido um erro tático e que Lampião reconheceu seu erro, porque nunca mais cometeu uma ação semelhante. E o mais curioso é que se conseguissem matá-lo essa noite, seria possível dizer que, como uma flecha direta ao seu destino, era uma consequência da morte dos policiais em Queimadas.

— Você está vendo aquela capela? — perguntou Bezerra para Chico Ferreira. Em seguida, apontou na direção de uma pequena cabana azul acinzentada do outro lado do rio, na margem do estado de Sergipe. Sabia que os rapazes estavam agitados, queriam entrar em ação, mas era cedo demais. Estragariam tudo se partissem agora, ansiosos e bêbados, como em todos os outros grandes planos para capturar ou matar Lampião.

Chico fez só um pequeno aceno com a cabeça.

— Então, aguardo que você me procure quando chegar o momento certo.

XIX

Pouco antes do pôr do sol Sereno cortou a melancia. Cila, Dulce e Maria conversavam. Tinham examinado o uniforme do sobrinho de Lampião para verificar os detalhes que ainda faltavam. Pouca coisa, só pequenos arremates. O Garoto, como iriam chamá-lo, usaria o uniforme amanhã à tarde, ou no dia seguinte, assim que parassem em algum lugar.

Sereno lembrava a emoção que havia sentido quando se reunira ao grupo e tinha vestido o uniforme igual ao dos outros companheiros. Havia se unido a essa confraria e o cheiro da pólvora, a visão das balas e o calor humano da fogueira nos acampamentos o tinham seduzido. Ninguém pensava em morrer, ou se ferir. Os cangaceiros amavam Lampião como a um pai, ou mais.

Os últimos raios de sol brilhavam entre as árvores raquíticas, e os urubus partiram. Curioso, como os urubus sempre lhe traziam à lembrança Virgínio, o cunhado de Lampião. Eles o apelidaram de Moderno, ou Garoto, assim que se reuniu ao bando de cangaceiros, mas nunca usaram o apelido de Garoto, porque Virgínio era um líder nato, como Lampião.

O único que se aproximou com intimidade do grupo. Corisco era corajoso e enfrentava os tiroteios sem titubear, aos gritos e tiros com ambas as mãos, ninguém era melhor do que ele, nada o amedrontava, mas Corisco era extremamente violento. Certa vez, pendurou um homem, um inimigo mortal, responsável pela troca de sua vida pacífica pelo mundo do cangaço, e o esquartejou.

Mas as notícias de sua brutalidade espalharam-se pelo sertão e atraíram os conflitos com as volantes que causaram a morte de dois cangaceiros. Além disso, sempre havia problemas com o grupo de Corisco, alguns tiros em mulheres e, agora, boatos que um de seus rapazes estava tendo um caso com a mulher de um dos barqueiros. Lampião tratava essas pessoas com muito cuidado e lhes pagava bem, porque não só dependia deles para transportá-lo pelo rio, como também precisava de sua discrição. Ele não hesitaria em matar qualquer homem que se atrevesse a até mesmo pensar em tocar em uma de suas mulheres.

Porém Corisco não se importava, ele era "gordo enquanto Lampião era magro", como Dadá disse certa vez e os dois riram, mas não havia nada de engraçado em sua violência sem limites, era preciso ter alguém à sua frente que dissesse aonde ir e quando parar.

Virgínio conhecia o sertão quase tão bem como Lampião e sua experiência de vida honesta o tinha preparado para o mundo do cangaço, quando se reuniu ao bando. Aprendera a cuidar de cavalos, tinha habilidade para consertar as peças de couro, que precisavam de reparos constantes, e sabia trançar e tecer, um trabalho que fazia muito bem.

Além disso, era um bom rastreador e, acima de tudo, entendia a maneira de ser de Lampião. "Queremos ter um bom relacionamento com as pessoas e não ofender alguém com palavras ou atos", disse a um repórter. "Podemos matar um homem, mas não o maltratamos antes."

Porém Virgínio sempre foi uma pessoa mais simplória, nascida e criada no interior, do que um cangaceiro. Um dia, quando caminhava por um mato cerrado, viu uma pedra que todo rastreador sonha encontrar algum dia e subiu nela para ter uma visão melhor do lugar onde estavam.

Com isso, desrespeitou a primeira regra do cangaço, nunca subir em locais onde possa ser visto. Mas Virgínio achou que não corria perigo, porque não tinha volantes perto do lugar.

Mas cinco soldados, que haviam se afastado de sua tropa e andavam sem rumo pela mata, viram Virgínio em pé na pedra e um deles atirou em seu coração.

A arma estava tão próxima que o impacto do tiro o arremessou no ar e Virgínio caiu no chão com os braços cruzados no peito, como um beato, disseram os rapazes que estavam com ele a Lampião. Mas não o enterraram, porque o tiro havia afugentado os cavalos, e como não sabiam a procedência do tiro, nem quem enfrentariam, arrastaram seu corpo para o mato e voltaram a pé, assim como os policiais que atiraram nele, tão assustados que "correram em uma velocidade inédita na história do sertão", contaram aos jornais.

Lampião demorou alguns dias para buscar o corpo, mas quando chegaram ao local, Virgínio pertencia aos urubus, ou o que restava de seu cadáver. Os animais sobrevoavam seu cadáver por algum tempo e depois comiam a carne em putrefação de suas pernas. As mulheres gritaram ao ver a cena e os rapazes jogaram pedras para afugentá-los. Mas Lampião disse que os urubus não eram um problema, e sim uma solução, um enterro tradicional no sertão, como o hábito dos antigos índios. O costume de cavar túmulos surgira no litoral com os portugueses, e qual tinham sido os benefícios de enterrar os mortos em sepulturas? Era tão melhor? Os índios enrolavam seus mortos em redes e os deixavam ao ar livre para os urubus comerem. E como o destino final dos homens era ser a Última Ceia, qual a diferença entre alimentar os urubus ou os vermes?

Há pouco tempo haviam lido em um desses recortes de jornais que Lampião tinha morrido. Ele havia morrido na cama, na verdade, na cama do pai do governador de Sergipe, diziam os jornais. Nada mal, disse, já havia morrido de maneiras muito piores, em geral com um tiro da polícia, quantas vezes fora assassinado pelos tiros de policiais? Mané Neto já tinha matado Lampião tantas vezes que não publicavam mais suas notícias. Lucena também, os dois macacos que o perseguiam.

O sol já se escondia atrás das colinas e soprou um vento frio. Outra noite de nevoeiro e umidade. Sereno não suportava mais aquele lugar próximo ao rio.

— Que frio! — disse Maria Bonita.

— É verdade, vamos sentar perto da fogueira — disse Cila. As duas levantaram-se e caminharam em direção à fogueira com passos vacilantes pelo leito do riacho. Já anoitecera.

XX

— Chegou o momento de partirmos — falou Bezerra.

Os policiais, que até o momento estavam agitados, ficaram imóveis e levantaram-se quase com relutância. Agora que anoitecera a névoa escurecia ainda mais o lugar.

— Por aqui — disse Bezerra. Os policiais desceram a colina e seguiram em direção à cidade pela primeira trilha que encontraram. Não era longe, só uns 3 quilômetros, mas os 46 homens carregavam rifles, munição e três metralhadoras que podiam disparar, cada uma delas, 200 tiros.

Armas que poderiam matar todos os bandidos do Brasil e ainda mais, embora o ritmo da caminhada ficasse mais lento com seu peso. "Silêncio!", ele dissera mais de uma vez. Os policiais também pararam algumas vezes e se revezaram para carregar as metralhadoras.

Por fim, quando chegaram à cidade e se dirigiram para o cais, o lugar estava silencioso e deserto, como Bezerra previra. Mas nenhum dos barcos ancorados no cais era grande o suficiente para transportá-los pelo rio.

Em geral, havia barcos grandes à noite, mas nesse dia só viram uns barcos pequenos de madeira usados por pescadores. Podiam transportar 12, talvez 15 pescadores, mas não os 46 policiais armados, um informante e três metralhadoras pesadas.

Mais uma vez a "sorte de Lampião" atrapalhava os planos de eliminá-lo. No entanto, Bezerra não ficou surpreso, nem desapontado. Observou com atenção a névoa e a escuridão do rio. Em uma noite como essa a influência do demônio prevalecia. Seria melhor deixar Lampião dormir em paz essa noite para lutar em outro dia, enquanto ele, Bezerra, iria dormir em sua cama onde não sentiria frio e acordaria no dia seguinte.

Bezerra estava prestes a dizer a Aniceto que deveriam cancelar o ataque ao acampamento de Lampião e exercer sua autoridade se fosse preciso, porque Aniceto se embriagara a tarde inteira e havia ficado mais corajoso com o estímulo do álcool, quando um barqueiro idoso se aproximou dele.

— Talvez eu consiga resolver seu problema, tenente.

O homem seria um dos espiões de Lampião?

— Eu tenho um problema?

— Se tiver.

Aniceto deu um passo à frente.

— Como?

— Posso amarrar os barcos e transportá-los juntos pelo rio.

Ou todos se afogariam nessa tentativa, pensou Bezerra.

— Será que essa ideia vai funcionar, meu amigo? Já tentou antes?

— Diversas vezes, mas tudo depende da corda. Com uma corda forte funciona.

— Você tem essa corda?

— Não — disse. Mas como era dia de mercado, talvez encontrasse uma loja aberta para os retardatários que queriam comprar artigos básicos como cachaça, cigarros e, quem sabe, com sorte, encontrar uma corda bem forte. O homem idoso se ofereceu para ir à cidade e procurar alguma loja ainda aberta.

Bezerra deu dinheiro a Aniceto para que acompanhasse o barqueiro até a cidade. Agora, pensou Bezerra ao olhar o rio escuro, por ironia, sua sorte dependia da boa estrela de Lampião. Seria melhor para os dois que não houvesse cordas à venda em Piranhas essa noite.

Mas Aniceto e o barqueiro voltaram da cidade com uma corda feita de fibras da planta caroá, muito resistente. E ainda por mais sorte, ou não, alguém estava construindo um telhado em Piranhas e as vigas ainda estavam no cais. Seriam perfeitas para manter os barcos juntos. O homem idoso trouxe um barqueiro para ajudá-lo que, por coincidência, era irmão de um dos policiais. Outro bom sinal? Juntos colocaram as vigas em três barcos e prenderam as proas e as popas com a corda, sem fazer perguntas. Bezerra ficou em silêncio. As metralhadoras, por causa do peso, seriam transportadas nas vigas.

Já eram sete ou oito horas da noite. Bezerra não sabia ao certo, nem queria saber. Tudo acontecia em seu ritmo natural, como o nascimento e a morte.

Os barqueiros colocaram uma lona impermeável e pesada em cima das metralhadoras e, agora, não havia motivos para continuarem no cais, mesmo se fosse o último momento da vida deles. Bezerra deu ordens para que os policiais embarcassem. Ele não havia contado com detalhes qual era a missão deles, mas nesse momento já deveriam ter uma ideia. Só havia uma razão para atravessar o rio carregando metralhadoras em uma noite tão escura como essa.

— Vamos — disse Bezerra, ao embarcar. Os barcos estavam cheios demais, pensou, mas os barqueiros não pareciam preocupados e a primeira parte da travessia seria fácil. Agora só teriam que navegar até Remanso na mesma margem do rio e conversar com o fornecedor de Lampião, Pedro Cândido, se, por sorte, estivesse em casa.

XXI

A noite estava linda. A névoa cobria a outra margem do rio, mas em Angicos o céu estava límpido. A luz bonita dos últimos raios de sol haviam iluminado os topos das árvores e, se alguém continuasse a olhar, ainda veria seu brilho.

Lampião estava sentado junto com seus companheiros, bebendo cachaça, rindo e conversando. Lampião segurou a mão de Maria Bonita, que pareceu surpresa, mas depois ele disse algo engraçado em seu ouvido, Maria Bonita riu, puxou Lampião para mais perto dela e sussurrou alguma coisa em resposta, os dois riram e, em seguida, todos começaram a rir.

Lampião bebia sua cachaça Cavalinho e a carne que Pedro Cândido havia trazido assava no fogo. Lampião lhe havia pagado um valor equivalente, talvez, ao preço de uma vaca. Mas qual era o significado do dinheiro para eles? Era o dinheiro que roubavam no sertão, todo o dinheiro do mundo.

O mês de julho terminava e, segundo as informações de seus espiões, Bezerra seguira com as tropas para Moxotó à sua procura. Quando descobrisse o erro, Lampião e seu bando de cangaceiros já estariam longe de Angicos. Para eles, o Ano-Novo começava no primeiro dia de agosto. Tinham mais um ano à frente.

Lampião pediu que um dos rapazes tocasse violão e convidou uma das moças para dançar. Maria Bonita reagiu à provocação e segurou a mão de Luís Pedro. Mas os dois dançaram com outros pares por pouco tempo, não conseguiam ficar afastados quando sorriam, só com um sorriso já estavam nos braços um do outro.

Ao som suave do violão, todos dançaram. As moças com os olhos baixos se aproximavam cada vez mais de seus pares e, em seguida, rodopiavam e voltavam a se aproximar. Os rapazes faziam uma reverência diante das moças em tom de brincadeira, como no início da vida deles no cangaço, amando, divertindo-se, com afeto e companheirismo, cheios de vida e amor nessa última noite à margem do rio.

As garrafas de cachaça e Cinzano passavam de mão em mão. Não havia cabras para cuidar, nem galinhas para alimentar. Ou crianças para dar banho e comida, só a dança essa noite.

Maria Bonita percebeu o olhar de Lampião, mas logo olhou em outra direção. Existem laços que não se desatam. Havia pensado em partir, mas foi apenas uma fantasia. Como abandonar um homem como Lampião? Nunca. Não quando existia a chance de ver seu sorriso e de passar mais uma noite em seus braços.

Havia muitas lembranças tristes, mas agora estavam dançando sob a luz das estrelas, antes que o nevoeiro os envolvesse. As pessoas estavam distribuindo pedaços de carne, havia bastante sal, cachaça, tudo em abundância, e Lampião sorria e dançava como ninguém.

XXII

O rio ainda estava mais escuro do que havia pensado, uma noite sombria como Bezerra nunca tinha visto igual. O nevoeiro era tão espesso que parecia que havia chovido e os barqueiros quase não enxergavam o caminho à frente, uma ameaça à segurança de todos eles. Mas, ao mesmo tempo, a escuridão era imprescindível para o que pretendiam fazer. Ninguém conseguiria vê-los na outra margem do rio. Portanto, uma noite perfeita.

Será que iria morrer? A sensação de angústia o dominou. Bezerra sabia que o ataque ao acampamento de Lampião poderia ser mais um dos fracassos da polícia, um esforço patético em que pareceriam mais uma vez uns idiotas, mas do qual os sobreviventes lembrariam com um sorriso. Ou um confronto de vida ou morte, uma perspectiva que o assustou, e se não fossem vitoriosos, ele e seus subordinados serviriam de alimento para os urubus, ou para os peixes se morressem no rio.

A névoa era tão úmida que os homens haviam tirado os uniformes para mantê-los secos e os tinham guardado embaixo da lona.

— Vestidos como Adão — brincou um deles.

— À procura da salvação — retrucou outro policial.

Barco de idiotas, pensou Bezerra. Nus e amaldiçoados.

— Quietos e não fumem, essa é uma ordem — disse. Mas ofereceu uma garrafa de cachaça aos policiais. — Para aquecer o anjo. — Ou pelo menos para que não pensassem demais.

O barqueiro se aproximou o mais possível da margem do rio para evitar que os barcos batessem nos bancos de areia. Não que teria sido um acidente fatal, nada ainda seria fatal. Pedro Cândido poderia não estar em casa e talvez os cangaceiros tivessem pressentido o perigo e partido. Já tinha acontecido antes e todos os preparativos complicados para capturá-los se frustrariam mais uma vez. Tentariam mais de novo, por que não?

Por fim, mais cedo do que Bezerra havia esperado e agora que já estava se acostumando com o frio, sem se importar em descer o rio São Francisco em um barco cheio de almas perdidas, seguiram em direção à margem.

— Mas esse lugar não é Entremontes — disse ao barqueiro.

Não, mas era melhor desembarcar em Remanso, disse o homem idoso e seguir o resto do caminho a pé. A navegação no rio mais à frente era perigosa e nem sempre conseguiam amarrar o barco à noite.

Sem problemas, pensou Bezerra. Os homens desembarcaram, e antes de vestirem os uniformes assumiram de novo a postura de policiais. Agora precisava concentrar seus pensamentos na ação. A casa de Pedro Cândido ficava a cerca de 1 quilômetro de distância. Bezerra pôs a mão no ombro de Bida, seu filho adotivo, um menino de rua que ele havia acolhido em sua casa. Agora, o rapaz tinha quase 18 anos e era primo distante de Pedro Cândido.

— Você conhece o caminho para a casa de Pedro Cândido?

— Sim, senhor.

— Então, vá até lá e o traga aqui o mais rápido possível.

Os policiais se abrigaram em duas cabanas pequenas à margem do rio e esperaram a volta de Bida. Ninguém havia dito o que iriam fazer, mas agora todos sabiam. Além da presença de Joca, todos sabiam que Pedro Cândido era um coiteiro e fornecedor de Lampião. Os policiais examinaram mais uma vez suas armas e a munição. Mesmo agora que podiam falar, não diziam nada de especial, só um ocasional, "Que noite fria" ou "Diabo de noite gelada!".

Bezerra parou em frente à porta de uma das cabanas à espera de Bida. O trajeto até a casa de Pedro Cândido deveria demorar uns 15 minutos, mas demoraria mais na volta se ele resistisse.

Então, talvez meia hora. Pegou a garrafa de cachaça Cavalinho, a melhor marca, a que Lampião bebia. Bem melhor do que a aguardente ordinária que os policiais estavam bebendo. Tomou um gole, em seguida outro, e viu Bida que se aproximava correndo, mas sozinho.

De repente, Bezerra sentiu o calor da cachaça penetrando em seu corpo. Pedro Cândido não estava em casa. Alguém o tinha avisado que iriam procurá-lo, ou saíra, por coincidência. "A sorte de Lampião." Os planos mais uma vez haviam fracassado.

— Ele não estava em casa?

— Sim, mas está doente.

— Como?

— Está com febre e, além disso, a mulher espera o nascimento do filho a qualquer momento.

Bezerra segurou o rapaz e lhe deu dois tapas com a palma e as costas da mão.

— Volte lá e traga Pedro Cândido, ou eu mato você como um traidor, está ouvindo?

Mané Véio levantou-se. Era um policial experiente, um dos melhores da polícia militar de Alagoas e não um garoto como Bida.

— Eu vou junto com ele — disse.

Os dois partiram mais rápido dessa vez, mas não o suficiente. Pedro Cândido já teria fugido quando chegassem à sua casa, correndo o mais rápido possível para salvar sua vida.

"A sorte de Lampião." Bem, dessa vez quase tinham conseguido cumprir a missão, mesmo com uma série de problemas, como os barcos, o caminhão, o campo de plantação de milho, a trilha secreta de volta para a cidade, a noite fria. Muita água correu por debaixo da ponte, junto com a oportunidade deles de ficarem famosos e ricos se matassem Lampião.

Ainda assim, nada que tenha causado um dano mortal. Bezerra pegou o baralho e começou a jogar cartas com Chico Ferreira e Aniceto. Dessa vez apostou um pouco mais de dinheiro. Agora, não se importava em gastar sua sorte. Não iria precisar dela na viagem tranquila rio acima.

Mané Véio tinha uns 20 e poucos anos, mas entrara para a polícia há quase dez anos. Sabia que deveria ter acompanhado Bida na primeira vez, Bezerra havia cometido um erro em não pensar nessa hipótese. Bida, com sua inexperiência, tinha estragado os planos deles, não por sua culpa, mas sim por culpa de Bezerra. Mané tinha percebido uma ambiguidade na atitude de Bezerra. Ele estava assustado, Mané sentia o cheiro do medo, além disso — todos sabiam que Bezerra tinha vendido balas para Lampião. É possível que não quisesse perder essa fonte regular de dinheiro.

Mané começou a andar mais rápido, embora achasse que não encontrariam Pedro Cândido em casa. Sabia que o estavam procurando, era provável que tivesse levado a mulher junto com ele, mesmo se a história do parto fosse verdadeira. Se a criança poderia nascer a qualquer momento, ele a teria levado para a casa da mãe, ou para a de um vizinho onde uma mulher cuidaria dela. Em seguida, teria se escondido em algum lugar bem distante até que Lampião estivesse longe de Angicos.

Lampião poderia partir de Angicos essa noite ou bem cedo no dia seguinte, e a longa história dos planos deles se resumiria ao comentário de como os policiais de Piranhas quase tinham matado Lampião.

Mesmo sem acreditar que encontrariam Pedro Cândido em casa, Mané caminhou o mais rápido possível e passou seu cantil com cachaça para Bida. O rapaz iria amadurecer essa noite. Quando chegaram à casa de Pedro Cândido, em vez de bater na porta com a mão, Mané deu um golpe forte na porta com a coronha do rifle, mais em atenção a Bida, porque não esperava uma resposta, porém, para sua surpresa ouviu uma lamúria.

— Por favor, nos deixem em paz, pelo amor de Deus!

— Abra, Pedro! — Bida gritou. — Abra, senão vamos arrombar a porta!

A porta abriu um pouco. Mas Mané viu que Bida não havia mentido. Pedro Cândido estava doente, seu corpo tremia e, provavelmente, estava com febre. Ainda assim, por que não tinha fugido? Essa pergunta atormentou Mané essa noite e pelo resto de sua vida. Mais tarde soube que outro coiteiro de Lampião estava em sua casa quando Bida tinha batido na porta, mas que tinha pulado a janela dos fundos da casa, enquanto Bida esperava a porta ser aberta.

Por que Pedro Cândido não o seguira? A vida é um mistério, pensou Mané Véio.

Mané arrastou Pedro Cândido para fora da casa. Bida tomou mais um gole da cachaça e colocou a faca na garganta do amigo e primo.

— Recebi ordens de levar você até o tenente Bezerra, se não for, vou matá-lo!

Pedro Cândido o olhou.

— Você teria coragem, Bida?

— Tente resistir! — gritou Bida. Um novo Bida, uma parte normal estimulada por três quartos de boas doses de cachaça. Bida deu um soco no rosto de Pedro Cândido. — Tente e verá o que vai acontecer!

Pedro Cândido olhou o rosto de Bida e disse para alguém que estava dentro de casa.

— Volto logo. — Depois seguiu os policiais sem protestar.

XXIII

Os cangaceiros estavam ajoelhados embaixo das árvores. "Nossa Senhora, cheia de graça..."

Por alguma razão, Cila começou a sussurrar os nomes de seus companheiros reunidos embaixo das árvores. "Vila Nova, Quinta-feira, Amoroso, Moeda, Cajarana, Caixa de Fósforos, Elétrico, Paturi." Esses nomes de jovens guerreiros também eram uma prece. Rapazes corajosos que a injustiça tinha expulsado de casa. Se não tivessem se rebelado, teriam vivido em seus sítios com muitos filhos e cabras para criar, mas lá estavam eles na vida do cangaço.

"Bendito seja o fruto de vosso ventre." Amém. Olhou o grupo. Zé Julião nunca teve um apelido. Não saberia dizer a razão. Talvez por causa da sonoridade. Ao seu lado, viu Criança e Dulce, tão meiga, nascida em um lugar perto de Angicos; Poço, uma moça como qualquer outra, poderia ser a mulher ou irmã de um homem comum, até que lhe dessem uma Mauser. Nunca hesitava, atirava com firmeza e sem parar, embora às vezes a encontrassem chorando baixinho, escondida em algum lugar. Quando perguntavam o motivo, dizia que tinha saudade da irmã ou da família, ou algo semelhante.

"Virgem Maria, Mãe de Deus", viu também Cajazeira e Enedina, com seu cabelo ondulado e um grande sorriso, ajoelhados ao lado de Dulce. Em seguida, observou Candeiro, Mangueira e o jovem José, sobrinho de Lampião. Eles iriam chamá-lo de Garoto assim que ganhasse o uniforme e, então, começaria a vida de bandido, em vez de ser criado como um rapaz comum em uma fazendola. Desde que a mãe tinha morrido, José vivia com um tio perto de Propriá, mas a polícia não o deixava em paz. Sempre que levava as cabras do tio à cidade, a polícia o prendia.

Então, o que mais poderia fazer além de se juntar ao bando de Lampião, que o havia recebido de braços abertos? Mas Cila havia visto a expressão do olhar de Lampião. Um misto de desesperança e cansaço, o garoto só tinha 17 anos, com uma vida inteira pela frente. E quanto tempo Lampião ainda conseguiria viver escondido, fugindo da polícia e do exército?

"Rogai por nós, pobres pecadores...", dizia Lampião. Porém Cila tinha uma prece só dela, um feitiço que havia comprado de uma mulher perto de Monte Santo, em troca de seu cordão de ouro mais valioso. A oração lhe dava uma proteção de são João Batista, em especial contra seus inimigos. "Seja homem ou mulher", dizia a prece, "eu esmagarei meus inimigos com meu pé esquerdo."

E Cila tinha uma fé profunda em que são João Batista sairia, como por um milagre, do rio Jordão, onde batizava milhares de pagãos na água sagrada, e direcionaria sua cólera para os inimigos de Cila Ribeira da Souza, em algum lugar perdido no sertão do Brasil. Além disso, quando chegasse o momento, são João Batista "abriria as portas do céu" para ela e "fecharia para sempre as portas do inferno", uma boa troca por um cordão de ouro.

Lampião terminou a prece, "...agora e na hora de nossa morte". O jantar foi alegre, o mais animado do mês de julho. Muitos não gostavam de Pedro Cândido e, por pouco, Sereno não o tinha matado com um tiro à tarde, porque não confiava nele. Mas a carne que havia trazido era a melhor que tinham comido há muito tempo, além de terem bebido a boa cachaça que comprara. Lampião tinha sentado junto com seus companheiros e comido até mesmo carne, e havia dançado com todas as moças, inclusive com Maria Bonita. E partiriam de Angicos antes do amanhecer.

— Amém, disse Cida ao final da oração, beijou seu papel abençoado e o guardou em um medalhão de ouro que usava ao redor do pescoço.

XXIV

— Eles estão se aproximando.

Bezerra jogou as cartas no chão e saiu correndo da cabana, com os olhos semicerrados.

— Quantos?

— Dois, não, três.

Não era possível dizer com precisão. Bezerra esperou ao lado de Aniceto e Chico Ferreira, o segundo no comando da volante. Era difícil distinguir se poderia ser Pedro Cândido, a pessoa-chave para essa missão, como Joca, o Corno, alegava.

Bida e Mané Véio o trouxeram até a cabana. Pedro Cândido jurava que era inocente, mas se calou ao ver Joca.

Bezerra o agarrou.

— Onde ele está?

— Não sei, nunca soube!

— Você pode nos levar até o acampamento?

— Não, é impossível, eles são muitos.

Nesse momento, Aniceto deu um pulo, derrubou Pedro Cândido no chão úmido e lhe deu um soco no rosto. Depois o chutou.

— Pare, pelo amor de Deus! Eu não sei de nada! Nada mesmo! — gritou, enquanto tentava se afastar dos golpes. Mas quando Aniceto quebrou uma de suas costelas, Pedro Cândido parou de protestar e começou a chorar.

— Ele sempre disse que não deveríamos morrer por sua causa!

Bezerra puxou Aniceto.

— Agora deixa comigo.

Em seguida, levantou Pedro Cândido do chão.

— Chega de mentiras — disse Bezerra.

Alguns respiraram nervosos e Pedro Cândido fez um pequeno aceno de assentimento.

— Lampião está escondido em algum lugar perto daqui, não está?

— Eles são muitos.

— Onde estão?

— Do outro lado do rio, em Angicos.

— Você conhece o lugar?

— É o sítio da minha mãe.

— Quando viu o bando pela última vez?

— Hoje.

— Eles ainda estão em Angicos?

— Sim, vão partir de manhã cedo.

Agora não havia mais dúvidas. O homem certo, no lugar certo e, por isso, talvez fosse uma missão fatal.

— Quantos são?

— Não sei. — Bezerra espetou a faca em sua costela quebrada. — Sessenta, setenta.

Setenta! Na verdade, 140 cangaceiros, porque cada um deles valia dois policiais, pelo menos dois.

— Estão bem posicionados?

— Claro. Eles têm suas posições bem defendidas.

Setenta bandidos corajosos e experientes, entrincheirados em suas posições. O regimento policial militar de Alagoas só tinha 45 policiais. Eles seriam massacrados em um combate com o bando de cangaceiros de Lampião.

Bezerra se afastou de Pedro Cândido e começou a conversar em um canto com Chico Ferreira e Aniceto.

— É preciso repensar esse ataque. Pedir reforço de mais policiais.

Chico Ferreira o interrompeu.

— Eu vou atacar o acampamento de Lampião como planejado e o grupo de Mata Grande irá me acompanhar — gritou.

— Espere um minuto, vamos conversar.

Mas Chico Ferreira estava bêbado. Bezerra não podia ter deixado que bebessem tanto. Deveria ter esperado um pouco mais. Ou tomado uma série de medidas.

— Homens de Mata Grande! — disse Chico Ferreira aos gritos. — Deem um passo à frente, vamos atacar o bando de Lampião! — Todos os 16 policiais obedeceram à sua ordem. — Vocês correm o risco de morrer nesse ataque, mas não podemos perder a oportunidade de lutar contra Lampião.

— Calma! — disse Bezerra.

— Não, tenente! Já esperamos demais. Agora precisamos agir! Vamos atacar Lampião, mesmo que não nos acompanhe. — Aproximou-se de Pedro Cândido e torceu seu braço. — Você vai nos levar até o esconderijo dele, seu filho duma égua. Seu coiteiro nojento!

Bezerra respirou fundo. Não poderia deixar que Chico Ferreira assumisse o comando, embora, na verdade, já estivesse na liderança. Não havia nada que pudesse fazer agora, a não ser morrer à frente de seu regimento e não atrás. Se Chico partisse e ele não, seria rebaixado de posto e cairia em desgraça. Sua conduta seria investigada. Mandou que Chico se afastasse de Pedro Cândido e pôs a faca na garganta de Pedro.

— Não, por favor, não me mate!

Bezerra não queria matá-lo. Gostava de Pedro Cândido, haviam feito negócios juntos. Pedro Cândido fora o intermediário na venda das balas para Lampião. Mas não poderia imaginar que escondesse os bandidos no sítio da mãe.

Talvez fosse a primeira vez. Um esconderijo péssimo, tão perto da cidade. Em geral, Lampião era mais cuidadoso.

— Eu o matarei caso seja necessário, você sabe disso.

Pedro Cândido fez apenas um aceno aterrorizado. Bezerra entendeu. Pedro tinha ajudado Lampião durante anos como seu fornecedor, porém Lampião o tinha ajudado ainda mais. Deu dinheiro a Pedro para comprar uma loja, quem teria condições nesse lugar de comprar uma loja? E quem mais tinha ajudado Pedro Cândido? Ninguém esquece esses atos de generosidade.

Além disso, haviam passado dias e noites juntos ao lado da fogueira, rindo, comendo, dançando e bebendo, provavelmente os melhores momentos da vida de Pedro Cândido. Lampião tinha sido a estrela brilhante no horizonte de Pedro e Bezerra sentiu pena dele. Pegou a garrafa de cachaça e lhe ofereceu um gole.

— Lampião não disse sempre que não deveria morrer por sua causa?

Pedro Cândido fez apenas um pequeno aceno afirmativo.

— Você não vai querer sacrificar sua vida essa noite pra proteger os bandidos, não é?

Uma pausa. Outro gole. Por fim, Pedro Cândido disse:

— Sem minha ajuda, vocês é que vão morrer.

— Como se chega ao acampamento?

— Seguindo o riacho de Forquilha em Angicos. É seguro e dá acesso ao morro dos Perdidos e, em seguida, mais abaixo, está o acampamento de Lampião.

O morro dos Perdidos, que nome sinistro, pensou Bezerra.

— Entrem nos barcos — disse Bezerra. O nevoeiro diminuíra no rio e dessa vez os policiais não precisaram tirar os uniformes. Sem mais o sonho da salvação de Adão, eles seguiram em direção a Angicos.

Havia algo estranho, quase sobrenatural, na escuridão no meio do rio. Todos tinham ouvido histórias a respeito de pessoas que nunca haviam alcançado a outra margem, pescadores que foram tragados pelos redemoinhos e os corpos desapareceram.

Bezerra nunca tinha pensado na hipótese de morrer afogado. Os afogamentos não eram comuns no rio. Não era profundo perto das margens e a maioria das crianças sabia nadar, com exceção de algumas que sumiram. "Tinham sido levadas", diziam as pessoas, como se o espírito do mal que habitava os redemoinhos do rio tivesse intenção de afogá-las. Bezerra respirou fundo mais uma vez, como todos os outros.

Em seguida, ao sentir o toque de Pedro Cândido em seu braço, o barqueiro virou o leme, abaixou as velas e ancorou na margem ao lado do leito de seixos de um riacho seco. O riacho chamava-se Forquilha e, segundo Pedro Cândido, os bandidos estavam acampados à margem do riacho Tamanduá, logo a seguir.

Ao ouvir o nome do riacho, Bezerra lembrou que há algum tempo não via tamanduás. O que tinha acontecido com esses animais? Animais estranhos de pequeno porte, que fugiam para os riachos ao serem perseguidos. A carne não era ruim, se alguém estivesse com muita fome.

Os soldados desembarcaram em silêncio. Bezerra lhes havia avisado mais cedo que mataria a tiros de metralhadora quem quer que se atrevesse a fazer o menor barulho. Mas, na verdade, o silêncio era provocado pela proximidade de Lampião.

A provável proximidade. Mesmo que Pedro Cândido não tivesse mentido, os cangaceiros já deveriam ter ido embora. Lampião pressentia sempre o perigo. Por esse motivo, ainda estava vivo para ter seu destino selado essa noite.

Pedro Cândido acompanharia Bezerra e Chico Ferreira pelo riacho Forquilha até a casa de sua mãe, onde se encontrariam com o irmão mais novo, que conhecia melhor os caminhos. A partir desse momento ele seria o guia deles.

Com os homens de Chico Ferreira carregando duas metralhadoras e Bezerra a terceira, seguiram em direção à casa da mãe de Pedro. Bezerra mantinha a arma apontada para as costas dele. Não podia arriscar que fugisse ou fizesse barulho. Quem conseguiria segui-lo nessa noite tão escura? Os dois tropeçaram no chão irregular. Se caíssem nas pedras e as armas disparassem, os cangaceiros fugiriam às pressas.

— Eles podem nos ver de onde estão? — sussurrou Bezerra.

Pedro Cândido disse que não, porque o acampamento ficava atrás de umas pedras altas que impediam a visão. Bezerra acendeu um lampião e esse pequeno raio de luz diminuiu a sensação de que caminhavam em direção ao abismo.

— Por aqui — disse Pedro Cândido. O caminho ficou mais íngreme nesse trecho. Será que iriam subir o morro dos Perdidos?, pensou Bezerra.

XXV

O fogo já estava quase apagando e Lampião conferia os últimos detalhes da partida deles com Sereno. Em vez de atravessarem o rio, seguiriam em direção ao sul e depois ao oeste, e encontrariam com Corisco antes de irem para o Raso.

Maria Bonita pegou o maço de cigarros e sussurrou para Cila:

— Vamos.

Cila pôs o copo no chão e ao levantar percebeu que tinha bebido demais. Tinha misturado o Cinzano que Pedro Cândido havia trazido com cachaça. Uma mistura forte, mas gostosa. Quase caiu ao dar o primeiro passo.

Mas depois se equilibrou e seguiu Maria Bonita até o final do esconderijo, longe da barraca de Lampião. Como uma dupla de colegiais que matavam aula, era assim que Maria gostava de fumar, o mais longe possível de Lampião.

As duas mulheres subiram em uma pedra alta com vista para o rio. Sentaram na pedra e Maria riscou um fósforo. A chama iluminou a escuridão, as duas se olharam e sorriram.

— Só um — disse Maria.

Cila sentia-se feliz, porque Maria estava feliz e, então, Lampião também estaria. E a felicidade dele era como uma manta quente e macia, que cobria todos eles. Antes essa manta protetora os cobria sempre, Cila quase havia esquecido como eram felizes nos bons tempos.

Que vida poderia ser melhor? Sentar com amigos que eram como irmãos e irmãs à beira da fogueira, comer carne, beber cachaça, ouvir música, dançar. Com estrelas ou não, com lua ou sem. Não precisavam trabalhar para conseguir alimentos e dançavam ao som da música a noite inteira.

Mais tarde iam para as barracas com os homens que haviam escolhido. Quantas mulheres no sertão poderiam dizer que tiveram a liberdade de escolher seus maridos? Quantas eram abraçadas por homens de quem gostavam da companhia, quantas haviam feito sexo na vida, apesar de suas casas seguras?

Ou talvez por causa disso, ouviu Maria dizer:

— Talvez o que chamamos de amor seja a falta de segurança, a ausência de casa.

— O que é aquela luz?

— Como?

— Na direção do morro dos Perdidos.

— Onde?

— Lá, no rio.

— O que você está vendo?

— Luzes.

— Que luzes?

Cila levantou-se com um ar preocupado. Tinha o rosto simpático, mas era tão incômoda a maneira como interrompia os pensamentos das pessoas, pensou Maria. Cila, com suas orações, amuletos e cânticos especiais.

— Fume outro cigarro — disse Maria Bonita. Queria que Cila

parasse de falar, para que pudesse fumar calmamente o resto do seu cigarro.

Cila sentou-se de novo.

— Talvez seja só uma impressão.

Logo em seguida, Cila repetiu.

— Olhe! As luzes de novo!

Maria não viu nada na direção do rio e, de repente, a companhia de Cila a irritou. Era uma tola, uma estranha que nunca seria sua irmã, não conhecia a colina azul, nem as ondulações do terreno próximo à sua casa, como a irmã conhecia.

— Vaga-lumes.

— Tem certeza?

Sim, tinha.

— Não eram lampiões? — Cila continuava a olhar a escuridão do rio.

— Não, são vaga-lumes. Apagou o cigarro e levantou-se. Por que estava fumando na companhia de Cila, quando Lampião poderia estar na barraca? Talvez já estivesse à sua espera para tirar seu vestido pelos ombros, como gostava, e beijar seu pescoço. Começava pelo pescoço.

— É melhor dormir agora, vamos partir de madrugada. — Beijou Cila no rosto e seguiu para o acampamento.

Cila hesitou e olhou mais uma vez o lugar no morro, onde vira o brilho trêmulo das luzes. E se a polícia estivesse subindo o rio, não carregaria lampiões? Tentou lembrar se tinha visto vaga-lumes em Angicos nessa época do ano, úmida e escura.

Por outro lado, Maria Bonita era mais velha e mais esperta do que ela. Há muito tempo que acompanhava Lampião em sua vida no cangaço. Cila olhou de novo, mas não viu mais nada.

Caminhou pelo leito do riacho em direção ao local onde ela e Zé Sereno tinham armado a barraca. Ela contaria que tinha visto luzes e Sereno iria examinar se eram vaga-lumes ou não.

Mas quando entrou na barraca, Sereno dormia profundamente. Todos tinham bebido muito. Sacudiu-o um pouco e sussurrou, "Zé", porém não ouviu nem um ronco, nem ele se mexeu. Se quisesse contar o que havia visto no morro dos Perdidos, teria de sacudi-lo forte, ou talvez jogar água fria em seu rosto.

Porém assim ele perderia o pouco das horas de sono que restavam até o momento de partirem. E se as luzes fossem apenas o brilho dos vaga-lumes? De manhã, Maria iria dizer com ar de zombaria, que tinha afirmado que eram vaga-lumes. Com razão.

Cila aproximou-se de Sereno. Estava um pouco embriagada, por isso, tinha visto luzes. Era o efeito da mistura de Cinzano com cachaça em sua mente, mas tinha se divertido muito.

Fez suas orações, beijou Sereno, deitou ao seu lado e dormiu "com os anjos" essa noite.

XXVI

Bezerra pensou que se Pedro Cândido fugisse, provavelmente iria procurar os bandidos para atacar os policiais. Bezerra não sabia nem para onde apontar a metralhadora. Segurou Pedro com mais firmeza, porém bastaria um movimento mais forte e ele escaparia.

Porém Pedro não fugiu e à luz do lampião viram a casa de sua mãe, silenciosa e com as portas trancadas, mais escura que a escuridão, cercada por quixabeiras, com as folhas molhadas de orvalho.

De repente, Pedro parou.

— E se estiverem dentro da casa?

— Quem?

— Os homens de Lampião. Às vezes vêm até aqui, o bando todo.

Bezerra controlou a sensação de pânico. Seria possível? Os bandidos não poderiam estar dentro da casa, mas em uma noite como essa, por que não?

Seria possível que esse patife do Pedro Cândido, que tremia como um colegial, de repente tinha virado o jogo? Ele os tinha atraído para uma cilada?

— Por que você não me disse nada? Eu teria trazido o resto do grupo — gaguejou Bezerra, só para dizer algumas palavras. Viver alguns momentos mais.

— Esqueci — respondeu. Pedro Cândido ainda tremia, mas Bezerra não saberia dizer se de medo ou por estar rindo.

Respirou fundo e pensou que, assim como todos os homens, havia nascido para morrer. Deu ordens a Chico Ferreira para que fizesse a cobertura dos fundos da casa, e carregou a metralhadora com cinquenta balas. Se houvesse chegado seu dia final, pelo menos levaria companhia.

Rezou a última oração, pediu a proteção dos santos, e deu um empurrão em Pedro Cândido. Por que prolongar a angústia?

— Vai chamar seu irmão.

Pedro Cândido caminhou em direção à casa. O lugar estava escuro como um túmulo, não se via nem uma centelha de luz atrás das venezianas. Uma casa comum da região rural onde os moradores dormem assim que anoitece, ou um ninho de bandidos, com as armas apontadas para ele.

Pedro Cândido parou. Bezerra quase atirou nele, mas ele pegou umas pedras embaixo das árvores e jogou-as em uma das janelas.

— Durval! — disse, com uma voz rouca e baixa.

Ouviram um sussurro.

— Já?

O coração de Bezerra bateu forte. Será que o rapaz pensava que eram os bandidos? Então, não estariam dentro da casa, a menos que estivesse mentindo.

— Venha aqui.

— Calma, já vou. — A porta abriu e Bezerra viu o rapaz de 17 anos, com um pequeno lampião na mão.

Só os muitos anos disciplina impediram que Bezerra atirasse no rapaz parado na porta da casa da mãe, tentando ver os vultos na escuridão.

— Você trouxe o que tínhamos combinado? — perguntou o rapaz.

O que poderia ser? Bezerra se sentiu menos assustado. Aparentemente, Durval achava que os bandidos tinham trazido uma encomenda. Então, não estavam dentro da casa, nem havia chegado a hora de sua morte, embora apontasse a metralhadora para a porta da casa.

Durval deu um passo à frente, em seguida percebeu que havia algo errado e parou.

— Ouça, Durval. O tenente Bezerra está aqui.

Estava escuro demais para ver a expressão de surpresa do rapaz, mas Bezerra podia jurar que tinha ouvido o barulho de seus dentes rangendo de medo. Durval continuou parado em frente à porta, com a mão na maçaneta, tentando imaginar se as estrelas tinham mudado de lugar no céu. Olhou para a casa, que não o protegeria, a menos que estivesse cheia de bandidos, porém Bezerra apostou sua vida que não havia cangaceiros na casa.

Por fim, Durval conseguiu falar.

— Que noite fria — gaguejou.

Bezerra deu um passo à frente.

— Em geral, as noites são frias nessa época do ano. Você esteve no esconderijo. — O rapaz não respondeu. Chico Ferreira aproximou-se com Pedro Cândido ao lado.

Sem levantar a cabeça, Pedro disse ao irmão.

— Você se lembra quando Lampião falou que não deveríamos morrer por sua causa?

Bezerra abaixou a arma e pôs a mão no braço do rapaz.

— Quem está no esconderijo?

Uma pausa. Um suspiro.

— O capitão e seus homens.

O coração de Bezerra bateu rápido. Ele sabia por intuição que estariam em Angicos, mas agora a verdade o assustou.

— O que você foi fazer no acampamento?

— Fui pegar a máquina de costura de minha mãe. Eu emprestei a máquina sem pedir permissão e eles tinham prometido que a devolveriam hoje. Mas quando cheguei em Angicos, as moças ainda estavam costurando uma roupa e pediram que eu voltasse no dia seguinte de manhã para apanhar a máquina embaixo de umas macambeiras.

— Então, vamos pegar agora a máquina de costura de sua mãe em Angicos.

O garoto riu.

— Virge Maria! De jeito nenhum.

Bezerra segurou o braço de Durval, na verdade, era um garoto, uma criança. Porém nesse momento era uma pessoa vital para atacar o bando de Lampião.

— É claro que vai. Como poderia recusar?

Com Durval ao seu lado e Pedro Cândido a cargo de Chico Ferreira desceram o caminho até o rio.

Agora, Pedro e Durval estavam nas mãos de seus inimigos, mas que não eram nesse momento tão perigosos como os amigos cangaceiros. Os policiais podiam matá-los, porém se os bandidos os encontrassem com Bezerra, eles seriam assassinados com extrema crueldade. E ainda pior seria encará-los diante dessa traição. À tarde, Lampião havia pagado tão bem pelos suprimentos que trouxera, com tanta generosidade. Cristo, todos os bens de Pedro Cândido, sua casa, a loja, o cavalo e a carroça eram resultado da generosidade de Lampião. Que se estendia ao irmão e à família inteira.

— Os cangaceiros estão divididos em grupos — explicou Pedro Cândido a Bezerra. — Lampião e seu pequeno grupo acamparam na curva do rio; Zé Sereno e seus companheiros armaram as barracas

um pouco mais acima, embaixo de umas quixabeiras. O bando de Luís Pedro instalou-se sob um imbuzeiro, perto das rochas grandes.
— Pedro Cândido e Durval iriam mostrar o caminho, assim que estivessem mais perto.

Muito bem, pensou Bezerra. Na realidade, sem pensar. Os planos de atacar Lampião seguiam o rumo previsto e a sorte estava lançada. Ao chegar ao rio, Bezerra dividiu os policiais em quatro grupos. Um deles, comandado por Chico Ferreira, atacaria a área mais abaixo da colina; o grupo liderado por Aniceto faria o ataque no topo; os outros dois, comandados por Mané Véio e Bezerra, se concentrariam no centro. Pigarreou. É possível que há meia hora não conseguisse dizer uma palavra, mas agora estava calmo.

Em voz baixa, orientou seus subordinados:

— Vocês têm de manter um silêncio absoluto, todos sabem disso. É preciso se mover sem fazer um som. Desta vez, nada de erros estúpidos e disparos de armas. Se fizerem tudo certo, serão homens ricos de manhã, ricos e famosos, mas qualquer passo em falso pode ser fatal. Não atirem antes que eu dê o primeiro tiro. Será o sinal para começarem a atirar sem parar. Entenderam?

Não há dúvida que tinham entendido, pensou Bezerra.

— Ninguém pode atirar deitado. Matarei quem cometer esse erro. Agachado, sim, mas não deitado. Vocês precisam se mover com rapidez. E a última observação — disse Bezerra, pensando em Volta Seca. — Ninguém pode atirar para o alto. Só covardes atiram para o alto, mas essa noite vocês são os homens mais corajosos do Brasil. Então, atinjam seu alvo. Depois, vou examinar o local. Se encontrar balas cravadas nas árvores, juro a vocês que abro um inquérito e enforco o culpado, vocês sabem que sou capaz disso.

Mais acenos de assentimento. Era possível sentir o cheiro do medo, mas agora misturado ao entusiasmo. Havia uma chance de matar Lampião e talvez coubesse a eles o privilégio de assassinar o rei do cangaço.

— Vamos ver quem é mais macho, Lampião ou eu! — Bezerra levantou a mão. Todos a seguraram, um por um. Alguns murmuravam.

— Ou eu sou mais macho!

— Que Deus esteja conosco!

— Que Deus nos proteja! — disse Pedro Cândido, o mais entusiasmado de todos eles. E quem mais tinha a perder, pensou Bezerra.

— Vamos — disse Bezerra pela última vez essa noite.

Pedro Cândido começou a guiá-los pela colina mais próxima, o morro dos Perdidos, cujo nome assustara Bezerra mais cedo. Mas Bezerra não ia pensar no assunto até que tudo tivesse terminado e, nesse momento, não teria mais importância.

XXVII

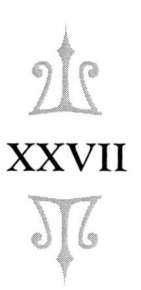

Zé Sereno se mexeu, virou de costas, se mexeu mais uma vez e sentou. Pensou ter ouvido o relincho de um jumento. Prestou mais atenção. Nada. A cabeça latejava, Cristo, não deveria ter bebido o Cinzano, pelo menos não misturado com cachaça.

Ouviu de novo o relincho do animal. Sereno ficou atento ao barulho dos cachorros. Os cachorros de Sereno e de Lampião pressentiam as mudanças no ambiente e sempre latiam. Quando ouviam os latidos, os dois saíam das barracas armados. Mas os cachorros não latiram, talvez estivessem implicando com os jumentos. Depois, Sereno não ouviu mais nenhum som.

Não se importaria de dormir mais um pouco antes de partirem em uma hora ou duas. As sentinelas não perceberiam algum movimento estranho com os jumentos? Só se tivessem dormido com a mesma dor de cabeça dele.

No entanto, tinha sido muito divertido, a bebida, as brincadeiras, as danças. Exatamente o que precisavam e como tinha ficado feliz ao ver Lampião com um brilho no olhar. Como teria sido agradável conversar com ele sobre seus planos, como nos velhos tempos.

Seria ótimo partir de Angicos, mas antes de desmontar as barracas, de guardar os pertences e carregar os jumentos, Sereno iria dar uma cochilada. Pôs a mão embaixo da blusa de Cila e fechou os olhos.

XXVIII

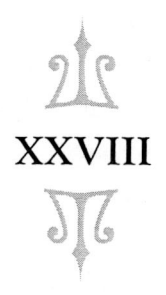

Eram quatro horas da manhã, ou talvez um pouco mais tarde. Ainda não se ouvia um som. Durval tinha levado os policiais para o topo da colina, em vez de seguir o caminho perto do rio.

— É mais seguro, mais difícil de nos verem.

Os cangaceiros ainda dormiam. O acampamento estava silencioso. Chico Ferreira, bêbado, ameaçava causar problemas.

— Estou cansado de esperar. Quero atacar esses bandidos!

Bezerra apontou a metralhadora para ele.

— Silêncio, ou vai ser o primeiro a morrer!

Depois da explicação de Pedro Cândido sobre a localização dos três córregos que conduziam ao riacho principal, Bezerra mudou um pouco os planos. Acompanhado de dez policiais e armado com uma metralhadora seguiria o caminho do riacho, onde Lampião havia montado a barraca; Aniceto e dez homens se aproximariam do topo da colina; e Chico Ferreira e Mané Véio, com 26 policiais divididos em dois grupos, atacariam os bandidos pelo outro lado. Essa estratégia de combate iria funcionar.

Os policiais agacharam-se e começaram a se mover em silêncio.

Um pouco acima quase tropeçaram em três jumentos, que estavam presos fora do acampamento. Um dos jumentos relinchou. "Estamos liquidados", sussurraram os policiais, o que era verdade, pensou Bezerra. Eles teriam de começar a lutar logo, antes de tomarem suas posições. Os bandidos matariam metade dos policiais e os outros viveriam para contar que tinham sido "traídos por um jumento", uma boa piada. Mas Bezerra conseguiu acalmar os animais e, para sua surpresa, os bandidos não reagiram.

Ainda estariam dormindo? Não tinham ouvido o relincho do jumento? Talvez já tivessem partido, a intuição de Lampião não falhava, sem levar os jumentos. Já haviam feito isso antes e, provavelmente, tinham feito de novo, seria mais uma frustração para a polícia. Nesse momento, ouviu o barulho de um fósforo sendo riscado e alguém acendeu uma vela em uma das barracas.

Nosso Senhor! Jesus Cristo! Alguém saiu da barraca, era Lampião, a uma distância de 5 metros.

— Não atirem — sussurrou Bezerra.

Lampião ajoelhou-se para rezar e os policiais escutaram suas palavras. Bezerra quase esqueceu o que viera fazer em Angicos. Agachado no mato ouviu, fascinado, as palavras da prece. "Com a luz do dia, vejo meu Senhor, Jesus Cristo e Nossa Senhora. Caminho ao lado do Senhor e não tenho nada a temer."

Será que era verdade? Bezerra não iria matar Lampião. Só o prenderia, conseguiria que o perdoassem e, assim que a situação se acalmasse, conversariam pelo resto da vida.

Lampião era seu herói. Não havia como negar sua admiração. Lampião tinha povoado o imaginário do povo do sertão. Agora havia chegado seu momento final, mas isso era uma lei da natureza, apenas o ciclo da vida que começa e termina. Não significava que tivesse perdido uma batalha, nunca perderia um confronto com a polícia. Havia sido traído. Nada relacionado à sua estratégia invencível.

E terminaria seus dias vitorioso, morto, mas não derrotado. Não havia ninguém que se comparasse a Lampião. O que não daria Bezerra para não ter Lampião como inimigo. Estavam em posições opostas, mas poderia ter sido diferente. Com uma pequena mudança do destino, teriam sido colegas. Amigos.

Uma mulher saiu da barraca, beijou-o de leve atrás da orelha e no pescoço. Passou os dedos pelo seu cabelo longo. Lampião sorriu para ela. Maria Bonita! Carregava uma bacia nas mãos, uma antiga vasilha de fazer queijo, ia buscar água para lavar o rosto. Ele veria Maria Bonita lavar o rosto!

Um dos cangaceiros se aproximou deles, com uma caneca de água na mão. Ofereceu a água a Lampião, que levou a caneca aos lábios.

Nesse momento, ouviu-se um tiro, mais um, quatro tiros, enquanto Bezerra, perplexo, viu Lampião cair morto no chão.

— Não atirem! — gritou, mas já era tarde demais. O caos o rodeou. Lampião estava morto. Bezerra começou a atirar e avançou contra os cangaceiros.

XXIX

Os tiros tinham sido tão inesperados. Maria Bonita sempre achou que morreriam em um tiroteio e que haveria um último olhar entre eles. Mas não houve o olhar, só um barulho terrível e o corpo de Lampião com a caneca nos lábios foi sacudido por uma rajada de balas. No momento seguinte, ele estava deitado no chão, com a caneca caída ao lado.

Lampião estava morto. Não teve dúvida no instante em que o viu, ou mesmo antes do tiro. Reconheceu o tiro. Tinha começado a descer para pegar a água acumulada nas pedras, quando ouviu o tiro, em seguida um longo silêncio, e soube que era o fim do mundo destruído pelo fogo e fumaça.

Maria Bonita viu Lampião cair no chão com um movimento lento, antes seu corpo oscilou suavemente no ar, com a caneca ainda nos lábios, um bom sinal. Uma morte santificada, com a oração no ar e a caneca de água. Água benta. Lampião. Quando corria em sua direção uma bala a atingiu, depois outra, nas costas. O mundo que conhecia havia terminado.

Ela sentiu o impacto das balas, mas não como da primeira vez, quando Lampião estava ao seu lado. Agora que havia morrido e estava sozinha, sem ninguém para ajudá-la, não sentiu nada. Ela também tinha o corpo fechado. O tiro a jogou com força no chão, mas não a impediu de se arrastar para chegar mais perto de Lampião.

Nesse momento, sua vida se resumiu à vontade de fechar os olhos de Lampião. Tocar em sua mão. Dizer adeus. Ele tinha morrido, como sempre dizia que iria morrer lutando, com "um tiro certeiro de um rifle". Suas palavras não haviam sido proféticas, tinha morrido de acordo com seu código de honra, não seria capturado, não pensava em mudar de vida, nem de opiniões. Ele era Lampião, o rei do cangaço na vida e na morte.

"Lampião", disse Maria Bonita aos prantos. Mas quando conseguisse se aproximar de seu corpo, sussurraria em seu ouvido "Virgulino". Seu nome de batismo, o nome de seu marido, de seu amor, como se fossem duas pessoas idosas que estavam morrendo em suas camas.

Outro tiro a atingiu no estômago. Agora, teve mais dificuldade em se mover e, assim como Lampião, morreria com um tiro certeiro. Nunca tivera certeza se teria coragem de enfrentar a morte lutando, mas agora havia sido ferida e morreria essa manhã sem ter se acovardado em nenhum instante.

As manchetes dos jornais do país inteiro publicariam a notícia: "A Morte de Lampião e Maria Bonita". Por fim, os macacos tinham conseguido matá-los, mas quais? Não importa, desde que não tivesse sido Mané Neto, porque assim Lampião manteria sua aura de invencibilidade. Isso não tinha mais importância, porém ficaria o registro. Mas quem foi? Que regimento policial os havia atacado, quem tinha levado a polícia até o acampamento? Pedro Cândido? Claro.

Mas por quê? Na véspera tinha trazido mais suprimentos, Lampião lhe havia pagado bem e haviam apertado as mãos. Queria passar outra noite com eles, mas a mulher esperava o nascimento do filho a qualquer momento e, por isso, não poderia ficar. "Até logo" havia dito Pedro Cândido.

Alcançou o corpo de Lampião e segurou seu pulso ainda quente. À noite haviam feito amor, pela primeira vez em quase um mês. Julho, o mês da renúncia, do jejum, até de seu corpo. Porém à noite foi com ela para a barraca, em vez de rezar nas pedras. Abraçou-a e mais uma vez voltaram a ser Lampião e Maria Bonita.

Mas o mês ainda não terminara e ele estava certo em sua premonição. Morreu no mês de julho. Queria beijar seus lábios, porém um dos policiais a agarrou e gritou.

— Onde está o dinheiro, sua cangaceira?

— Não me mate! — gritou, ou alguém gritou. Se tivesse sido ela, não teriam sido palavras que diria, porque já estava morta. Levantou um pouco a cabeça, mas o tiroteio era tão intenso que quase não conseguiu enxergar em meio à fumaça e aos tiros. Porém viu Pedro Cândido correndo para se esconder no mato e Durval agachado atrás de uma pedra, com as lágrimas escorrendo pelo rosto.

Então, Pedro Cândido tinha sido forçado a trair Lampião? Talvez alguém o tivesse traído e contado para a polícia que era coiteiro de Lampião, mas quem?

Nesse momento, viu Joca, o Corno, do outro lado. Um traidor nato. E o pior que não era coiteiro de Lampião, e sim de Corisco. Lampião nunca tinha confiado em Joca, não gostava do olhar dissimulado dele, mas Corisco não se importava. Nem quando soube que um dos cangaceiros de seu bando estava tendo um caso com a mulher de Joca.

Lampião não tolerava esse tipo de comportamento. O contato com as mulheres que o protegiam era estritamente profissional e se soubesse que um dos rapazes do grupo tinha olhado duas vezes para a mulher de alguém o expulsaria do bando, ou o mataria se fosse preciso. Sabia que desvios de conduta como esse tinham péssimas consequências.

Mas Corisco não interferiu no assunto e agora bebia café do outro lado do rio, enquanto Lampião havia caído morto no chão. E é claro que havia chamado o lugar de ratoeira, porque o rato do seu bando andava atrás da mulher de um coiteiro na outra margem do rio.

Meu Deus, meu Deus! Não era justo! Em seguida, viu Luís Pedro correndo em cima de umas pedras.

— Luís Pedro — gritou. — Lampião morreu!

Ele parou e virou-se.

— Onde você está, Maria? — Veio correndo em sua direção, mas uma rajada de metralhadora o atirou longe.

Um policial agarrou-a pelos cabelos e pôs uma faca em sua garganta.

— Não me mate! — gritou. — Eu me rendo, por favor! Palavras sem sentido, porque já havia morrido, mas continuava a falar, como uma galinha que corre ao redor do quintal depois que lhe cortam a cabeça.

Então, Cila estava certa quando insistiu que tinha visto luzes no rio e ela, Maria, em sua impaciência, não lhe dera atenção e tinha perdido a oportunidade de salvar todos eles. Se tivesse contado a Lampião que Cila tinha visto luzes eles teriam partido no mesmo instante.

Por que não disse nada a Lampião? Porque ele teria saído da barraca e Maria Bonita queria que ele a abraçasse e fizessem amor. Não tinha sido uma barganha, mais uma noite de amor e morte ao amanhecer?

Ela deveria ter contado, como omitira uma informação talvez vital? E mesmo que não tivesse resistido à atração que sentiam um pelo outro, se quisesse arriscar a vida por algumas poucas horas juntos, ele teria ficado mais atento e pronto para lutar se soubesse que Cila tinha visto luzes. Assim, não teria sido um alvo perfeito para a polícia, com a caneca nos lábios, e o corpo despedaçado pelos tiros da metralhadora.

E quem estava de sentinela não percebeu nada, nem os cachorros latiram. Por quê? O cachorro de Lampião, Guarani, que tinha sido criado junto com eles desde filhote e alimentado como se fosse um bebê, não tinha latido. Por quê? Será que havia sido por causa do nevoeiro? Estava úmido na noite passada, com a névoa tão espessa que parecia chuva, será que o cachorro se abrigara embaixo das pedras, do outro lado do acampamento?

Ou era o destino dele morrer nesse dia? A estrela cadente? "Ninguém escapa ao seu destino." Era assim que a vida seguia seu rumo? Estava escrito?

A sua história também havia sido escrita? Lampião e Maria Bonita, e sua vida com o sapateiro?

Lampião! Haviam vivido juntos durante oito anos, uma vida inteira, em retrospecto. Então, só mais um milagre. Será que as pessoas sabiam que um dia poderia ser um ano, quando fugiam?

— Onde está seu dinheiro, sua cangaceira da peste?

— Não tenho dinheiro, não sei... — Eles queriam seu dinheiro, mas não lembrava onde o tinha guardado. Suas joias, colares, anéis, agora seriam deles. Mesmo se não tivesse sido ferida e conseguisse fugir, tudo era deles agora.

— Pelo amor de Deus, não me mate! — O que Lampião mais temia era a traição. "Se eu me render, me matarão como um cão." Mas ele não havia morrido como um cão, embora tenham atirado nele. Morrera como um homem que havia feito as orações matinais e iria beber o primeiro gole de água do dia. Um homem que havia nascido e morrido, cujo nome ficara gravado nas estrelas. Lampião. Ela o chamava de Virgulino, mas seu nome era Lampião.

E o dela Maria Bonita. Sempre soube que morreria assim. Sim! Havia dito sim com um sorriso no primeiro dia em que se conheceram. Ainda diria sim, mesmo com a faca do policial em sua garganta.

Lampião nunca fora derrotado. Mas eles o enganaram, o traíram, encontraram um traidor de tão baixa laia, que mordeu a mão de quem o tinha alimentado. Por fim, haviam armado uma emboscada e os policiais escondidos atrás de uma pedra o mataram, bem diferente de ter sido derrotado em um combate. A morte de Lampião não tinha sido causada por uma derrota. E nunca mais seria derrotado.

Avistou Sereno correndo no meio de alguns policiais, viu quando pegou o chapéu de um deles e colocou em sua cabeça.

— Estou junto com vocês! — gritou e conseguiu fugir. Como era esperto, que sorte tinha. Depois Maria Bonita viu quando Sereno subiu em uma pedra, deu uma rajada de tiros nos policiais e, em seguida, desapareceu com um salto.

Sereno! Ouviu alguns policiais gritando.

— Vem aqui, Cila!

"Não atenda ao chamado deles, Cila!", tentava gritar, "Corra para o topo da colina, siga Sereno e fuja. Continue sua vida no cangaço com ele." Mas seria impossível sem Lampião. Mesmo quando se dividiam em grupos e seguiam seus caminhos independentes, sempre voltavam para contar a Lampião o que tinham feito, como haviam feito, para ouvir sua opinião, seu conselho, olhar em seus olhos. Em um de seus olhos.

— Qual é seu nome, bandido?

Agora, estavam falando com Elétrico, que tinha sido ferido. Talvez o levassem preso.

— Diga seu nome — ordenou um dos policiais.

— Pergunte à sua mulher! Ela sabe meu nome!

Maria Bonita riu. Elétrico sempre havia jurado que morreria ao lado de Lampião.

— Estou lhe dando uma oportunidade, seu cabra da peste! Vou poupar sua vida, juro.

— Você acha que um corno como você pode me prender?

Essas foram suas últimas palavras. O policial o matou com um tiro.

Maria Bonita riu de novo. Alguém puxou seu cabelo.

— Você está rindo de mim, sua vagabunda?

É claro que estava rindo da polícia. Elétrico também tinha zombado dos policiais. Eles eram bandidos que haviam vivido e morrido rindo da polícia. E ainda tinham mais motivos para rir, porque os macacos covardes nunca haviam derrotado Lampião, nem nunca derrotariam. Podiam agir furtivamente à noite, mas não vencê-lo em um confronto.

Lampião havia dito, "Um bandido morre em combate, mas não foge". Agora, ela poderia dizer o mesmo. "Uma cangaceira enfrenta a morte com coragem em uma batalha." Sua vida tinha terminado, porém, ao olhar para trás, não desejaria ter mais dias de vida. Já tinha vivido tantos dias.

Seus dias de juventude na companhia da irmã dançando com os tropeiros e sonhando com a fotografia de Lampião no jornal. Ainda podia sentir o cheiro da poeira! A poeira da casa e dos dias infelizes com o sapateiro, quando deitada na rede pensava que sua vida não tinha sentido, mas, ao contrário, estava fortalecendo sua coragem, noite por noite, para virar as costas ao mundo que conhecia e partir.

Seis anos ao lado do sapateiro que, por fim, nada representaram a não ser a ousadia de mudar de vida. Em seguida, vieram os dias brilhantes quando fugiu com Lampião, em que não acreditava em sua sorte, nas recompensas que a vida lhe havia trazido, mas que, agora, via como resultado de sua coragem.

Nem todos se arriscam a mudar de vida. A maioria das pessoas vive com esse desejo em mente, mas quando surge uma oportunidade a rejeita. Mas ela tinha dito sim a Lampião, sempre sim, e se não tivesse dito sim, ainda estaria varrendo o chão da casa do sapateiro.

Sofrimento e felicidade. "A infelicidade será recompensada com momentos felizes." Momentos felizes e infelizes, mas nada comparável à infelicidade de varrer o chão da casa do sapateiro. Embora fosse de certa forma uma vida boa. Calma. Tranquila. Segura.

No entanto, sem grandeza e paixão, sem Lampião. E sem Maria Bonita. Ele lhe dera esse apelido, a amara, Maria o havia amado e assim viveram milhares de anos. E estavam morrendo juntos e, portanto, não precisaria enterrá-lo. Não suportaria ver a terra cobrir seu corpo, seria preferível morrer.

Encarava a morte sem dramas. Olhou o céu. Será que as irmãs negras já sabiam o que as esperava? Claro que sabiam, tinham percebido, assim que a polícia subiu a colina. Já estavam sobrevoando o local em círculos e logo desceriam, quando a fumaça se dissipasse e os policiais fossem embora. Voariam por toda parte, talvez até o quintal de sua casa. Não precisariam atravessar o rio, bastava descerem rápido em grandes círculos e a levariam para casa. Ele também. Misturariam sua carne com a dele, uma bicada em sua carne, outra na dele e estariam juntos de novo.

Sempre tivera horror de urubus, mas agora estava contente que existissem, contente com a ideia que iriam cuidar deles. Seriam enterrados como os índios, os primeiros habitantes do Brasil. Embora não houvesse ninguém para enrolar seu corpo em uma rede, o que seria macio e agradável.

O policial tirou a faca da cintura.

— Salve-me, Nossa Senhora! — gritou. Pensou nas inúmeras vezes em que tinha pedido Sua ajuda e Nossa Senhora havia atendido suas súplicas. Como poderia agradecer a Sua bondade? Mas agora não poderia levantar a mão para fazer o sinal da cruz.

Porém poderia rezar. "Agora e na hora de nossa morte", havia dito essas palavras a vida inteira, mas nunca haviam sido suas palavras, e sim de algo muito distante. Tão distante como a areia no

Raso, a areia linda, cuja vista era interminável. Como sua vida até essa manhã.

Iria fazer 30 anos e Lampião tinha 41 anos. A Bíblia dizia, "Setenta anos é a duração da nossa vida". Mais uma prova, outro sinal. A ligação mística entre os dois.

A hora de nossa morte. Tentou imaginar o retrato de Nossa Senhora, ou o rosto de Jesus crucificado, mas viu a imagem do coração de Jesus sangrando, perfurado por golpes de faca. Como nos quadros pendurados nas paredes das casas no sertão ao lado do retrato de padre Cícero.

O Sagrado Coração de Jesus sangrando, como era bonito. Outras pessoas também gostavam, como era costume no sertão? Transmitia uma verdade tão clara, mostrava o que havia sido pedido antes, contava um martírio não muito diferente do sofrimento do povo do sertão. Um martírio que dava esperança às pessoas, sempre que se ajoelhavam para rezar pedindo chuva, que nunca vinha.

Embora, por fim, chovesse. Talvez não no momento do pedido, não quando as pessoas queriam ou precisavam de chuva, mas sempre chovia. Nesse momento em que pensava na chuva, um policial do regimento de Chico Ferreira, do outro lado do rio, cortou sua garganta.

Epílogo

Cila ainda estava na barraca quando os tiros começaram e seu primeiro pensamento foi que as luzes que havia visto não eram vaga-lumes, e sim a polícia, ela estava certa e Maria errada. Pegou o que pôde, dois cantis, um com água, outro com joias, não encontrou os sapatos, e correu em direção à fumaça e ao caos. Viu o irmão morto no chão ao lado da porta da barraca. Pegou a arma de sua mão e olhou em torno desesperada.

Não conseguia enxergar em meio ao nevoeiro e à fumaça dos tiros e, por isso, não sabia para onde correr. Percebeu pelos gritos que Lampião tinha morrido, mas e Sereno? Também havia morrido ao lado de Lampião? Ele saíra da barraca para rezar com Lampião, será que o tinham matado? Estava viva porque ainda sentia os efeitos do álcool e ficou descansando na barraca, mas e Sereno? Em que direção deveria correr?

Protegeu-se atrás de uma pedra, porém alguns policiais a viram.
— Vem aqui, Cila — gritaram.
Será que iriam matá-la? Lembrou-se das músicas deles, "A partir de Sereno, prendo Cila, de Lampião, Maria Bonita...", mas sa-

bia pelos gritos que também haviam assassinado Maria. Ela seria a próxima.

Mas como poderia fugir? Não conseguia ver uma saída, os policiais estavam chamando seu nome, o irmão tinha morrido, Lampião também e, provavelmente, Sereno. Estava quase desistindo, quando Criança, Dulce e Enedina passaram correndo à sua frente.

— Por aqui, Cila, venha!

Cila seguiu o grupo pelas pedras e cactos, descalça, só sentiu o contato da terra áspera em seus pés mais tarde. No instante em que seguiu os companheiros só pensava em correr para salvar sua vida, com Enedina atrás dela.

Em determinado momento, Enedina tropeçou. "Salve-me, Nossa Senhora!", gritou, mas Cila a segurou e continuaram a correr até quase o topo da colina, quando ouviu um tiro, um grito de Enedina, e um líquido quente e viscoso escorreu por suas costas.

Não olhou para trás, nem se virou, sabia que Enedina estava logo atrás dela. Continuou a correr, não havia nada que pudesse fazer. Viu Candeeiro mais acima com um tiro no braço.

— Estou morrendo, Cila.

— Levante-se! — Puxou o rapaz do chão, agarrou sua arma, e seguiu rápido o caminho. Pegou um cantil para beber um gole de água, nunca tinha sentido a garganta tão seca. Mas esse cantil tinha açúcar dentro e ao engolir um pouco a sensação foi ainda pior.

Sentiu uma ânsia de vômito, mas seguiu os companheiros. Soube mais tarde que Aniceto não tinha atacado o acampamento como combinado e havia fugido pelo rio. Essa covardia de Aniceto salvou a vida de Cila e de vinte cangaceiros.

Sem saber o que estava acontecendo, Cila e os poucos que tinham escapado do tiroteio continuaram a correr até não ouvirem mais o barulho dos tiros. Em seguida, exaustos, esconderam-se atrás dos arbustos. Eram quatro no grupo de Cila, os únicos sobreviventes, pensaram, mas não tinham palavras para expressar o que sentiam, nem lágrimas. Só esperaram o desenrolar dos acontecimentos.

Pouco depois, ouviram uma série de tiros, sinais de Sereno para se reunirem, seria possível? Então, estava vivo? Só nesse momento Cila começou a chorar. Correu, soluçando, ao seu encontro, e Sereno contou a história do chapéu, como tinha trocado seu chapéu de cangaceiro pelo de um dos policiais e fugido para contar a história.

Cila teve uma vida longa, longa o suficiente para renegar seu passado e acompanhar o triste movimento migratório dos nordestinos para São Paulo, uma cidade úmida sem início nem fim, que duplicou, depois triplicou de tamanho. Um lugar onde migrantes como eles não eram mais tropeiros ou bandidos que sentiam o cheiro da chuva, mas sim empregadas domésticas, vigias, porteiros, que trabalhavam para pessoas que não entendiam o mundo deles.

Mas isso foi depois que Sereno foi preso e assassinaram Corisco. A época dos cangaceiros, de sua cultura e vida no sertão, tinha terminado. Ainda é possível visitar o vilarejo onde Lampião nasceu, o povoado onde Maria Bonita viveu com o sapateiro, sua casa, e a pequena clareira à margem do rio, que causa surpresa por ser tão pequena, onde Lampião e Maria Bonita morreram.

O sertão que Lampião tanto amava, com as extensões de terras desertas, os coronéis, os cangaceiros e a polícia, histórias tão interligadas e peculiares da região sertaneja, terminaram com a morte dele.

Depois que a fumaça do tiroteio se dissipou na grota de Angicos, onde o rio faz uma curva e o terreno se eleva um pouco, 11 cangaceiros estavam caídos mortos em uma clareira de 2,5m2 no chão ensopado de sangue, e os policiais começaram a saquear os cadáveres.

Mané Véio, que havia matado Luís Pedro, estava cortando suas mãos para tirar os anéis. Quando Chico Ferreira ordenou que parasse, Mané apontou a arma para seu comandante. Nesse momento, Bida aconselhou Durval a voltar para casa, porque não deveria presenciar "a briga do Diabo entre seus iguais", entre os policiais ávidos para roubar o dinheiro e as joias dos cangaceiros.

Durval disse mais tarde que tinha pegado uma melancia no acampamento de Lampião e foi comendo os pedaços até sua casa, atordoado por tudo que havia visto. A mãe e as irmãs tinham ouvido os tiros e estavam aos prantos. Pedro Cândido, que tinha voltado de Angicos havia contado à família que Durval havia morrido. Quando entrou na casa, todos se ajoelharam aos gritos, porque pensaram que era um fantasma.

Só sobrevivera ao ataque ao bando de Lampião, disse depois, porque Bezerra manteve, com os tiros de sua metralhadora, um controle rígido da batalha. Bezerra foi ferido na coxa logo no início do confronto por um tiro de um dos policiais, mas fez uma atadura no ferimento e continuou a lutar, ainda com mais tenacidade quando viu que Lampião tinha morrido.

Mais tarde Bezerra escreveu que, aos poucos, o entusiasmo da luta se transformou em um sentimento de euforia, quando viu que tinha comandado a volante de Alagoas que havia matado Lampião. As tropas da Polícia Militar de Alagoas tinham eliminado o rei do cangaço, um mito no sertão. A partir desse momento, o tenente João Bezerra, da força policial de Piranhas, era um herói nacional, o policial mais corajoso do Brasil.

Bezerra saqueou o bornal de Lampião e, em seguida, apontou a arma para os policiais. Disse que faria uma apropriação "oficial" do resto dos bens dos cangaceiros e que mataria qualquer homem que tentasse roubá-los. Ameaçou também enforcar quem quer que atirasse em um dos colegas e jurou por sua alma que dividiria tudo, com honestidade e justiça, assim que chegassem à delegacia em Piranhas.

Mas estava falando com policiais e não com colegiais e, embora tenham baixado as armas, eles continuaram a guardar joias, ouro, prata, facas e armas dentro das botas e das calças, embaixo de pedras e árvores, em lugares bem marcados, para que viessem buscar esses pertences mais tarde.

No entanto, ironicamente, o roubo não teve o efeito esperado. O policial que roubou o bornal de Maria Bonita, com tanto ouro e joias que poderia mudar o destino de um homem, comprou uma fazenda, porém não soube administrá-la e vendeu-a por um preço insignificante em menos de um ano. Apesar de ter cortado a garganta de Maria Bonita ficou tão pobre como antes.

Todos eles, com exceção de Mané Véio. Quando matou Luís Pedro ficou tão impressionado com a quantidade de ouro, prata e joias que encontrou em seu bornal, que pensou que havia matado Lampião. Cortou as mãos dele quando não conseguiu tirar os anéis e colocou dentro do bornal. E quando Bezerra mandou que jogassem os bornais em uma pilha comum, ele atirou seu bornal cáqui, que ainda é exibido em um museu em Salvador junto com o de Lampião.

O bornal de Luís Pedro que Mané Véio guardou tinha quilos de ouro e prata, 31 alianças, um relógio de ouro no pulso que cortou e os anéis ainda nos dedos. Assim que chegou em Piranhas enviou um telegrama para o pai: "Compre uma fazenda." O pai atendeu ao pedido e viveram como pessoas prósperas o resto da vida. Ou melhor, em relativa prosperidade. Apenas não eram mais paupérrimos.

— Quero que vocês degolem os cangaceiros — disse Bezerra em Angicos. Eles precisavam de provas, quantas vezes disseram que Lampião havia morrido? Os policiais pegaram os facões e trabalharam em equipe, um segurava a cabeça pelo cabelo e o outro degolava. Alguns cangaceiros ainda se moviam e trinta anos depois Mané Véio ainda dizia, "como é difícil matar um homem".

A perna de Bezerra doía e ele andava mancando entre os policiais, com cuidado para não escorregar no sangue. — Essa cabeça é de quem? — perguntou a um dos homens.

— De Lampião.

Irreconhecível. Com o rosto retorcido.

— Não é — retrucou Bezerra.

— Então coloque chifres em minha cabeça! Como eu não ia reconhecer Lampião? Fui um dos seus fornecedores fiéis durante dois anos!

Bezerra não respondeu. Havia aberto os portões do inferno, como diria mais tarde, então o que poderia esperar? O cheiro de carne tinha atraído os urubus, que pousaram nas árvores, "como frutas pretas", disse um deles. Depois de degolarem os cangaceiros colocaram as cabeças em latas de querosene vazias que encontraram no acampamento, jogaram sal em cima e seguiram em direção ao rio. Diversas pessoas haviam escutado os tiros e esperavam notícias na margem do rio.

Enquanto desciam o rio a notícia da morte de Lampião propagou-se. Bezerra e os policiais foram recebidos com fogos de artifício em Piranhas. Enviou o primeiro telegrama a Lucena que, em seguida, telegrafou para o presidente Vargas. Após se recuperar do tiro na perna, Bezerra conduziu os policiais em uma marcha triunfal até o litoral. A descrença inicial, "o companheiro Lampião está acostumado a morrer", como disse Corisco, foi substituída por uma evidência física, com a exibição das cabeças dos cangaceiros ao público. Ainda assim, às vezes alguém dizia que o tinha visto, ou o seu fantasma.

As pessoas sentiam sua perda. Sem Lampião o sertão parecia menor. Os músicos cantavam nas ruas:

> *O violão está chorando,*
> *chorando com razão!*
> *Ele foi traído, vendido,*
> *o Gigante do sertão!*

Um jornal no Rio de Janeiro lamentou que "não existisse mais ambiente para bandidos nômades em um Brasil com escolas, aviões e automóveis Ford". Um poeta vendeu livros artesanais nas praças dos vilarejos:

> *Ele era perigoso e não hesitava em matar,*
> *Virgulino, Lampião,*
> *mas era, impossível negar,*
> *em nossos corações, em nossa verdade,*
> *o retrato mais perfeito*
> *de nossa terra selvagem, nosso sertão.*

Agora, um sertão menos selvagem e que, de certa forma, não pertencia tanto ao seu povo. As estradas deram acesso às suas terras e aos seus "votos secretos" aos estrangeiros e aos brasileiros que viviam no litoral ou no sul do país. Assim, os bandidos locais cederam espaço para estrangeiros com atividades escusas. Lampião sempre se opôs a essa ideia. Mas Lampião tinha morrido.

Sua morte encerrou o ciclo do cangaço, um fenômeno do banditismo brasileiro, em que grupos de homens e mulheres perambulavam pelas cidades e vilarejos em busca de justiça e vingança. Corisco lutou por cerca de um ano, mas não substituiu Lampião. Corisco era um cangaceiro e não uma cultura, um bandido que lutava para defender seus interesses e não um estilo de vida. Logo depois de sua morte, Sereno, Labareda e umas mulheres ainda resistiram por algum tempo. Depois foram presos ou mudaram de vida. Sem os chapéus e as cartucheiras pareciam tão insignificantes, como os índios ao vestirem as roupas dos colonizadores portugueses.

Quanto ao resto das pessoas envolvidas com o cangaço, a vida seguiu seu rumo natural. Bezerra foi promovido a capitão e escreveu um livro fantasioso, no qual sentiu o cheiro do café dos bandidos, viu Lampião cair nos braços de Maria Bonita, e Luís Pedro fechando seus olhos. Bezerra voltou a Angicos e pôs uma cruz no local das mortes.

Mas depois disso a vida caiu na rotina. O cotidiano em Piranhas começou a entediá-lo. Sem a presença de Lampião, não havia quase nada a fazer. Mudou para Pernambuco, sua terra natal e de Lampião, e viveu o resto da vida contando a quem quisesse ouvir, como ele e Lampião tinham pontos em comum. Às vezes o convidavam para participar de desfiles.

Quanto aos traidores — traidor, na verdade, porque Pedro Cândido foi apenas um peão no jogo de xadrez da morte de Lampião. Embora pudesse ter agido de outra forma, ter fugido na primeira vez que a polícia o procurou, é difícil culpá-lo. Sua vida ficou destruída. Abandonou sua casa, a loja e a família e viveu na clandestinidade até a morte de Corisco.

Mas a história de Joca, o Corno, foi bem diferente. Para o verdadeiro traidor, que foi à cidade montado em um jumento com uma única espora na bota, para mostrar ao mundo que não era um homem insignificante como todos pensavam, e sim "a causa da morte de Lampião", não havia esperança de vida, a vingança não tardaria.

Quando Corisco pôs as mãos em Joca alguns dias depois, não só ele negou sua participação, como culpou um fazendeiro que morava perto do local. Corisco partiu como um louco para a fazenda e invadiu a casa. Apesar das afirmações de inocência e das súplicas de justiça e compaixão, matou a família inteira, homens, mulheres e crianças, e deixou o lugar banhado em sangue.

"Deixe a justiça nas mãos de Deus", disse um juiz da região rural de Pernambuco a Lampião há vinte anos. Joca, o Corno, não retribuiu com lealdade os favores dos cangaceiros, mas depois do massacre da família inocente a quem acusara, começou a ter um comportamento estranho. Primeiro, desapareceu dos lugares que frequentava. Em seguida, as pessoas comentaram que não podia mais falar. Estava com um problema na língua, disseram. Pouco depois, morreu com um câncer terrível na boca.

Assim que Corisco foi assassinado, Pedro Cândido voltou para Remanso, retomou a loja e foi morar na casa que havia comprado com o dinheiro de Lampião. Ao longo do tempo, pensou que, por fim, estava seguro.

Porém em uma noite escura, com a lua minguante que atrai má sorte, diziam as pessoas, igual à lua da última noite dos bandidos em Angicos, Pedro Cândido, que se embriagara em um bar qualquer do povoado, resolveu se divertir à custa de um garoto com retardo mental que vinha em sua direção. Escondeu-se atrás de uns arbustos e quando o garoto passou à sua frente deu um pulo e gritou, "eu sou o lobisomem", só para assustá-lo, mas o rapaz puxou uma faca e o matou.

O garoto correu para casa entusiasmado e contou que tinha matado o lobisomem. Mas de manhã, quando foram ver o corpo, o rapaz ficou horrorizado ao ver o cadáver de Pedro Cândido.

Ninguém o culpou. Afinal, são coisas que acontecem no sertão.

https://www.facebook.com/gryphusgeek/

twitter.com/gryphuseditora

www.bloggryphus.blogspot.com

www.gryphus.com.br

Este livro foi composto na tipologia Goudy Oldstyle Std em corpo 12/16 e impresso pela Gráfica Vozes, em papel pólen 80g/m2 e a capa em papel cartão supremo 250g/m2 para Editora Gryphus Ltda.